陈忠实创作论

张爱荣 著

南方出版社
·海口·

图书在版编目（CIP）数据

陈忠实创作论 / 张爱荣著 . -- 海口：南方出版社，2024. 12. -- ISBN 978-7-5501-9189-1

Ⅰ . I206.7

中国国家版本馆 CIP 数据核字第 2024V4W314 号

陈忠实创作论
Chen Zhongshi Chuangzuo Lun

张爱荣 ◎著

责任编辑：姜朝阳
出版发行：南方出版社
地　　址：海南省海口市和平大道 70 号
邮　　编：570208
电　　话：0898-66160822
传　　真：0898-66160830
经　　销：全国新华书店
印　　刷：湖南省众鑫印务有限公司
版　　次：2024 年 12 月第 1 版
印　　次：2024 年 12 月第 1 次印刷
开　　本：787mm×1092mm　1/16
印　　张：16.75
字　　数：202 千字
定　　价：82.00 元

◎ 前言

陈忠实凭借《白鹿原》这部作品，稳稳地占据了中国当代文学殿堂的至高位置。《白鹿原》像一颗耀眼的星辰，在中国当代文学的宇宙中熠熠生辉。它的存在，经历了岁月的洗礼，风霜的考验，依旧保持着其原有的光彩，以一种浑然天成的雄浑、凄美、宏伟与壮丽，矗立在中国文学的天空中。陈忠实的文学之路极为丰富，早在《白鹿原》问世前，他就已经创作了八十余篇短篇小说和九部中篇小说，这些作品不仅为《白鹿原》的创作奠定了坚实的基础，也让我们见证了他作为一个故事讲述者的成长。而在《白鹿原》之后，陈忠实并未停下创作的脚步，他继续在散文和短篇小说领域深耕细作，同时，他还撰写了多篇关于创作体验的文章，体现了他作为作家的生命力和对文学的持续热爱。尽管陈忠实的创作成就主要集中在《白鹿原》上，但他的其他作品也同样闪耀着独特的光芒，却常常被忽视。学术界和评论界对他的研究多聚焦于《白鹿原》，忽略了他在这部作品之前和之后的文学实践，这无疑是一大遗憾。因此，有必要从更广阔的视角审视陈忠实的创作生涯，探究他的文学个性、创作动机与发展轨迹，以期对这位当代文学巨匠进行一次全面而深入的研究。通过细致梳理陈忠实的创作历程，我们可以看到，他的作品主题和形式十分广泛，从短篇小说到中篇，再到长篇巨作，陈忠实以其独特的文学视角和深邃的文学智慧，勾勒出了一个个鲜活的人物形象和深刻的社会现象。这不仅反映了他对生活的深刻洞察力，也展现了他对文学的深厚情感和不懈追求。未来的研究者们在关注《白鹿原》的同时，也应当给予陈忠实其他文学作品以更多的关注和研究，这样我们才能更加全面地理解这位文学大师的创作世界，进而丰富和深化我们对中国当代文学的认识和理解。

本书通过深入分析《白鹿原》的创作历程，将陈忠实的文学生涯细分为三个阶段，旨在揭示这位作家如何通过自我反思不断实现艺术上的飞跃，以及他是如何将生活的感悟和对生命与艺术的深刻理解融入其作品中的。

第一章重点放在了《白鹿原》问世之前陈忠实的文学创作上。作为一位深受现实主义影响的文学家，陈忠实擅长于从平凡生活中提炼创作灵感。20世纪80年代中期之前，他的作品主要反映了他在农村生活和工作期间的深刻体验。通过短篇小说这一形式，他讲述了许多触动人心的故事，这些故事大都以叙述为主，如《南北寨》《小河边》《七爷》和《反省篇》等，其中《信任》更是获得了1979年的全国优秀短篇小说奖。此外，《南村纪事》和《我自乡间来》系列短篇，以及中篇小说《初夏》等作品，都是在这一时期创作的。到了20世纪80年代的中后期，陈忠实的作品开始显现出对生命体验深层次的探索，他通过中篇小说展现了对生活和人性的深刻感悟，主要以描写人物为主，如《梆子老太》《四妹子》和《蓝袍先生》等作品。通过对陈忠实早期作品的细致考察，我们可以发现，他的创作轨迹是从直接的生活体验出发，逐步深入到对生命意义的探讨。这一过程不仅展现了陈忠实如何通过文学来表达对生活的观察和感受，也体现了他在文学创作上追求深度和广度的不懈努力。陈忠实的作品深植于中国农村的社会土壤，反映了中国农村和社会生活的多面性，同时也揭示了人性的复杂性和多样性。通过这一章节的深入分析，读者将能够更加全面地理解陈忠实的文学世界，以及他如何通过精湛的艺术手法将生活体验和生命感悟转化为引人入胜的文学作品。

第二章主要探讨《白鹿原》的创作，是本书的重点部分。《白鹿原》的创作始于1987年，经过近四年的酝酿与打磨，最终成书。这一创作历程本身就是陈忠实文学探索的缩影。他在之前的作品中，如《蓝袍先生》等，已经展现了对传统文化与个体命运的深入探讨。然而，《白鹿原》的创作，标志着他在文学道路上的一个新的高峰，这部作品不仅以其宏大的叙事框架和独到的历史视角，为读者展现了一个关于民族、文化与个体生命的复杂图景，更是对传统文化与现代变迁中个体与群体关系的深刻反思。《白鹿原》以一种独特的"民族秘史"形式，展开了一幅跨越时空的历史画卷，讲述了在中国现代历史变革中，一个地域、一个家族的兴衰更替。陈忠实在这部作品中并未简单地采取政治或阶级斗争的叙述角度，而是更多地从文化的视角出发，写出了历史、文化和人之间三位一体密不可分的关系。其具体表现在三个方面：第一，陈忠实在《白鹿原》中展现了对传统文化与个体人性关系的深入探讨。他笔下的人物既被传统文化的深厚魅力所吸引，又在其约束下展现出强烈的人性悖逆，体现了个体在文化传统与自我认同之间的复杂心理状态。这种对传统文化与人性关系的深度挖掘，使得《白鹿原》不仅是一部文学作品，也是一次关于文化与人性深刻对话的记录。第二，陈忠实通过《白鹿原》深刻反映了文化与历史之间的紧密联系。在他看来，文化不仅是历史的产物，也在历史的演进中起到了至关重要的作用。通过描绘文化在历史发展中的悲哀与历史变迁下的文化悲剧，陈忠实展示了文化与历史之间相互作用的复杂性，指出了在历史长河中，文化既有其不可动摇的地位，也面临着被历史洪流冲刷的命运。第三，陈忠实在《白鹿原》中探讨了个体与历史的紧张关系。在这部作品中，个体的命运不仅受到个人选择的影响，更与整个民族的历史进程紧密相连。陈忠实通过人物的悲剧命运和"民族秘史"的演绎，深刻揭示了个体生命与广阔历史之间的悲剧性联系，反映了个体在历史洪流中的挣扎与无奈。同时，在艺术表现上，《白鹿原》也体现了陈忠实对文学创作的深度探索。他成功地脱离了早期深受敬佩的柳青老师的影响，创作出了具有自己独特文化心理结构和艺术风格的作品。《白鹿原》不仅在内容上展现了对文化、历史与人性的深刻思考，也在形式上展现了陈忠实对文学艺术的精湛掌控和创新追求。可以说，在陈忠实的文学创作道路上，《白鹿原》是由作家的生命体验和艺术体验而形成的独特文本。

第三章主要探讨陈忠实在《白鹿原》之后的创作。《白鹿原》这部作品创作完成之后，陈忠实似乎进入了一个自我反省的阶段，对自己作为小说家的身份进行了深刻的思考。这期间，他的创作重心明显偏向了散文领域，他开始更多地涉猎与个人经历和回忆相关的内容，从而创作出了大量情感丰富且引人入胜的散文作品。通过细腻地回顾童年的记忆和早年的生活经历，陈忠实的散文作品不仅展示了他对自然的热爱和对生活的深刻感悟，而且还反映了他对人性的细腻观察。陈忠实的散文远离了华丽的辞藻和过分的修饰，展现了一种质朴而深沉的美。他通过对"原"上"原"下自然景物的描绘，传达了他对大自然无尽的热爱和对美好事物深切的怀念。在这些散文中，我们可以感受到一种来自生活深处的真挚和纯粹，一种小说家特有的宏大视角和深邃感悟，以及从浓厚的生活体验中提炼出的那份轻灵与美好。随着时间的推移，大约在2001年，陈忠实对短篇小说的兴趣重新被激发，他开始尝试对这一文学形式进行新的探索。在这一阶段,他创作了如《日子》《作家和他的弟弟》《一个虚脱症患者的发言片断》《腊月的故事》《猫与鼠，也缠绵》，以及《关于沙娜》等作品，这些短篇小说不仅关注时代的进步和社会现实，而且也体现了陈忠实作为一个成熟作家的从容与深邃。相比于他早期的短篇小说作品，这些作品更加深刻地探讨了人性和社会的复杂性，显示了陈忠实在艺术探索上的广度和深度。写于2005年的《娃的心娃的胆》《一个人的生命体验》，以及创作于2007年的短篇小说《李十三推磨》更加展现出作家对历史的现实性观照。可以看出，陈忠实在《白鹿原》之后的创作旅程是一条不断探索和超越自我的道路。无论是转向散文的深刻回忆，还是重新审视短篇小说的创新尝试，都体现了他对文学艺术永无止境的追求。

　　结语部分概括陈忠实的创作历程。陈忠实是一位深深植根于生活、对生命充满敬畏并忠诚于文学创作的现实主义作家。他的文学旅程展示了从日常生活体验到对生命和艺术的深刻感悟的转变。陈忠实将创作视为生命的一部分，他的文学耕耘从未停歇。他对于独特体验的追求使他的作品具有不可复制的个性，他既不重复自己，也不模仿他人。这种对于原创性的坚持，使得他的每一部作品都充满了新鲜感和生命力。

目录

第一章　从生活体验到生命体验——《白鹿原》之前的创作探讨　/ 001

　　第一节　生活体验的真实写照　/ 002
　　　　一、曲折发展中的人性之光　/ 003
　　　　二、变革时期的农村叙事　/ 017

　　第二节　生命体验的深刻感受　/ 036
　　　　一、揭示人性弱点反思国民性　/ 037
　　　　二、探索民族文化心理结构　/ 053

第二章　对"民族秘史"的执着探寻——《白鹿原》的创作探讨　/ 075

　　第一节　文化与人：痴迷而又困惑的文化反思　/ 078
　　　　一、传统文化的人格魅力　/ 078
　　　　二、传统文化的悖逆人性　/ 090

　　第二节　文化与历史：传统文化中的历史反思　/ 100
　　　　一、历史发展中文化的悲哀　/ 102
　　　　二、文化影响下的历史悲剧　/ 113

第三节　人与历史：历史与人类之间的困境　/ 120
　　　　一、人物个体的悲剧命运　/ 122
　　　　二、"民族秘史"的悲剧演绎　/ 137

第三章　超越现实的艺术追求——《白鹿原》之后的创作探讨　/ 155

　　第一节　走出《白鹿原》后的散文创作　/ 156
　　　　一、对少年往事和早期生活的追忆　/ 159
　　　　二、寄情树木虫鸟自然景物　/ 169
　　　　三、对家乡"原上原下"的深情眷恋　/ 180
　　　　四、西安的城与人　/ 192
　　　　五、乡关之外的国际视野　/ 202

　　第二节　短篇小说的新探索　/ 214
　　　　一、小说创作意识及状态的变化　/ 215
　　　　二、现实变革中的生存境遇　/ 218
　　　　三、对现实的柔性反讽　/ 225
　　　　四、对关中文化的执着探寻　/ 234

结语　/ 247

后记　/ 251

参考文献　/ 253

第一章　从生活体验到生命体验
——《白鹿原》之前的创作探讨

在探讨陈忠实先生的文学贡献时，不能忽略他在文坛巨著《白鹿原》问世之前的丰富创作历程。在这一时期，陈忠实的文学作品已然是一座庞大的宝库，其中包括收入2004年5月广州出版社，七卷本《陈忠实文集》的五十二篇短篇小说和九部中篇小说，还有一些散文、报告文学、特写、言论等。他的文学才华在《信任》《立身篇》《第一刀》《尤代表轶事》《康家小院》《初夏》《十八岁的哥哥》《四妹子》等作品中得到了充分的展示，这些作品不仅深受读者的喜爱，而且在国家级的文学奖项评比和重要文学刊物中获得了高度认可。它们不仅为《白鹿原》后来的成就打下了坚实的基础，而且也是陈忠实文学探索旅程中的重要里程碑。

陈忠实的早期作品，多是源于他对农村生活多年的深入观察和体验。在20世纪80年代中期以前，他主要通过短篇小说的形式，向读者展示了一幕幕饱含深情的生活画面，这些故事以叙事为主，情感真挚，能够触动人心。通过这些作品，陈忠实向世人展示了他对生活的深刻感悟以及对普通人生活状态的关注。随着时间的推移，陈忠实的创作开始呈现出新的发展趋势，他的后期作品更多地采用了中篇小说的形式，这标志着他的艺术探索达到了新的高度。这一时期的作品更加注重对人物的刻画，通过对个体命运的深入挖掘，反映了作者对生命、对人性的深刻理解和探索。这种从叙事到写人的转变，不仅体现了陈忠实作为一个作家的成长和变化，也显示了他对文学艺术的深入思考和追求。

陈忠实的文学作品，无论是早期的短篇小说还是后期的中篇小说，都深深植根于中国的社会土壤之中，反映了中国社会的多层面的面貌。通过这些作品，陈忠实展现了一个作家对于社会、对于人性深刻的观察和思考。他的作品不仅为中国当代文学作出了重要贡献，而且也为后来的文学创作提供了宝贵的灵感和经验。

第一节 生活体验的真实写照

陈忠实，一位以其敏锐的观察力和深刻的生活洞察力而闻名的文学创作者，始终认为从身边的现实生活中汲取灵感是文学创作的源泉。他指出，"在生活中观察、研究、分析一切人，一切阶级，这一句老掉了牙的话，我觉得仍然受用。如果作家笔下的生活和人物不是自己从生活中观察发现而来的，那么除了胡编乱造而外，还有什么办法能奏效呢？"[①] 也就是，一个作家的责任在于深入生活，洞察和反思社会的各个层面和人群。对于陈忠实来说，这种对生活的观察不仅是一种技巧，更是一种信仰，他认为只有那些真正根植于生活土壤中的作品，才能展现出生活的真实面貌，触动读者的心弦。如果作家的笔触离开了现实生活的基础，那么所谓的创作无非空中楼阁，缺乏真实性和生命力。在他看来，生活是不断流动的源泉，作家的任务就是要不懈地从这源泉中汲取素材，用以滋养自己的创作。他在另一篇文章中又指出："我在自己的家乡工作了十五年，特别是在公社工作的十年里，搞过宣

---

① 陈忠实：《我信服柳青三个学校的主张》，《陈忠实文集》壹，广州：广州出版社，2004年版，第533—534页。

传、种蔬菜、养猪和农田水利建设,干过好事也干过蠢事。要说对中国农村有一点了解,对农民有一点了解,尽管至今仍然觉得是肤浅的,都是在公社的实际工作中得到的。"① 在 20 世纪 70 年代末到 80 年代初,陈忠实以其独特的视角和敏锐的观察力,专注于短篇小说的塑造,留下了一系列深度反映社会生活的作品。在这一时期,他不仅是一个观察者,更是一个体验者,他的作品深深扎根于农村的土地上,透过对农村生活的真实描绘,构建了一幅幅充满情感的画面,触动人心。陈忠实深信,一个作家的价值,在于他能否通过文字把握并传达生活的精髓。正是基于这样的信念,他走遍乡间,倾听田野的声音,观察农民的生活状态,体会他们的喜怒哀乐,从而在他的作品中,那些平凡的人物和看似寻常的生活细节,都被赋予了特别的意义和情感深度。在陈忠实的笔下,农村不仅是生活的舞台,更是展现人性、探索生命意义的丰富土壤。

一、曲折发展中的人性之光

从 20 世纪 50 年代中期开始,我国在社会主义改造取得全面胜利后,由于对社会主义建设缺乏经验,对经济发展规律和中国经济基本情况认识不足等,出现了"反右斗争""反右倾机会主义""大跃进""四清"乃至"文化大革命"等一系列政治运动。"作为一个忠实于现实生活的作家,一个知道应该按照生活本来的面貌表现生活的作家,陈忠实无法回避迎面而来的现实的矛盾冲突,

---

① 陈忠实:《和生活的创造者一起前进》,《陈忠实文集》壹,广州:广州出版社,2004 年版第 542—543 页。

无法回避50年代末以后那些政治失误，在农村中，对社会主义事业、对干部和群众带来的损害。"①

陈忠实经历了这一切后，沉淀下来的不仅是对过去的回忆，更有对未来的思考。他选择了短篇小说这一文学形式作为他表达思想和情感的工具，以此来反映极左思潮对我国农村造成的深重影响。陈忠实不仅是一个见证者，更是一个记录者和思考者。1978年至1982年间，他以丰富的政治热情和深邃的文学功底，创作了超过三十篇短篇小说。这些作品涵盖了各个层面，旨在全方位地揭示极左思潮给农村社会、人民生活乃至整个国家带来的灾难性后果。他的笔触细腻而深刻，既有对那段历史的深度剖析，也有对遭受苦难的人民的深切同情。通过这些故事，陈忠实不仅呈现了那个时代的历史真相，更通过对极端政治运动的批判，表达了对人性、正义与理性的坚持和追求。他的作品强烈地反映出现实主义的批判精神，通过文学的力量，对"文化大革命"及其带来的种种荒谬和悲剧进行了深刻的思考和审视。

（一）《南北寨》

1978年，陈忠实凭借其笔下的《南北寨》为文学界带来了一股新风，该作品是他在新时期背景下创作的首部短篇小说。故事根植于一个充满挑战的历史节点——包产到户实施之前，围绕着北寨村民向南寨借粮的情节展开。

深夜里，南寨大队党支部书记常克俭的梦被急促的敲门声打破，这让他颇感疑惑。南寨大队长吴登旺，为何非要在半夜三更扰人清梦？春耕的安排早在会议上已定，难道除了这，还有什么更紧急的事？故事的序幕就这样在疑问中拉开。急性子的吴登旺

---

① 陈涌：《关于陈忠实的创作》，《文学评论》，1998年第3期。

带来了一个消息：他抓到了两个试图在南寨购买粮食的北寨人，并打算将这两袋粮食一分为二，一部分送给乡里的干部韩主任，一部分交给北寨的支书吴跃文。

在当时的背景下，粮食买卖被视为非法行为，被贴上"资本主义尾巴"的标签。北寨人不惜高价，甚至用细粮换粗粮也要到南寨购买粮食，原因无他，仅因家中粮仓空虚。然而，北寨被乡里的韩主任树为样板，其实际情况却是如此困窘，这让吴登旺决心用这两袋粮食让韩主任和吴跃文明白，他们所谓的样板之下，民不聊生。然而，这一决定却引发了支书和大队长之间的分歧。常克俭，思考缓慢的支书，认为将粮食直接送到韩主任和吴支书面前无济于事，因为韩主任曾直言不讳地表示：宁要低产的社会主义的北寨，不要高产的修正主义的南寨。出乎吴登旺的预料，常克俭提议拿出一部分储备粮支援北寨，尤其是北寨的三队，因为三队的队长曾向常克俭求援，希望能借粮渡过难关。

南北寨曾是同一寨子，即使后来分成了两个大队，彼此间的亲戚朋友关系仍旧密切。常克俭希望能够帮助北寨，特别是三队。但吴登旺对此持反对态度，认为作为模范寨子的北寨应当是他们南寨"学习"的对象，后进如何帮助先进？这一分歧甚至不可调和到要在会议上表决，这在以往是从未有过的。

另一边，韩主任误以为南寨的支书和队长在卖粮，认为这是对他们进行思想教育、整顿的绝佳机会。因此，他要召集群众大会，当众揭发、批斗他们，然后让他们像北寨一样唱样板戏，扩大他的样板效果。韩主任原是一名孤儿，新中国成立前靠着卖鸽子勉强维生；随着时代的变迁，他加入了革命行列，尽管周围人对他的动机存疑，但最终他还是被安排到乡里担任了一名干部。他的内心对南寨的支书和队长不遵循其模范工作而滋生了深深的不满，他不会轻易放过抓到他们"资本主义尾巴"的机会。

在会场上却出现了非常戏剧的一幕——卖粮者另有其人。那位庄稼汉当面宣布,"既然不允许卖粮,那我就白送给对方,送也不允许吗?"其实集体借粮也是三队队长的无奈之举,大家都议论说,饭都吃不上,还唱什么沙奶奶。在这一幕幕荒诞不经的闹剧中,常克俭和吴登旺坚定地站了起来,决然离开。历经风雨的他们不畏扣帽子和整顿,即便面对撤职,也不过是老调重弹。在他们眼中,保证村民有饭吃,有衣穿,远比任何权力斗争来得重要。故事就这样结束了。

在这部小说中,韩主任公然声称:"宁要低产的社会主义的北寨,不要高产的修正主义的南寨。"这种荒谬的主张在"文革"特定年代显然是具有代表性的。这是一个充满教训和反思的故事,通过陈忠实的笔触,让我们得以窥见那个特殊时期人们的生活状态和精神面貌。在社会主义建设的大背景下,人民生活的酸甜苦辣,以及个人信念与集体命运之间的复杂冲突,都被真实地记录下来,为后来提供了宝贵的历史镜像。

(二)《小河边》

1979年创作的《小河边》,描绘了三位在"文革"中遭遇不幸的朋友在小河边相遇的故事。

刘老大经历了从土地改革到"社教"运动的历程,一直担任着干部职务,从农会主任到农业社社长,再到大队党支书。然而,在他父亲去世后,母亲在农忙时期雇用了一些割麦的人,却被指责为雇佣劳动者剥削;而他领导社员修筑河堤、围垦滩地,使原本缺粮的队伍成为富余的队伍,却被打上地主分子的标签,被迫接受十年的劳动改造。妻子因此被气死,两个儿子都很难成婚。尽管遭遇种种不幸,他仍靠捡拾蝉壳卖钱,每月将党费存入一只小木匣。老人说道:"我不是地主分子!我是共产党员!""我活着是党的人，死了还是党的……"① 老人用自己的言行证明着自己对党的无限忠诚。

研究员李玉龙的故事尤为引人注目。李玉龙，一名深受尊敬的科学工作者，在"文化大革命"的浪潮中经历了人生的巨大转折。原本在研究所里默默奉献的他，因为时代的波动，被迫离开了自己热爱的研究领域，身处困境之中。在那段艰难的岁月里，他不仅身受冤屈，还要面对来自外界的无情批判；但他从未失去对知识的渴望和对党的信念。在经历了一番深刻的自我反思和改造后，李玉龙终于有机会回到了城市，重新获得了在研究所工作的机会。然而，命运似乎并未因此向他展开笑颜，因为他对知识的热爱和对年轻人的影响力，竟被误解为"臭老九改造了工人"，再次被赶出了研究所。

自嘲为老八的人物是个"走资派"，曾经在一个阴冷潮湿的地下室里苦熬了十个月，身体几近崩溃，被无情地抛弃，生命似乎只剩下最后一线希望。

一个偶然的机会，李玉龙、老八和刘老大在小河边相遇，他们的友情在苦难中孕育而生，共同期盼着春天的到来。随着时间的流逝，当昔日的磨难成为回忆，李玉龙和老八在一次科学大会的颁奖典礼上再度重逢。他们一起回到了那个见证了他们友谊和梦想的小河边，回忆起那段艰苦却又充满希望的日子。当他们再次见到已经成为支书的刘老大时，不禁感慨万分。这几个人的经历，不仅是个人命运的缩影，更深刻地揭示了"文化大革命"给无数人带来的深重伤害。

上述作品，如同一面镜子，映照出了历史的沧桑和个体命运

---

① 陈忠实：《小河边》，《陈忠实文集》壹，广州：广州出版社，2004年版，第30页。

的起伏。特别是对 1960 年代初期农村"四清"运动的反思和描绘，展现了一个作家的历史责任感和深邃的艺术追求。陈忠实的创作，无疑是紧跟时代步伐的。他的作品《七爷》和《信任》，不仅继承了伤痕文学的传统，更加入了自己对时代变迁的深刻反思。在这些作品中，陈忠实不仅仅是叙述一个个故事，更是在探讨人性的复杂和历史的重量。他不遗余力地展现了那个时代的社会图景和人物命运。"四清"运动作为一场在农村进行的政治运动，其深远的影响和所造成的剧烈社会冲击，成为陈忠实作品中的重要背景。这场运动不仅触动了农村的经济和社会结构，更深深地影响了那一代人的心灵。陈忠实通过他的笔，描绘了运动中被打击、受伤害的农村基层干部的形象。这些干部，多数是新中国成立后辛苦工作、为人民服务的优秀代表，他们的遭遇让人们感受到历史的悲剧和个体命运的不幸。

（三）《七爷》

《七爷》以其独特的视角和深刻的历史感受，展现了一位真正优秀的党的干部的形象与精神。作为田庄的核心人物，"田七爷"不仅是一位地方领导，更是田庄发展历程中不可或缺的推动者。他的一生，是与田庄息息相关的奋斗史，从农会主任到农业社社长，直至成为田庄大队党支部书记，他的努力和奉献为田庄带来了前所未有的繁荣。在他任职的十五六年间，田庄经历了翻天覆地的变化。土地得到了有效利用，产量稳步提高，新式房屋拔地而起，乡村面貌焕然一新，田庄迎来了历史上最为兴旺的时期。田七爷不仅仅是一位领导，更是田庄人民心目中的英雄，是带领他们走向富裕的引路人。然而，历史往往充满了讽刺与不公。尽管田七爷对田庄做出了巨大贡献，但在"四清"运动中，他却遭受了不公的对待。因为新中国成立前的个人经历和家庭状况，他被错误地贴上了"富农"的标签,这不仅摧毁了他的政治生涯,也将他的一生推向了另一种极端。他从一个村庄的领路人,变成了挑着粪桶的普通劳动者。

尽管处在一个不被人理解,甚至充满屈辱的境遇中,田七爷对集体的忠诚和热爱却始终如一。在他心中,田庄的未来和每一个社员的福祉都比自己的遭遇更加重要,特别是在田庄的三秋大忙期,这种无私的精神更是凸显出来。那时,整个村庄都陷入了一种紧张而繁重的劳作中,每一份力量都显得弥足珍贵。在这样关键的时刻,副队长因为压力巨大而几乎要放弃,田庄的生产秩序几乎要陷入混乱,在这样的紧要关头,田七爷却以一种几乎无人知晓的方式,给予了副队长无形中的支持和指导。尽管田七爷的身份让他无法直接参与到管理和决策中去,但他的心却始终与田庄紧密相连。每个月的十号,当例行公事地提交思想汇报时,他总是会在这些材料中夹带着对田庄生产的建议。这些简单的纸条,承载着他对土地和人民深沉的爱,也寄托着他对田庄未来的希望。正是这些连续不断的小小建议,帮助副队长找到了解决问题的钥匙,使得生产得以回归正轨,甚至还获得了上级的表扬。但好景不长,这个小小的秘密最终还是被"路线教育宣传队"的马队长发现了。面对气急败坏的马队长所提出的一系列无理的问题,田七爷展现了非凡的平静和坦然。

在这个关键时刻,田七爷的回答不仅仅是对问题的解答,更是一种对于生活态度和价值观的宣言。他的每一句话,都深深体现了一个有理想的干部在面对困难和挑战时所展现出的高尚品质。田七爷的态度告诉我们,一个人的品格不应该由他所遭遇的不幸和苦难来决定,而应该基于对于集体利益和共同事业的无私奉献。尽管在政治和人格上承受了巨大的压力和屈辱,田七爷却能将这些个人遭遇置之脑后,全心全意地投入到社会主义建设事业中去。这种高度的献身精神，是田七爷身为一个党的好干部所展现出的真正品质。正是这种品质，支撑着田庄乃至整个社会主义建设事业的发展和进步。田七爷可能不是那种能够登高一呼，立刻有无数人响应的英雄人物；但他所体现的精神品格，却展现了超越普通英雄的力量。

田七爷的故事，不仅是对一个人坚持信念和品格的赞颂，更是对所有致力于事业、无私奉献的人们的敬意。他提醒我们，在面对困难和挑战时，应如何保持一颗平静而坚定的心，如何在个人遭遇和集体利益之间找到平衡点，以及如何用自己的行动和态度，为社会主义建设事业贡献力量。在田七爷的故事中，我们不仅学习到了一个好干部的品质，也得到了关于如何成为一个对社会有用的人的深刻启示。

陈忠实的笔触深沉而富有力量，他的文字不仅描绘了社会变迁和政治运动所带来的种种苦难，更重要的是，他通过这些苦难，展现了人性中坚韧不拔的一面。陈忠实的作品中充满了对生活的深刻洞察。他认为，生活虽然充满挑战，但同时也蕴藏着无限的力量和希望。在他笔下，那些经历过磨难的人们，并不是简单地屈服于命运的安排，而是在逆境中寻找机会，从痛苦中汲取力量，最终成为社会主义建设中坚定不移的支柱。

在陈忠实眼中，好干部不仅仅是那些在政治舞台上英勇斗争的人物，更是那些在平凡岗位上默默奉献的普通人，田七爷就是这样一位好干部的典型代表。他不仅代表了那些淳朴的黄土地上的农民，更是社会主义建设中不可或缺的力量。他的坚韧和不屈，是陈忠实笔下闪亮的符号。陈忠实的写作不仅是对过去苦难的记录，更是对未来希望的展望。他深信，只有理解了过去，才能更好地构建未来。正是这种深刻的历史感和强烈的责任感，使得陈忠实的作品不仅为读者提供了思考和反省的空间，更为社会的建设和发展提供了精神上的支持。

（四）《信任》

在 1979 年，一部名为《信任》的作品记录了罗坤这位党支部书记，在新时代背景下如何面对历史的伤痕，重拾生活的方向，并通过自身的努力赢得了村民们深厚的信赖。在那个特殊的年代，罗坤的家庭也经历了深重的痛苦，他自己更是被不公地贴上了地主的标签，承受了十几年的不白之冤。然而，当历史的车轮滚滚向前，真相大白于天下时，他不仅被平反，还被村民们重新推举为领导，这一刻，他的眼眶湿润了，情感的宣泄显示出他对这份重拾的尊重和信任的珍视。

但是，事情的转机并非一帆风顺。罗坤的儿子罗虎，带领一群同样在"四清"运动中家庭受到冲击的年轻人，对曾参与"四清"运动，给予他们家庭伤害的贫协主任罗梦田的儿子大顺进行了报复。罗坤在得知这一切后，深感痛心。但作为一名党支部书记，他知道仅有的感情发泄不能解决任何问题。他首先是严肃处理了自己儿子的行为，显示了他对原则的坚持和公正无私的品质。同时，他直面曾经的对立面，主动寻求和解，亲自上门向曾在"四清"运动中对他不利的梦田老汉道歉，展现了他的宽容和大度。更为难能可贵的是，他在大顺病床前守护了整整五天，细心照料，用自己的实际行动弥补了过去的伤害，赢得了大顺以及村民们的感动和尊重。

罗坤通过这一系列行动，不仅教育了直接参与冲突的双方，更重要的是，他用自己的言行影响和激励了整个罗村的干部和村民。他深刻地指出，罗村多年来的纷争和猜忌，已经严重阻碍了村庄的和谐与发展。他的话语铿锵有力，深入人心，提醒人们只有放下过去，相互理解和支持，才能共同开创美好的未来。他语重心长地说——

> 同志们，我们罗村的内伤不轻！我想，做过错事的人会慢慢接受教训的，我们挨过整的人把心思放远点，不要把这种仇气，再传到咱们后代的心里去！①

《信任》不仅是对罗坤个人历史的回顾，更是一种深刻的社会反思和历史审视。它通过罗坤和他儿子的故事，展示了新时期人们在面对过去的伤痕时，应如何选择理解、宽容和信任，共同努力走向更加光明和谐的未来。通过罗坤的形象，作者向我们展示了在复杂的社会变迁中，个人品质、责任感以及对集体的忠诚和信任的重要性。

该作品中的主角——罗坤，以其卓越的胸襟和形象成为一个时代的标志，反映了当时社会的复杂性和人性的光辉。在罗坤的故事中，我们看到了一个经历过历史风波的人物如何用自己的宽广胸怀和行动赢得了人们的尊敬和信任，同时也为社会注入了一股正能量。《信任》的成功，不仅因其故事的引人入胜和深刻的主题，还因为作者通过细腻的笔触和深邃的思考，展现了一个真实的社会图景。陈忠实的《信任》因其卓越的艺术成就和深远的社会影响，荣获1979年全国优秀短篇小说奖。这一荣誉的获得，不仅是对作者个人才华的认可，更是对罗坤这一角色以及作品所承载的时代价值和人文关怀的肯定。这份荣耀极大地激发了陈忠实的创作热情，促使他继续深挖社会生活的复杂性，探索人性的光辉，用文学的力量触摸时代的脉搏。

---

① 陈忠实:《信任》,《陈忠实文集》第一卷,北京：人民文学出版社,2015年版,第72页。

（五）《反省篇》

《反省篇》于1980年问世，不仅是河西公社党委书记梁志华的自我审视，更是一场对政治运动的深刻反思，直面农民所遭受的苦难。黄建国和梁志华分别执掌着河东和河西公社的党委，一个以"黄硬手"著称于学大寨运动，一个则被称为"梁大胆"；当中央发出纠正学大寨运动中"瞎指挥"的批示后，他们不得不面对群众的批评，心中感到委屈和痛苦。然而，当社员们提出重修"丰收渠"的建议时，梁志华陷入了深深的反思：农民并非反对一切基础建设，而是反对盲目行动。他深感悔恨："二十多年来，我给农民办过不少好事，也办了不少瞎事；在好多时间里，我们是在整农民,而且一步紧过一步……"[①] 这让他开始认真反思自己的错误。

1958年，梁志华带领全乡政府干部实行了"拔锅挖灶，吃大锅饭"的政策。然而，他所在的公社却发生了饥荒，他当时不肯承认，而是声称是疫病导致的死亡。1965年夏天，他参与了县里的"四清"运动，"四清"运动结束后，"文化大革命"又开始，他身边的许多同事相继倒台，他自己也被排斥在政治边缘。1971年，他被调到河西学大寨，以清除资本主义思想，限制自发倾向。回顾这一路历程，他沉痛地反省道——

> 我干这些蠢事的时候，并不以为蠢啊！我是拼着命，没黑没明地干，只怕落在别人后头，对不起党呢！
>
> ……
>
> 我们的农民太好了！尽管经过了三番五次的折腾，我干了那么多瞎活，他们骂我，可我修的那个"丰收渠"，他们

[①] 陈忠实：《反省篇》，《陈忠实文集》壹，广州：广州出版社，2004年版，第202页。

却不忘好处,还说我也吃了不少苦,只是惋惜我后来发昏发疯,农民有良心啊……干了这么多伤害农民根本利益的事。我"梁胆大"算什么"胆大"啊?是"梁残暴"!有胆子改正错误,才是真正的"梁胆大"!①

梁志华在面对群众的批评时,并没有逃避责任,而是深刻地反省自己的过错。他怀着一颗衷心和向民众还债的心态,积极落实新的政策,带领河西人民走上了一条脱贫致富的新道路。这种真诚和坚定的态度不仅让人民感受到了他的诚意,也重新赢得了人民的信赖和支持。

黄建国却未能从自身的错误中吸取教训,无法跳出困境。他被困在自己的世界里,无法与群众建立起有效的沟通和联系,导致了与人民之间的隔阂不断加深。然而,梁志华的反省和改变却给了黄建国以启示,让他意识到了自己的不足和应该采取的行动。他深知自己对人民欠下了重重债务,但也相信只要抱着诚挚的心态,积极主动地面对问题,就一定能够赢得人民的原谅和支持。他决心借鉴梁志华的经验,积极落实政策,努力改善人民的生活,为河东地区带来新的希望和活力。

陈忠实作品中的人物形象,如《南北寨》中的常克俭、《小河边》中的刘老大、老八、老九,以及《信任》中的罗坤、《七爷》中的田学厚,以及《反省篇》中的梁志华,皆源自作者对生活的直接感受与深刻体验。特别是《信任》一篇,陈忠实深切地记录了他对社会变革的亲身经历和情感体验。他在《信任》获奖感言中谈到:"一九七八年冬天到一九七九年春天,党对'四人帮'十多年来推行的极左路线所造成的冤假错案进行复查,农村积存的

---

① 陈忠实:《反省篇》,《陈忠实文集》壹,广州:广州出版社,2004年版,第203—204页。

大量的此类案件是'四清'运动中的案件,这一问题的彻底解决,大得人心,反响十分强烈,牵扯面又很广,各种思想,各人的利害,发出种种议论。此时我虽已离开公社,这种反响仍然通过各种渠道传到我的耳朵里来,走在乡村路上,随便碰见两个同行的生人,就可以听见此类议论。我心中怎么也平静不下来,于是写成了《信任》。"[①]

《信任》不仅是陈忠实对于时代变迁的记录,更是他对人性、信任、社会关系等深刻议题的探索和思考。通过罗坤等人物的命运和遭遇,陈忠实展现了人们在大时代浪潮中的挣扎和追求,以及在复杂社会关系中的信任和背叛。他通过文字将这些纷繁复杂的情感和思想表现得淋漓尽致,让读者在阅读中能够深刻地感受到那个特殊时期的风云变幻和人心的波动。

陈忠实在塑造罗坤这一形象时,起初颇感矛盾。他怀疑实际生活中是否存在罗坤这样的善良人物,这一形象是否只是虚构的幻象。然而,他在生活中真实地找到了罗坤的原型,心里踏实多了。陈忠实曾经听闻一个农村干部在平反后重新投入工作,他深受其先进事迹所感动,立即前去采访。这位农村干部名叫陈万纪,是西安市郊区大明宫人民公社新房大队党支部副书记。陈万纪的模范事迹、宽阔胸怀以及对党的事业的忠诚深深打动了陈忠实,给予了他极大的教育和触动。他发现,陈万纪比他所想象的罗坤的生活原型还要感人,而且他与罗坤的精神世界是如此相通。陈忠实曾说道:"生活中原来有罗坤这样的好人啊,只是我们没有发现他!"[②] 这个真实的故事深刻启示了陈忠实,使他对于罗坤这一

---

① 陈忠实:《我信服柳青三个学校的主张》,《陈忠实文集》壹,广州:广州出版社,2004年版,第534页。

② 陈忠实:《我信服柳青三个学校的主张》,《陈忠实文集》壹,广州:广州出版社,2004年版,第535页。

形象有了更加深刻的理解和认识。他认识到,虽然小说中的罗坤是虚构的,但其所代表的善良、忠诚、正直的精神在现实生活中却是真实存在的。陈忠实从生活的真实中汲取了创作的灵感和力量,使得他笔下的人物形象更加鲜活和生动。

关于《反省篇》的创作,陈忠实也谈道:"有一件事,我印象极深。有个周末回到家里,公社连通各村各户的有线广播上,公社党委书记正在作检讨,检讨自己在极左路线指导下开展的学大寨运动中犯过的错误。我站在院子里,心里很不安,他做的那些错事,我在和他共事的时候,间接直接地一起参与执行过,我也应该承担自己的责任,而且感到了心理上的压力。我的父亲听完后说:'共产党还是共产党,自家揭自家的短,百姓倒没气了。'第二天,在村子里,又听到不少反映,有人说:'过去那么厉害,现在做检讨哩!'也有不少人说:'这人到咱公社,还是把力出扎咧!'而且列举出他干的许多好事来。我的心里愈加不能平静,我们的农民多好啊!他们对于干部的错误所造成的损失,容忍的胸怀够博大的了。"①

陈忠实在那个时期创作的短篇小说,可以说基本上都源自他的生活体验。通过他的作品,我们不仅可以深刻反思极左思潮所带来的严重后果,还能看到在复杂和令人困惑的现实面前,仍然有着并未迷失方向的真正好干部,以及像黄土一样淳朴的老百姓。陈忠实的作品并没有让人感到悲观失望,也没有让人产生幻灭和失落感。相反,他以扎实的农村生活基础和深刻的生活体验为支撑,在国内同期的伤痕文学和反思文学创作潮流中独树一帜。他的作品在表现悲剧的同时,也凸显了人性之美,这是非常值得肯

---

① 陈忠实:《深入生活浅议》,《陈忠实文集》壹,广州:广州出版社,2004年版,第547页。

定的。通过陈忠实的作品，我们看到了生活中不同层面的人物形象，这些形象或许在现实生活中并非绝对存在，但代表了一种精神追求和价值观念。在他的作品中，我们看到了那些矢志不渝的好干部，他们在时代的大潮中坚守初心，无私奉献，为社会发展贡献自己的力量。同时，我们也看到了那些朴实无华的老百姓，他们虽然生活在贫困的环境中，却依然保持着对生活的热爱和对美好的向往。因此，陈忠实的作品不仅是对历史的回顾和对社会的反思，更是对人性的歌颂和对美好生活的向往。他的作品给人以力量和勇气，让我们看到了生活中的希望和可能，也让我们更加坚定地相信，只要我们坚守初心，努力奋斗，就一定能够迎来更加美好的未来。

二、变革时期的农村叙事

1978年12月18日至22日召开的中国共产党十一届三中全会，在中国历史上有着划时代的重要意义。它拨乱反正，解除了长期以来左倾错误对中国人民的严重束缚，引导全国人民走上了大力发展经济的改革开放之路。中国的改革开放，是在广袤的田野和广大的农村地区拉开帷幕的。20世纪70年代末80年代初，一系列的改革开放政策在全国范围内陆续实施，这些政策打破了长期以来左倾路线的束缚，给长期处于困境中的农民带来了新的希望和机遇，农村经济和社会生活发生了翻天覆地的变化，农民们的生活水平得到了显著提高。这时，陈忠实已经离开公社，开始在文化馆工作，但几乎每天都有农民顺路来到文化馆，他们一坐下便滔滔不绝地谈论着刚刚开始实施的责任制。对于这种新生事物，农民们充满了好奇和热情。每逢星期六回家的路上，无论是回到家中还是在路上，陈忠实都被"责任制"的讨论所缠绕。他无论如何都无法与乡村间突然掀起的这股汹涌的声浪隔离，甚至保持一段能使自己超然物外的距离。生活的现实如此生动活泼，常常让他激动得难以入眠。对于许多有趣的、充满着变革时代色彩的小故事，他忍不住要讲给周围的人听。他说："我以努力理解我周围发生着的这种变化，写下了一组变革时期的农村题材的短篇小说。"① 在这些小说中，陈忠实用心描绘了农村的变革与发展，以及人们因此而发生的种种变化。他的笔下充满了对时代变迁的思考和感慨，展现了农民在改革开放浪潮中的心路历程。这些故事不仅仅是农村生活的缩影，更是对时代变革的见证和记录。陈忠实通过文字，将那个特殊时期的农村生活呈现在读者面前，为我们提供了一扇窥视当时社会风貌的窗口。

（一）《早晨》《枣林曲》《南村纪事》《我自乡间来》

陈忠实通过这些短篇小说，首先展现了他极大的创作热情，反映了改革开放浪潮中农村出现的新局面。20世纪80年代初，党在农村实行的承包责任制激发了广大农民和干部的积极性。在新的农业政策指导下，他们充满信心地投入到改变家乡贫穷落后局面、建设新农村的伟大事业中。比如，在《早晨》（1980年）中，冯豹子放弃了父亲为他争取的进社办工厂当工人的机会，而选择成为三队队长。他怀揣着改变家乡贫穷落后局面的雄心壮志，立志为家乡带来新的希望和活力。这个故事充分展现了农村青年的担当精神和责任意识，以及他们对家乡发展的热切期待。再如，《枣林曲》（1980年）中的玉蝉儿，面对姐姐为她寻觅到的去大城市做合同工的机会，却选择留在大青山的枣林沟，与自己心爱的社娃哥共同走上致富之路。在《南村纪事》（1982年）中，南恒

---

① 王汶石，陈忠实：《关于中篇小说〈初夏〉的通信》，《陈忠实研究资料》，济南：山东文艺出版社，2006年版，第73页。

在新的改革政策下，带领村干部冲破重重阻碍，扶正气、开新局；而南小强和娟娟，则在高考落榜后，被农村改革的喜悦气氛所感染，放弃了复习考大学的打算，选择留在南村与南恒大哥一起创业，改变自己和父亲的命运。在《我自乡间来》（1984年）系列短篇中，田雅兰在过去极左时代，曾经面对丈夫病倒在床，一家五口常常断顿儿，四季向政府求救的艰难岁月。如今却成为家庭农场的女经理，展现了中国农村妇女的坚韧与魄力。

这些故事反映了中国农村在改革开放大潮中所经历的巨大变迁。玉蝉儿的选择代表了许多农村青年的心声，他们放弃了繁华都市的诱惑，选择留在家乡，投身农村建设的浪潮中；南恒则是一个典型的农村干部形象，他带领村民们勇敢面对困难，开拓创新，为村庄的发展奠定了坚实基础；南小强和娟娟的选择，则代表了一代农村青年的精神风貌，他们放弃了个人的荣誉，选择了与家乡人民共同奋斗的道路，为家乡的振兴贡献了自己的力量；田雅兰的故事则展现了中国农村妇女在改革开放中的新角色和新形象，在过去的困境中她坚持不懈地支撑着家庭，艰难度日，而如今，她以女经理的身份，展现了出色的管理能力和坚韧不拔的意志，为家庭农场的发展做出了重要贡献。这些故事充分展现了中国农村改革开放的巨大成就，激励着广大农村人民为实现中华民族伟大复兴的中国梦而不懈努力。

但在新的农业政策下，一些人对实行责任制的政策理解不够深刻，这在陈忠实的作品中也有所反映，比如《我自乡间来》系列短篇中的鬼秧子乐。他擅长炸油糕，然而面对新的农村经济活跃化的政策，他却持怀疑态度，担心政策的变化会给自己带来麻烦。他开了油糕铺，挣了一些钱却又迅速停止了经营，因为害怕政策的变化可能会给他带来困扰。后来，他虽然重新开了饺子馆，但心中仍然忐忑不安，因此通过捐资助学留下后路，以备不时之需。而《早晨》中的冯老五也属于这类人物。陈忠实所关注的这些人物，他们的存在是真实的，代表了当时农村群体中相当一部分人的心态，这说明长期的极左思潮在农村留下了深远的影响。另一方面，陈忠实的作品展现了对这些处于中间状态的普通人的关怀和理解，他并不局限于描写"高大全"式的先进人物，而是更关注普通人的生存状态和内心世界。通过这些人物形象，陈忠实展现了改革开放时期农村群体的多样性和复杂性，呈现了一个真实而立体的农村社会画卷。这些人物的命运反映了改革开放初期农村的种种现实困境和心理挣扎，也引发了对农村改革政策实施效果的深入思考和讨论。因此，陈忠实的作品不仅是文学上的创作，更是对时代风貌和社会变迁的生动记录，具有重要的历史和现实意义。

（二）《石头记》《阳光灿烂的早晨》《绿地》《田园》《拐子马》

陈忠实还通过一系列短篇小说，生动展现了新形势下中国农村的变化和不同的精神风貌。其中，《石头记》（1980年）描写了生产队长广生和赵志科带领社队在河滩捞沙石，开展副业的故事。他们为了给社员寻找买主，与城里基建科程科长订合同，却屡遭程科长索要财物、百般刁难。最终，社员不堪忍受，发生了打司机并辱骂程科长的事件，迫使公社书记和派出所所长出面解决问题。这个故事反映了新时代下农村经济活力的崛起，以及城乡关系的复杂性。农民为了增加收入，积极开展副业，寻找市场。然而，在与城市合作过程中，他们也面临着各种挑战和困难，有时甚至会遭受不公平对待和欺凌。而这种不公平往往需要通过各种方式来维护权益和解决纠纷，同时也反映了当时农村基层治理的一些现实问题。

《阳光灿烂的早晨》（1982年）讲述了这样一个故事：在队里

实行牲畜包养到户后，出现了许多年轻社员不会喂养牲畜的情况。为此，十九年来一直负责喂养牲畜的老饲养员杨恒老汉，怀着对自己所照料的牲口的深厚感情，主动到各家各户给牛马看病。为了提高社员们的养殖技能，公社还安排杨恒老汉到广播站讲解养殖知识，并支付相应的酬金。这个故事反映了新时代农村养殖业面临的现实问题和挑战。随着农村经济的发展和生活水平的提高，人们对养殖业的需求也在增加，但由于缺乏相关知识和技能，许多年轻社员无法有效地照料牲畜。而像杨恒老汉这样长期从事养殖工作、对牲畜养殖有着丰富经验和深厚感情的老饲养员，正是农村养殖业发展的重要支撑力量。陈忠实深入剖析了农村人对待工作的态度和对待生活的热爱，以及他们在面对困难时的坚韧和勇敢。这种真挚的情感和细腻的描写，使得作品更具有感染力和说服力，引起了读者对农村发展问题的深思和关注。这个故事不仅仅是对农村养殖业的一个缩影，更是对当时农村经济发展和社会进步的一个生动记录。

《绿地》（1982年）讲述了公社党委副书记侯志峰的故事。侯志峰艰难地积攒了一百元钱，用来偿还妻子收受的贿赂。在与妻子的激烈争吵后，他最终保留了自己内心深处的一块"绿地"。这个故事反映了当时农村基层干部在艰难环境下的处境和挣扎。侯志峰作为公社党委副书记，肩负着重要的工作任务，但他在家庭生活中也面临着巨大的压力和矛盾。妻子的收受贿赂的行为让他感到愤怒和无奈，但他又无法彻底改变这种局面。然而，侯志峰并没有完全屈服于外界的压力和诱惑，他努力积攒钱财，希望用这笔钱洗刷妻子的不当行为所带来的耻辱和烦恼。尽管他与妻子发生了激烈的争吵，但他最终保持了自己内心深处的一块"绿地"，保持了自己的尊严和原则。

在小说《田园》（1982年）中，陈忠实描绘了秀芬与在城里担任科长的宋涛离婚后的生活。秀芬选择了独自承担起赡养老人、抚养儿子的责任，没有再嫁他人。在儿子的婚礼上，当宋涛准备享用端上来的面条时，秀芬却本能地惦记着他容易因吃冷食而肚子疼的毛病，迅速夺过面条用开水冲了一下。当宋涛得知秀芬因为心中无法容纳别人而选择了独身时，他感到十分羞愧。这个故事反映了现实生活中许多农村家庭的真实情况。秀芬在婚姻破裂后并没有选择再次婚姻，而是毅然扛起了家庭的责任。她将自己的生活重心放在了照顾年迈的父母和抚养儿子上，展现了她坚强、顽强的一面。

《拐子马》（1984年）讲述了农村在实行土地家庭承包责任制后，村干部在处理集体财产时的不正之风。故事中，社员拐子马目睹支书马成龙随意砍伐他亲手护育起来的树木，将其用于自己获利或售予关系户。尽管拐子马多次向上级反映这一问题，但始终得不到解决。于是，他带领村民砍光了大树，引发了一场闹剧，并决心告倒马成龙。这个故事展现了农村基层治理中的腐败现象和对抗腐败的努力。在土地家庭承包责任制下，一些村干部滥用权力，侵吞集体财产，损害了广大村民的利益。而拐子马作为普通社员，敢于站出来揭露腐败现象，是在为维护村民的权益而奋斗。他所做的不仅仅是为了自己，更是为了整个村子的利益和尊严。陈忠实通过这个故事，深刻揭示了农村基层治理中存在的问题和困境。这个故事既是对农村现实的真实记录，也是对腐败现象的深刻剖析，更是呼吁人们共同努力，建设廉洁、和谐的农村社会。

短篇小说以反映生活敏锐、便捷见称。如鲁迅所说："它借一斑略知全豹,以一目尽传精神……"① 所以陈忠实用短篇小说及时而又迅速地反映乡村间掀起的改革浪潮,是最合适不过的了。可是他说:"我没有一篇自己满意的稍好稍深刻一些的短篇,终于想通过用较大的篇幅来概括我经历过的和正在经历着的农村生活了,这就是《初夏》。"②

(三)《初夏》

中篇小说《初夏》描绘了1981年初夏时节,在农村实行承包责任制所带来的各种矛盾和变化。故事围绕着冯家滩的父子冯马驹和冯景藩展开,他们在新的农业经济政策下,产生了深刻的思想分歧。冯景藩是冯家滩的党支部书记,也是二十多年前在全县最早试行农业社的冯家滩农业社主任。当年,他奋斗不懈,集中了农民的牲畜和土地,如今,他又亲自主持将土地和牲畜承包给各家各户。然而,在他看来,这种做法似乎是回到了过去的单干时代。他的思想无法适应农村工作的急剧变化,感到自己的黄金岁月被消耗殆尽,如今又回到了二三十年前的起点,对此感到前所未有的失败和失落。"分了地,分了耕畜,还要咱们这号干部做啥?"他疑惑地自问,"各家各户种庄稼,干部没事干了。"③ 特别是当他看到曾与自己一同创办农业社的第一任干部冯安国的境况时,更加感到不平和自卑。

当年,县委决定将他调到河东乡任乡支书,但河西乡的社员

---

① 鲁迅:《〈近代世界短篇小说集〉小引》,《鲁迅全集》第四卷,北京:人民文学出版社,1958年版,第104页。

② 王汶石,陈忠实:《关于中篇小说〈初夏〉的通信》,《陈忠实研究资料》,济南:山东文艺出版社,2006年版,第73页。

③ 陈忠实:《初夏》,《陈忠实文集》贰,广州:广州出版社,2004年版,第76页。

们联名"请谏",强烈要求他留下来,当时这让他倍感振奋。冯景藩原本的生活平静而充实,但随着县委的一次人事决策,一切都变了。本来他预期会获得的一个重要职位,最终却意外地落到了他的远亲冯安国手中,而在能力和为人处世方面,冯景藩认为自己都要强过冯国安。就是这样一次看似微不足道的决策改变,造就了二人命运的天壤之别。冯安国现如今已是县级饮食服务公司的总经理,事业有成,家庭幸福,他的孩子们也都各自找到了稳定的工作,生活得体面而顺遂。相比之下,冯景藩的处境则显得颇为凄凉。他最小的儿子冯马驹,原本有个未婚妻,但因为马驹决定留在农村不进城,未婚妻提出了解除婚约。这件事对冯景藩来说无疑是沉重的打击,使他感到自己多年来无论是在工作上还是私人生活中,似乎都未能取得任何成就。生活的重压使冯景藩开始深刻反思自己的人生选择。他开始为儿子能够进城工作而焦虑不已,认为这是改变命运的唯一途径。然而,马驹却有着自己的想法,作为一名充满理想和抱负的青年,他希望留在农村,承担起村队长的责任,为村里的发展贡献自己的力量。父子二人因此产生了激烈的冲突,两代人之间的价值观、对生活的期待与理解发生了尖锐的碰撞。

冯马驹,在经历了长达七年的军旅生涯后,终于踏上了归乡的路,回到了他生长的地方——冯家滩。他带着在军中磨砺出的坚韧和决断,接受了村里三队队长的职位。军旅生活赋予了他不凡的气质和领导力,曾经,他接近成为一名排长,但复杂的人际关系和环境让他错失了这次机会。尽管心中有些遗憾,他仍旧怀揣着对未来的无限憧憬和希望,准备开启人生的新篇章。复员回家的第二天,他怀着激动和期待的心情,去见自己的未婚妻薛淑贤。薛淑贤在一所民办小学担任教员,是那种温婉贤淑、知书达理的女子。他们的爱情,在冯马驹服役期间是通过书信维系的,每一封信都充满了浓浓的情感和对未来的美好憧憬。然而，命运似乎总爱开玩笑，冯马驹踏进薛淑贤家的门槛那一刻，耳边却响起了薛淑贤的绝情之语。她的心，似乎早已改变，她口中的未来伴侣，应是军中英姿飒爽的排长，而非回乡下种田的冯马驹。这突如其来的变故，让冯马驹的心情由云端跌入了谷底，所有的憧憬和期待瞬间化为泡影。这个时候的冯家滩，正遭遇着前所未有的困境。三队的经济条件十分困难，社员们被生活的重担压得喘不过气来，村里弥漫着一种渴求改变的气息。社员们开始私下议论，认为现有的领导班子无法带领大家摆脱现状，是时候选举新的领导者了。而冯马驹这位刚从部队归来的青年，以其坚定的眼神和不凡的气度成为大家心目中的希望所在。当选队长后的马驹对另外两位新当选的干部牛娃和德宽说："咱们这是背水一战哪！人家瞧不起农民，咱们可不能自己瞧不起自己啊！三年改不了三队的旧局面，我要求公社党委取消我的党员资格……"①

在冯家滩，冯马驹以满腔的热血和一腔的责任感，着手改变着这片土地的面貌。他深知，要想让三队的青年男女们有稳定的收入，就必须创造出新的就业和增收机会，他决定兴办一系列产业项目，既能为村里带来经济效益，又能提供就业机会。在他的带领下，一座座砖厂逐渐建立，秦川牛繁殖点也开始运营，这些新兴产业像春风拂过枯枝，为三队的发展注入了新的生命力。同时，他还推动了土地、果园、菜地、鱼池、磨坊等资源的责任承包制度，让更多的社员能够参与到改革的浪潮中来。正当冯马驹的这一系列措施初显成效，为三队带来了前所未有的活力和希望时，一道突如其来的命令却让他面临了一个艰难的选择——父亲

---

① 陈忠实：《初夏》，《陈忠实文集》贰，广州：广州出版社，2004年版，第26页。

希望他去县城的饮食公司担任司机。在部队服役期间，冯马驹曾是运输连的班长，对于驾驶他有着得天独厚的技能和热爱。县饮食公司的司机，这不仅是一份收入稳定的工作，更是一个脱离农村、步入城镇生活的机会。一旦成为正式员工，便意味着可以永久地告别泥土和艰辛，享受城镇工人的稳定生活。然而，冯马驹的心却难以平静。他的脑海中，不断浮现出三队那些充满朝气的面孔，他们对未来的憧憬，以及自己策划实施的各项事业。他想到了德宽和牛娃这两位一直在自己身边努力奋斗的同志，他们对三队的忠诚和对改革的热情，让他无法放弃。他明白，自己的离开不仅意味着个人的梦想破灭，更是对这片土地和这群人的背叛。"那些想把儿女插进砖场来找一份稳妥的活儿的父母，那些已经表示等待喂养一头纯种秦川牛犊而给家庭找到一条可靠的经济来源的庄稼人，对他抱着希望。他悄悄从冯家滩溜出去，会使他们怎样评价他这个共产党员呢？"① 经过深思熟虑，冯马驹做出了决定——他将留在冯家滩，继续他的改革事业。他相信，只要坚持不懈，三队的明天一定会更加美好。他的选择，虽然放弃了个人的稳定生活，但赢得了更大的尊重和认可。他的故事，激励着一代又一代的青年人，用自己的行动诠释着对家乡的深情和责任。但他留在冯家滩的决定却遭到了父亲的极力反对，最终导致他被赶出家门。

冯景藩的形象是真实的，王汶石在给陈忠实关于《初夏》的通信中说："您来自农村，来自基层，冯景藩们既是您的父兄，而您又曾是他们的领导。"② "您是深知冯景藩们的，因而您笔下的冯

---

① 陈忠实：《初夏》，《陈忠实文集》贰，广州：广州出版社，2004年版，第89页。

② 王汶石，陈忠实：《关于中篇小说〈初夏〉的通信》，《陈忠实研究资料》，济南：山东文艺出版社，2006年版，第71页。

景藩就显得格外真实和感人。"① 陈忠实也在给王汶石的回信中谈道:"冯景藩们的复杂的内心活动,是变革的农村现实引起而发生的,因而就打上了变革时期的印记,是这个特定的历史时期产生的独特的心理活动。"②

陈忠实以其对农村生活的深刻洞察而闻名。他认为,许多不同领域的作家试图通过自己的创作来总结过去几十年中国农业发展的历程,而这条发展之路汇聚了南北方的八亿农牧民,他们的生活充满了无数的喜悦与悲伤。陈忠实指出,农民在迈向新生活的过程中,与旧日生活的告别绝非易事,特别是像冯景藩这样的人,他们将自己最宝贵的时光无私地奉献给了土地,他们经历的生活远比年轻一代如冯景藩的儿子马驹复杂得多。陈忠实深入描述了冯景藩三十多年的艰苦历程及其对其心理状态的影响。他明白,这位庄稼人内心深处的历史厚重,不是简单的言语所能描述的。对于冯安国,陈忠实或许还能以轻松的笔触描绘,但对于冯景藩,他则是格外慎重,每一个字都充满了敬意。要真实地呈现这些人物的当下心理状态,就必须全面而准确地回顾他们的历史,无论是辉煌的成就还是不经意的失误,或是他们个人所经历的挫折。正是这些历史事件构成了他们现在的"失落"感。他深知,如果不尊重他们辉煌的历史,不理解他们当前的苦楚,那么他自己也就无法真正进入他们的世界,无法在路旁静静叙说那些动人的故事。陈忠实认为,"我如果不尊重他们的光荣的历史功绩,

---

① 王汶石,陈忠实:《关于中篇小说〈初夏〉的通信》,《陈忠实研究资料》,济南:山东文艺出版社,2006年版,第71页。
② 王汶石,陈忠实:《关于中篇小说〈初夏〉的通信》,《陈忠实研究资料》,济南:山东文艺出版社,2006年版,第74页。

不理解他们现在的苦恼,他们就不会挡住我蹲在路旁叙述一两个钟头的衷肠的。"①

陈忠实将冯景藩作为一个重要的文学形象,深植于他探索农村生活及其变迁的文学创作中。对于这一形象的准确性及其代表性,陈忠实初时带着些许疑虑。这种不安,在他参加了涿县举办的一场农村题材创作座谈会之后得到了缓解。在此会议上,他聆听了中央农业改革研究室主任杜润生的报告,对于如何处理文学作品中的历史人物和事件有了更深的理解。杜润生说,"我们要尊重历史,土地改革和合作化时期那些带领群众的模范和先进人物,他们的历史功绩还是要肯定的,不能因为今天的政策的变化而否定他们(大意)。"②陈忠实深刻认识到,文学创作不仅是艺术的再现,更是历史真实的呈现。他意识到,无论时代如何变迁,人们对于那些在艰难时期带领群众勇往直前的英雄人物的记忆和尊敬是不会改变的。因此陈忠实在他的文学创作中,对那些曾在特定历史时期作出杰出贡献的人物给予了充分的理解和尊重。

在陈忠实的创作世界里,冯马驹这一人物的塑造同样源于对现实生活深刻的观察和体验。在与王汶石的书信往来中,陈忠实分享了一个引发他创作灵感的小故事:大约在1980年的某一天,他与一个村庄里年轻的党支部书记闲聊时,听闻了一个动人的故事。在那个时代,村中有两位青年,在极其艰难的条件下完成了高中学业,并且在国家恢复高考制度后,通过自学考上了大学和中专。这两位青年的故事不仅令陈忠实感动,更激发了他的创作灵感。他们在没有任何外部帮助的情况下,坚持自学,为了求知

---

① 王汶石,陈忠实:《关于中篇小说〈初夏〉的通信》,《陈忠实研究资料》,济南:山东文艺出版社,2006年版,第75页。

② 王汶石,陈忠实:《关于中篇小说〈初夏〉的通信》,《陈忠实研究资料》,济南:山东文艺出版社,2006年版,第75页。

和改变命运而努力。而他们学习中的引路人，就是那位年轻的党支部书记，一位被称为"老三届"的高中毕业生，他不仅学识渊博，还愿意将自己的知识无私地分享给村里的年轻人。这个故事在陈忠实心中种下了创作的种子。他看到了在困难环境中人们对知识的渴望，以及教育对个人命运可以产生的巨大影响。这种对知识的追求和对教育的尊重，成为冯马驹这一人物形象创作的核心。在陈忠实笔下，冯马驹不仅是个人奋斗的象征，也代表了那个时代年轻人的面貌。他们在社会动荡、资源匮乏的环境中，仍然保持着对知识的渴望，对未来的希望，展现出了强烈的生命力和不屈不挠的精神。陈忠实通过冯马驹这一形象，传达了对那个时代青年的敬意，也反映了他自己对教育和知识的深刻看法。

陈忠实曾问一名"老三届"高中毕业生为什么不参加高考，这位年轻的党支部书记说："开头也跃跃欲试，后来……到底没去。我心里撂不下这一摊子！"[1] 原来他在大队里刚创办下一个机砖厂，生产和收益都不错，一个加工厂也挺红火，还有两桩队办工副业正在筹划之中，他"撂不下这一摊子！"这样一句闲聊的话却是那样强烈地撞击着陈忠实的心，"企图通过考试逃离'苦海'（农村）而进入文明的城市的青年也不乏其人；死心塌地地用自己的智慧和创造性劳动改变乡村贫穷落后现状的青年也不能断言绝对没有啊！"[2] 这个年轻人的故事触动了陈忠实，尤其是他对于自己事业的执着和不愿放弃的精神，让陈忠实感受到了一种强烈的情感冲击。这段对话激发了陈忠实深思：在当时的社会背景下，很多年轻人梦想通过考试离开农村，进入所谓的"文明世

---

[1] 王汶石,陈忠实:《关于中篇小说〈初夏〉的通信》,《陈忠实研究资料》,济南：山东文艺出版社，2006年版，第75页。

[2] 王汶石,陈忠实:《关于中篇小说〈初夏〉的通信》,《陈忠实研究资料》,济南：山东文艺出版社，2006年版，第75—76页。

界"——城市。但同时，也有一部分青年，他们选择留在农村，用自己的智慧和勤劳的双手，致力于改变家乡的贫困落后面貌。这位年轻干部正是后者的代表，他的故事让陈忠实感受到了这个群体的存在，他们虽不曾大声宣告，却在沉默中以实际行动书写着自己对家乡的深情和责任。"这位'撂不下'自己亲手创立的'家业'的年轻干部，终于使我无法摆脱他对我的感情的冲击，逐渐在心里孕育出一个冯马驹来。"[①] 冯马驹在陈忠实笔下成为一个象征——象征着那些虽然有能力离开，却选择留下来面对挑战，用自己的努力为乡村的发展做出贡献的年轻人。这个角色展示了一种不逃避的勇气和担当，展现了一种深刻的地域情感和社会责任感。

正像陈忠实自己说的："生活里既然有冯景藩，就不会没有冯马驹；生活如果只有衰竭和死亡而没有新生，社会和自然界一样早该完结了。因为有沉重的昨天，才有奋发的今天，更可以预示有光明的明天。"[②] 冯马驹开始时更多的是出于一种个人的屈辱所产生的义愤而崛起，经过生活的矛盾才逐渐自觉地意识到自己的使命。通过冯马驹这一形象，作者所要努力揭示的是："我们的生活在发生重大变化的转折时期，从冯景藩的沉重感叹声中和冯志强的幽灵里，诞生了新的冯家滩的一代青年。他们继承了父辈最可宝贵的精神财富，摒弃了他们的思想重负，在新的生活天地里，

---

① 王汶石,陈忠实:《关于中篇小说〈初夏〉的通信》,《陈忠实研究资料》,济南：山东文艺出版社，2006年版，第76页。

② 王汶石,陈忠实:《关于中篇小说〈初夏〉的通信》,《陈忠实研究资料》,济南：山东文艺出版社，2006年版，第76页。

展示自己的风采。"①读着《初夏》，能让我们从冯马驹身上感受到希望，感受到力量。

在《初夏》这部作品中，不仅仅是主要角色引人入胜，其配角们也以其鲜明的性格特点和令人动容的故事为读者留下了深刻的印象。通过细腻的笔触，陈忠实赋予了每个角色独特的生命力，使他们在故事的进展中扮演了不可或缺的角色，共同构建了一个充满人性光辉和深刻社会意义的世界。德宽的稳诚厚道，牛娃的耿直倔强，来娃的自尊自信都给读者留下了深刻的印象，而彩彩的形象，更是陈忠实笔下的一抹亮色。

彩彩如同这片土地上的一株坚韧的花，不仅自尊自爱、冷静理智，而且内心充满善良与纯净。彩彩，一位扎根于农村的医生，她的存在是这片大地上的一抹温暖。她的父亲冯志强放弃高考，毅然决然地返回冯家滩，投身于乡村的建设之中。然而，在彩彩五岁那年，"四清"运动席卷而来，冯志强未能承受住其中的苛刻与磨难，最终走上了一条无法回头的路。随着母亲的改嫁，彩彩和她的祖母成了彼此生命中唯一的依靠，两人在冯家滩这片土地上相依为命，共同面对着生活的风风雨雨。

彩彩在情感的道路上也并非一帆风顺。曾经，为了不影响她深爱的人马驹哥在军队中的晋升，她不得不违背内心的真实情感，选择了与冯文生这样一个与她有着相似命运的人结缘。冯文生在历史的风云变幻中得到了平反，随后选择了离开，向彩彩提出了解除婚约。面对如此变故，彩彩展现出了难能可贵的冷静与坚强，她没有被情感的波折所击垮，因为在她的内心深处，有着对生命意义的深刻理解和对个人追求的坚定执着。这份坚定和执着，源

---

① 王汶石，陈忠实：《关于中篇小说〈初夏〉的通信》，《陈忠实研究资料》，济南：山东文艺出版社，2006年版，第76页。

于彩彩在冗长而寂寥的农家冬夜里的阅读。书籍，成了她灵魂的慰藉，也成了她理解世界、理解人性的窗口。通过字里行间的积累与沉淀，彩彩构建了自己对人的价值、尊严的深刻认识。她学会了在逆境中寻找希望，在绝望中找到力量。那些年月，书籍是她最忠实的伴侣，陪伴她走过了一个又一个孤独的夜晚，也激发了她内心深处的力量，使她成为一个在困境中依然能够自尊自爱、保持冷静理智和善良纯洁的人。当马驹看到她为父亲经受了许多折磨，现在又被冯文生抛弃而非常同情她时，她说："我爸爸得到平反，我也跟任何青年一样平等了，这就够了。我说过，我给乡亲们看病打针，不是个无用的人，这也就满足了。"[1] 在那个充满着挑战和变迁的年代，彩彩的言语总是那么朴实无华，却又蕴含着深邃的哲理。她的生活经历，加之她对书籍世界的深入探索，让她对于人生的价值与尊严有了自己独到的见解。这种深刻的理解，使得她在同龄人中显得与众不同。彩彩的这种深度，正是源于她对生活的独特体验与反思，以及她在阅读中得到的灵魂滋养。

马驹对彩彩的评价充满了敬意与惊叹。他曾这样评价彩彩："这是一个多么自尊的姑娘啊！'商品粮吃来就那么香吗？'能说出这样的话的姑娘，不是很多的哩！相比之下，薛淑贤太低下了，文生太低下了。如果自己昨晚拿定了去开汽车的主意，那么也就不比他们高明。"[2] 他的话中不仅透露出对彩彩独立思考能力的赞赏，也表达了对她深深的敬意。马驹的内心深处，对彩彩有着一种超越言语的尊重与欣赏，他认为，与彩彩相比，其他人的见识和格局都显得过于狭隘。

---

[1]　陈忠实：《初夏》，《陈忠实文集》贰，广州：广州出版社，2004年版，第101页。

[2]　陈忠实：《初夏》，《陈忠实文集》贰，广州：广州出版社，2004年版，第103页。

彩彩对马驹的感情，纯净而真挚。她的爱并不因马驹的身份或地位的变化而有所改变，无论他是一名军人还是一位农民，她的情感都如一潭清水，深邃而纯粹。这份感情的力量，在彩彩的心中是坚定不移的，它源自彩彩对美好情感的执着追求和对人性美好的信仰。彩彩的故事，不仅是一个关于成长与探索的故事，更是一个关于如何在复杂多变的世界中坚持自我、维护人性尊严的故事。彩彩，这个名字，在她所处的时代背景下，成为自尊、自爱、智慧与纯洁的象征。她的生活态度和价值观，为周围的人提供了另一种看待世界和生活的视角。通过彩彩的故事，我们可以看到一个个体如何在困境中寻找到自我价值的实现途径，以及在生活的挑战面前如何保持一颗纯净而不失智慧的心。彩彩的生命旅程，告诉人们在面对人生的风雨时，如何坚持自我，如何以一颗宽广而深邃的心去理解世界，以及如何在变幻莫测的生活中找到自己真正的价值与尊严。

在陈忠实的笔下，无论是冯马驹、冯彩彩，还是德宽、牛娃以至来娃，每个角色都被赋予了深刻的人性光辉和时代特色。这些人物在新的历史背景下，展现出了独特的个性和不凡的人格魅力，他们的故事映射出了那个时代的精神风貌。然而，作品的塑造并非毫无瑕疵。对此，王汶石在与陈忠实的书信交流中提出了自己的看法。他指出："您是不是把景藩老汉的思想活动，行动做法，对冯马驹的态度和举措，都处理和描写得简单了一点？"[1] 陈忠实谈到马驹的形象塑造时也说："我现在又不得不切实地承认，这位青年的形象仍然单薄，感情世界还揭示得很不丰富，这原因

---

[1] 王汶石,陈忠实:《关于中篇小说〈初夏〉的通信》,《陈忠实研究资料》,济南：山东文艺出版社,2006年版,第71—72页。

既在对生活的体验不深,也在艺术表现力上的无能。"①《初夏》无疑是陈忠实笔下最具挑战性的一部杰作。自1981年起笔,历经三年艰辛沉淀,直至1984年这部作品才得以面世。在这一创作过程中,陈忠实经历了前所未有的艰难,甚至一度陷入了创作的僵局。他深刻反思了这一过程中遇到的障碍,最终归结于一个关键的认识:"这就是必须面对生活的直接的感受性,而不能依赖于生活中任何既定的人物,让他去限制作家的创作思维。"②陈忠实的这一领悟,标志着他对文学创作深层次的思考。他意识到,只有深入生活,把握生活的脉搏,用心感受每一刻的真实情感,作家才能突破传统叙事的框架,创造出具有生命力的作品。这样的创作过程,无疑是充满了挑战和不确定性的,但也正是这种对真实感受的追求,使得《初夏》能够呈现出独特的文学价值。

在《初夏》的创作过程中,陈忠实不仅面对了对生活真实感受的挖掘和表达的挑战,还经历了对自我创作方法的深度探索。他勇于摒弃那些既有的、可能会限制创作自由的人物设定和叙事手法,转而寻求一种更加贴近生活、能够真实反映人性复杂性的创作路径。这一转变,虽然让他在创作上遇到了前所未有的难题,但同时也为他的文学探索开辟了新的道路。

在审视陈忠实在20世纪80年代初中期的文学创作时,我们不难发现,他的作品深深植根于对生活的深入观察与体验。陈忠实的文学探索,显露出一种深刻的"生活即文学"的信念,他坚信只有深入生活的底层,才能挖掘出能够触动人心的故事和情感。他的这种创作态度,体现了一种与生活紧密相连的文学理念,既

---

① 王汶石,陈忠实:《关于中篇小说〈初夏〉的通信》,《陈忠实研究资料》,济南:山东文艺出版社,2006年版,第76页。
② 李遇春,陈忠实:《走向生命体验的艺术探索——陈忠实访谈录》,《小说评论》,2003年第5期。

是一种生活的投入，也是对生活深度的把握和表达。陈忠实在作品中通过对生活细节的精确捕捉，展现了对日常生活中普通人情感世界的敏锐感知能力。他能够准确地描绘出时代背景下人物的心理变化，反映出社会变迁中个体的苦乐参半。这种能力使他的作品具有了强烈的现实感和深刻的情感共鸣，成为其文学魅力的重要来源。然而，这种深挖生活底蕴、紧贴现实的创作手法，也不可避免地引发了一定的争议。一方面，陈忠实的作品因为深刻揭示了生活的多面性和复杂性获得了读者的广泛认可；另一方面，过于聚焦于现实生活的描写，有时也会使得作品的主题思想显得相对狭窄，对事物的描绘可能会偏向表面，从而限制了作品的传播与接受范围。陈忠实在谈他的创作体验时也认识到了这一点，他说："凭生活体验产生过许多不朽之作，然而生活体验也容易产生许多相似的雷同的作品……"[1] 而且，他在1985年2月答读者问时第一次将"感受"凌驾于"观察"之上，他说："我觉得，靠采访搞创作是困难的，因为作家对于生活的反映，不能指靠到生活里去搜寻事件，而是要靠他的全身心感受生活；不仅是看别人在新的生活浪潮里的情绪和心理反应，还有自己对新的生活浪潮的心理情绪和反应；没有后者，就很难达到对今天的互相渗透着的各个生活领域的真切的感知，也就很难深刻地理解复杂纷繁的生活现象了。"[2]《初夏》标志着陈忠实在文学创作上的一次重要转变，是他首次挑战中篇小说这种文体。这个过程对他来说既是一次挑战也是一次深刻的思考旅程，他在创作中遇到了从短篇到中篇的转换困难，这种体验让他深入地反思了文学创作的本质。他

---

[1] 陈忠实:《文学无封闭》,《陈忠实文集》伍，广州：广州出版社，2004年版，第456页。

[2] 陈忠实:《答读者问》,《陈忠实文集》叁,广州：广州出版社,2004年版，第477页。

深刻地认识到，真正的文学作品应该是作家对生活的全身心投入，通过对生活细致入微的观察和体验，才能创作出充满生命力的作品。这种认识让他的写作更加注重生活的真实感受，追求在文字中完整、深刻地呈现生活的各个方面。

第二节　生命体验的深刻感受

陈忠实作为一位深谙文学韵味的作家，他的创作之路充满了对自身的深度思考与审视。特别是在1986年4月发表的《创作感受谈》一文中，他深刻剖析了"感受"与"观察"两个概念，并指出了两者之间的本质区别及其在文学创作中的重要性。他认为，观察是一种结合了生理和心理的行为，而感受则是更为直接的心理过程。感受不仅源于观察，而且深化为更为细腻且复杂的情绪体验，有时甚至带有一种神秘莫测的色彩，难以用言语清晰表达。这种感受在初始可能只是一种模糊的存在，如同观察留在心底的一缕清风。然而，这股微妙的感觉在时间的沉淀下，可能在多年后的某一刻突然变得生动起来，尤其是当他笔下的人物步入某个特定场景时，这种深藏心底的感受会瞬间被激发，使得文中人物仿佛置身于其应有之地，自由自在地穿梭游走。陈忠实强调："如果没有这种感受，人物一旦涉足于某个陌生的地域，怎么也无法克服那种空虚和别扭。"[1] 他进一步阐述，从"观察"到"感受"的转变，不仅是对外部世界的认知过程，更是从生活经验到生命体验的深层次转换。这种转变在陈忠实的中篇小说创作中得到了充分的体现，他的小说不仅仅展现了外部世界的景象，更深刻地描绘了人物内心的世界。通过这些作品，陈忠实展示了他如

---

[1]　陈忠实:《创作感受谈》,《文学家》, 1986年第4期。

何将观察到的现象转化为内心的感受,再通过文字将这些感受赋予人物,使得他们在故事中显得栩栩如生。

在《白鹿原》之前,陈忠实写出了9部中篇小说。除《初夏》外,写于1985年之前的有《康家小院》(1982年)、《梆子老太》(1984年)、《夭折》(1983年)、《十八岁的哥哥》(1984年),这些作品多从反思国民性的角度揭示人性弱点问题。写于1985年之后的有《最后一次收获》(1985年)、《四妹子》(1986年)、《蓝袍先生》(1986年)、《地窖》(1987年),这些作品多从反思历史、反思文化的角度来刻画人物形象。

一、揭示人性弱点反思国民性

陈忠实,一位深耕农村土壤的文学耕者,对于那些在他笔下栩栩如生、具有黄土般质朴的农民充满了深厚的情感。他的早期作品中充满了对农民的赞美和歌颂,体现了他对农民生活的深情关注和理想化的描绘。然而,随着时间的推移,陈忠实的创作理念和艺术追求发生了显著的转变,从单纯的生活体验跃升至对生命意义的深层探索,他的关注点也从农民的日常生活逐渐转向了对农民内心世界的深入挖掘。陈忠实的作品逐渐展现出了更为复杂和深邃的文化批判精神。他以一种近乎鲁迅般的清醒和敏锐,洞察到了小农经济对农民心灵造成的深刻影响,这种影响不只限于物质层面,更触及了农民的精神世界和生命意识。

陈忠实通过他的笔触,揭示了农村社会中那些根深蒂固的传统观念和习俗,是如何在无形中塑造和限制了农民的思想和行为,从而引发了读者对于农村文化以及其对个体生命价值观念影响的深刻反思。在陈忠实的后期作品中,我们可以感受到他对农民命运的深刻同情和关怀,同时也能看到他对于农村社会问题的深刻揭露和批判。这种由表及里、由外及内的创作转变,不仅丰富了陈忠实作品中的人物形象，使他们更加立体，具有深刻的心理和命运纠葛，也使得他的作品在艺术表现力和思想深度上达到了新的高度。

（一）《康家小院》

《康家小院》是陈忠实在《初夏》后推出的又一篇中篇小说力作。陈忠实在完成《初夏》后深刻反思了自己的创作过程，认识到了其中的不足，因此在创作上，他勇敢地探索了新的艺术方向，使得这部作品的完成显得格外顺畅。在陈忠实的笔下，一个没有女性的家庭就像是一潭死水，而女性的加入虽打破了这种静止，却也带来了无穷的生活烦恼。

故事讲述了康田生在三十岁那年突然失去了妻子，他将仅两岁的儿子勤娃寄养在老丈人家，随后拿起家中的老旧农具，毅然离开了康家村，开始了一段漫长的独自生活。转眼间，十四五年匆匆流逝，勤娃也长大成人，学会了家族的打土坯技艺。康田生的诚实和勤勉吸引了周围人的注意，特别是吴三一家，他们通过媒人将自家的二姑娘许配给了勤娃。在康家庄这个曾经沉寂了十八个春秋的小院子里，新媳妇玉贤的到来就像春风拂过荒芜的土地，带来了温暖和生机。尽管婚后的日子清贫，玉贤和家人却过得自在而幸福。对于家族长者、阿公康田生而言，儿媳玉贤不仅理智善良、勤勉能干，还兼具聪慧和孝顺，是理想中的贤妻良母。玉贤眼中的阿公康田生性格随和，从不苛求他人侍奉，而她的丈夫勤娃则是个诚实、勤劳、节俭的庄稼汉，他们的生活虽简单却充满了真挚的爱。勤娃对玉贤的依恋深厚，无论工作多远或多晚，他总是尽力赶回家中，这让玉贤感到生活的充实和满足。在康家，玉贤感受到的是生活的简单快乐和在平凡中找到的安宁与温馨。阿公康田生信任儿媳至深，将家中的财务管理权全权交给了玉贤,而勤娃也下定决心,要尽快建起三间瓦房,为全家人创造更好的生活条件。这种信任和期待,让玉贤更加坚定地融入这个家庭,与家人一同面对生活的起伏。在康家的小院里,每个成员都以自己的方式为这个家庭注入力量。玉贤的到来,不仅仅是为康家带来了新生,更是成为连接家庭过去与未来的桥梁。

宁静和谐的康家小院不久便遭遇了生活的变故。生活的平和从来只是一种短暂的状态,因为当过往的时光汇入"现在",这个"现在"就不可避免地面临着新的颠覆和挑战。此时,国家开始倡导妇女识字和受教育,乡镇也派出教员来消除文盲,推广现代文明的重要标志——识字。在这股教育风潮中,玉贤对学习的态度充满了好奇和向往,她觉得能识字肯定非常有趣。康田生对此表示了全力支持,他认为让聪明的玉贤学习文化知识,可以增强她的自我保护能力,以后无人能轻易欺负她和勤娃。而勤娃对识字持有一种淡然的态度,他认为认识一些字当然好,但即使不识字也无妨,只要能应付日常生活即可。与康田生的实用主义和勤娃的淡然态度形成鲜明对比的是,玉贤内心对知识的渴望和对精神生活的向往,不仅仅是为了学习文化知识,更多的是她对精神世界的探索和期待。

玉贤在得到阿公和丈夫的支持后,加入了村子里的扫盲冬季班级。她的教师,杨老师,以其清秀的面庞和文雅的言谈立刻让玉贤自感粗野、笨拙,相比之下,她那粗犷的丈夫显得更加黯淡无光。这种模糊的向往和期待,预示着这个古老村落在物质与精神层面迈向现代化生活的重要一步。当玉贤第一次踏入祠堂,准备接受文化知识的熏陶时,她遇到了杨老师——一个面色白净、年轻帅气、眼神明亮且发型时髦的青年。他的温柔和善、令人愉悦的外观,以及那种引人注目的文雅气质,让玉贤对这位与古老乡土氛围截然不同的年轻知识分子产生了复杂的情绪：她既羞怯又羡慕，感到害怕的同时也被深深吸引。

在玉贤的心中，对于美好生活的向往和对现代生活的憧憬，都不约而同地投射到了杨老师的身上。在她眼里，杨老师不仅是一个传授知识的教师，更像是现代社会所有美好事物的化身。在她静坐自家小院的时刻，杨老师的形象似乎在她面前栩栩如生：他那充满情感的笑容、在黑板上写字时的洒脱姿态、他那令人愉悦的话语、对中外事务的见识以及他悠扬的歌声，都让玉贤深感震撼。杨老师的干净打扮和亲切态度，在乡村中显得格外突出，他的每一个动作、每一句话语，在玉贤看来，都是高雅文化的体现。对于玉贤这样一个农村妇女来说，杨老师的存在不仅仅是她追求知识的引导者，更是她对于一个更加文明、更加美好生活的具体化身。他的温柔言辞、他的文雅气质、他对待人的和蔼态度，这一切都深深打动了玉贤，激发了她内心深处对于未知世界的无限好奇和向往。她对杨老师的仰慕和尊敬，逐渐转化为了对文化知识的热爱和追求。杨老师的一举一动，对她来说，就是文化启蒙的活生生例证。这种情感的蕴含和文化的渴望，让玉贤有了一种梦幻般的迷离感觉。她开始幻想着自己能够步入那个杨老师代表的充满知识和文明的新世界。

在玉贤的记忆里，自己和勤娃的婚姻显得平淡无奇，没有带给她任何震撼或深刻的印象。勤娃勤劳、诚实和节俭，然而，他也笨拙、粗鲁和生硬，无法说出女性渴望听到的那几句温柔体贴的话。玉贤心想，这正是老百姓常说的"人比人，气死人"。这种反差引发了玉贤对不同生活方式和不同人生经历的深切向往与渴望。在玉贤过往的生活认知中，女人的命运似乎已经被早早定格：女人必须嫁人，而一个能不施暴、不辱骂、不令妻子受气、不酗酒、不赌博的男人，就已经是上天的恩赐。在这样的认知下，她从未真正意识到男女之间可以存在着"爱"和"被爱"的深层次关系。玉贤的思维逐渐被这次反思所触动，她开始质疑自己对生活的既有认知。她意识到，人生并非只有一条路可走，女人的幸福也不应只囿于传统观念的框架之内。

年轻的杨老师，凭借他的聪明才智和迷人的笑容，轻而易举地走进了玉贤的心房。那时，玉贤才十八岁，正是青春年华，心思纯真。在她的眼里，杨老师就像是来自另一个世界的使者，带着光芒和希望。趁着轮流管饭的机会，杨老师走进了康家小院，玩弄了玉贤。一天深夜，勤娃劳作一天后满心欢喜地返回家中，却意外撞见了杨老师与玉贤的亲密场面。一瞬间，勤娃的心中充满了愤怒和疯狂，他对杨老师大打出手，将其打得半死不活。玉贤见状，心如刀割，但更多的是无尽的恐惧和绝望。玉贤在深夜里悄悄地走到了村边的槐树下，几乎做出了极端的选择，幸运的是被阿公及时发现，阿公把玉贤从悲剧的边缘拉了回来。活过来的玉贤遭到勤娃的一顿痛打，又遭到父亲的一顿痛打。在经历了深刻的痛苦和反思之后，玉贤做出了一个重大的决定：她要离开勤娃，追求自己真正的幸福。在她心中，杨老师是她唯一的依靠和希望。她鼓起勇气，将自己的决定告诉了杨老师，希望能与他共建未来。然而，玉贤未曾想到的是，杨老师的回应竟是冷酷无情的拒绝。他的话语如同寒冬中的冰刃，刺入了玉贤的心脏："我不过……和你玩玩……"，"玩一下，你却当真了。"玉贤终于看清了杨老师的真面目，那张曾令她心动的面庞，在此刻变得如此陌生和恶心，一口血水吐到了那张小白脸上。

玉贤又想到了死。然而，在这一刹那，她的脑海中闪现出两个身影，一个是阿公，那位慈祥的长者，在她踏入康家的门槛不足两月，便毫不犹豫地将重要的金库管理权交付于她这个新媳妇之手，展现了对她的极大信任与期待。另一个则是勤娃，那个笨拙而又坚实的青年，他的动作不够灵巧，说话也不善辞令，但他的每一个拥抱都充满力量，他的每句话虽简单却深含真意，绝无虚言。在这个世界的尽头思考，玉贤觉得自己应该做些什么来弥补对这两位至亲的亏欠。她决定，再一次踏进那个充满回忆的康家小院，去寻找心中的救赎。就在她穿过一条小巷，即将踏出最后一步时，一个熟悉而又颓废的身影映入眼帘——那是勤娃，醉倒在不远处的一家破旧客栈门前，身旁散落着酒瓶，显得孤独又无助。玉贤没有丝毫犹豫，她走过去轻轻扶起了勤娃，尽管他的身体沉重，步履蹒跚，但她坚定地支撑着他，一步步向康家小院行去。那一刻，她的心中充满了决心，她要在自己有限的生命里补偿那些年的遗憾，用自己的方式向阿公和勤娃表达深深的歉意和感激。

　　从伦理和道德的视角来看，吴玉贤的行为应该受到谴责，甚至是令人厌恶的。她的行为不仅给一个朴实无华、充满善意和忠诚的家庭带来了不可逆转的伤害，更是给这个曾经充满温馨与活力的家庭投下了一层阴影。她的选择导致了家庭的破裂，使得原本幸福和谐的家园重回十八年前的孤寂与凄凉，家人之间的和睦与温情被一分为二。此外，吴玉贤的行为还让她的亲族受到了极大的羞辱，她的母亲也因她的行为而深感心痛。然而，从人性的角度来看，吴玉贤的处境同样激发了人们的同情。她的婚姻并非出于自愿，而是一种被迫的安排。在这样的婚姻生活中，她最初并没有表现出任何不满，因为家庭的温馨和丈夫的淳朴给了她一种超越了亲生父母家的自由与舒适。她原本以为自己能够像其他普通的妇女一样，与丈夫和睦相处，过上平凡而安稳的生活。但是，当杨老师出现在她的生活中，展示了另一种完全不同的生活方式时，吴玉贤内心的平衡被彻底打破。她对比自己初见丈夫时的情感和首次见到杨老师时的心境，发现两者之间的巨大差异。这种心理上的冲突使她开始质疑自己的生活选择，也引发了她对现有生活的深刻反思。初次见到自己丈夫和初次见到杨老师的感受是如此的不一样，"她第一眼看见了将要和她过一辈子日月的陌生的男人。她心跳了，却没有激动。这是一个长得普普通通的男人。不好看也不难看。""她第一眼看见杨老师的时候，心里就惊奇了。世上有穿戴得这样合体而又干净的男人！牙齿怎么那样白啊！知道的事情好多好多啊！"[1]

吴玉贤的情感追求，充满了对爱与温暖的渴望，最终却走向了一条悲剧的道路。这个悲剧，根源于人性的复杂和多面性，尤其是在理解与沟通方面的深层次缺失。康勤娃，作为一个憨厚而忠诚的农夫，对生活有着简单而直接的期待。他的内心世界被新媳妇的到来点亮，使得原本平淡的日子焕发出了新的生机与希望。他认为自己的责任是为家庭提供物质上的支撑，是要让老屋焕发新的活力，让生活更加稳定与富足。因此，他勤勉工作，梦想着能早日建起那三间梦寐以求的瓦房，给家人一个更加舒适的居住环境。然而，在这一切为家庭打算的背后，康勤娃忽略了玉贤心灵深处的需求。他没有意识到，玉贤在精神层面上的渴望远远超过了物质的提供。她对爱情的渴求，对情感交流的期待，以及对夫妻之间理解与支持的需要，都是康勤娃所未曾触及的领域。他未曾深入探究玉贤心中的想法，未曾真正理解她对生活的期待和对爱的向往。这种沟通与理解上的缺失，造成了二人世界的逐渐疏远，使得玉贤的内心世界越来越孤独，她的情感需求得不到满足。这种内在的空虚和外在的不理解，最终推动了玉贤向外寻求情感的慰藉，却也使她的人生道路走向了复杂和艰难。

---

[1] 陈忠实:《康家小院》,《陈忠实文集》壹,广州:广州出版社,2004年版,第443页。

玉贤缺乏足够的理智来审慎对待这份突如其来的情感。她未曾意识到，外表的文雅和文明背后，有时会潜藏着低劣的灵魂。玉贤对于新时代的文明只有一层薄薄的理解，她的追求充满了盲目。她未能识破那些外表光鲜亮丽之下的阴暗面。在这个故事中，如果说有谁是悲剧的始作俑者，那无疑是杨老师。杨老师是那种典型的伪君子，表面上宣扬婚姻自由、男女平等的新思想，实则内心卑劣至极。他的个性中存在着严重的缺陷，这些缺陷严重玷污了他口头上所宣扬的那些理想。正如一些评论家所指出的，"他所宣扬的那种启蒙思想并没有化为他内在的人格精神。"[①] 反而，这些思想仅仅成为他掩饰自己灵魂之卑劣的一种手段。他的行为不仅背叛了他自己所宣扬的理念，也深深伤害了像玉贤这样纯真的灵魂。玉贤的悲剧，不仅仅是她个人的不幸，更是那个时代背景下的一个缩影。在那个充满冲突和变革的时代，许多人都在试图探索和实践新的生活方式和思想。然而，在这个过程中，往往会有一些人，因为缺乏足够的理智和判断力而变得迷失和受伤。玉贤就是这样一个例子。她对新时代的理解和追求，虽然充满了激情和渴望，却也暴露了她的不谙世事。

在康家的宁静小院里，一场悲剧的悄然上演，不仅是一家之痛，更是文明发展进程中复杂性的一种体现。故事的核心围绕着三个人物：启蒙理想的倡导者杨老师、追求启蒙理想的吴玉贤，以及一个在新旧观念交替冲突中渐渐失去自我方向的勤娃。启蒙理想的宣扬者杨老师未将启蒙精神化为内在的人格精神。吴玉贤，作为杨老师的追随者，她对启蒙理想怀有深厚的情感。但是，当她发现自己所崇拜的启蒙导师，并未能将启蒙理想转化为自我人

---

① 李遇春，陈忠实：《在自我反省中寻求艺术突破》，《陈忠实文集》柒，广州：广州出版社，2004年版，第410页。

格的光辉时，深深的失望油然而生。这种失望不仅仅是对个人的失望，更是对整个启蒙理想的怀疑。最终，这种怀疑驱使她回到了勤娃的身边，试图在那里寻找一种新的归属感。勤娃，作为这场悲剧的另一主角，他的经历象征着在新旧观念碰撞、冲击中的普通人。面对新观念的冲击，他没有选择向着文明的光明前进，而是逐渐陷入了一种精神的堕落，这不仅仅是个人的悲哀，更是社会文明发展进程中的一抹悲色。

《康家小院》虽然是在《初夏》之后动笔，却先于《初夏》与世人见面，因此，它成为陈忠实公布于众的首部中篇作品。李遇春在与陈忠实的访谈中说道："尽管这部作品是您在写作《初夏》的过程中受挫的产物，但这两部中篇小说在思想内涵和艺术取向上简直是大相径庭。"[①] 他又谈道："看来《康家小院》是您文学创作生涯中的一部非常重要的作品。它实际上是您实现第一次艺术突破的标志性成果。通过《康家小院》的写作，您基本上已经告别了过去的政治化文学，而自觉地走上了真正的文学创作道路。"[②] 这里的"政治化文学"应该是对陈忠实早期生活体验作品的概括，"真正的文学创作道路"就是关于生命体验的艺术创作。所以，陈忠实通过揭示人性弱点来写康家小院的悲剧，从而反思国民性问题，实现了他从生活体验到生命体验的第一次艺术突破。

（二）《梆子老太》

在陈忠实的早期作品中，特别是在20世纪80年代中期之前，他的笔触频频触及乡土中国的日常与悲欢。在自己的众多短篇与

---

① 李遇春，陈忠实：《在自我反省中寻求艺术突破》，《陈忠实文集》柒，广州：广州出版社，2004年版，第410页。

② 李遇春，陈忠实：《在自我反省中寻求艺术突破》，《陈忠实文集》柒，广州：广州出版社，2004年版，第391页。

中篇小说中，他对《梆子老太》情有独钟。梆子老太的遭遇，是那个年代众多农村女性可能面临的现实写照，她的故事凸显了社会对女性的不公以及传统观念的枷锁。黄桂英的形象，成为那个时代无数受到传统束缚和社会偏见压迫女性的缩影。

《梆子老太》的主人公黄桂英是一位普通的农村女性。她的命运自出生起就似乎被世俗的习惯和规则所框定，以区区三石麦子和两捆棉花作为彩礼，她被许配给了梆子井村的胡景荣。黄桂英因脸长得像个梆子而被贴上"梆子"之称，这一外貌上的特征在封建习俗影响下成为她身份的一部分，她由此被称作"梆子老太"。梆子老太的早年生活充满了艰辛，父亲早逝，她大部分时间与爷爷相依为命，在田间地头辛勤劳作。尽管未能学得一手好的女红技艺，但她那出色的耕作能力和勤劳孝顺的品德，赢得了婆家人的认可与喜爱。然而，好景不长，梆子老太面临的最大挑战来自她的生理状况——她无法生育。在那个时代背景下，不孕被视为女性的重大缺陷，这一"缺陷"不仅使得梆子老太在家族中的地位岌岌可危，更重要的是，给她带来了巨大的心理压力和社会歧视。黄桂英，这位简单的农村女性，因为不能完成传宗接代的"任务"，而遭受了巨大的精神折磨和社会排斥。

"虽然养子和养女已经高过膝头，毫不生分地唤爹叫娘，总不能融化她心里的那一块冻土地带。虽然阿婆已经过世，她依然忘记不了阿婆领她求神乞子路上的那种怨恨的眼光，令人寒心啊！虽然景荣老五现在雄心勃勃地挣钱发家，她却忘不了他在那几年间对她的冷漠和鄙视。她和人不一样啊！从她对自己也失去生育的信心以后，就自觉低人一头了！"[1]

---

[1] 陈忠实:《梆子老太》,《陈忠实文集》贰,广州:广州出版社,2004年版,第159页。

在长期承受着不能生育的巨大压力和村里人的冷言冷语后，一个转机出现了，为她带来了久违的自尊与光荣感——她被评为梆子井村的妇女劳动模范。在那个特殊的时期，这样的荣誉不仅仅是对个人能力的认可，更是一种社会地位的象征。梆子老太心中充满了欣喜，她按照村长的要求，带领一群年轻的姑娘和媳妇，积极投入到帮助烈士家属、孤寡老人的社会活动中去。这份工作给了她一种前所未有的成就感和满足感，仿佛她的生命因此而焕发了新的意义。然而，好景不长，这一份美好并没有持续太久。由于乡村深根固蒂的传统观念和对她不能生育的偏见，那些跟随她一起做好事的姑娘和媳妇们，被她们的家长或是老辈人禁止出门，理由是不允许她们与一个"不能生育"的女人交往，害怕这种"不祥"会影响到她们。梆子老太的心再次沉重下来，她的努力和她所获得的那一丝自尊，似乎又一次被无情地打碎了。

梆子老太本以为能在这个小村庄中寻找到一丝属于自己的尊严与地位，却没想到这仅有的自尊在别人的冷眼与轻蔑中瞬间瓦解。在梆子老太的眼中，梆子井村不只是一个简单的居住地，它承载着她对于社会认同的渴望和对于家庭温暖的向往。然而，当村中的阿婆们用那审视的目光打量她，用那充满偏见的言语评论她时，她感到了前所未有的孤独和痛苦并开始萌生了一种不太寻常的心态。她在心底无声地期盼，希望梆子井村能迎来一位既不会纺纱织布也不善于生养的新媳妇，与她分享这份孤独。在她看来，这样的同伴能让她感到自己与周遭不那么格格不入，不再是村里的异类。梆子老太开始暗中观察村中的妇女们，希望能发现她心中所盼望的那位"同伴"。但梆子井村的女性们不仅个个是纺织能手，而且她们似乎都在赛着生养，家家户户充满了孩子的欢声笑语。这无疑加深了梆子老太的挫败感和嫉妒心。就在她几乎要绝望的时候，她注意到了胡学文的媳妇。这位媳妇结婚三年却始终没有怀上孩子的消息,在黄桂英的眼中,她或许就是那个她一直在等待的"同伴"。但是很快,黄桂英的这一猜测就被证实是一场误会。胡学文的媳妇其实并非不孕不育,而是出于某种考量在有意避孕,但因为她的多嘴和无端猜测,在村中引起了一场小小的风波。最终,这场风波以黄桂英被赋予了一个不太光彩的绰号——"盼人穷"而告终。

日益加剧的嫉妒和不满情绪,逐渐塑造了梆子老太狭隘而偏执的性格特征。在村中,梆子老太以她那些多嘴多舌的言行而闻名。这种性格的变化,虽然部分源自她个人的不幸经历和心理状态,但也在很大程度上反映了小社会中人与人之间复杂微妙的关系。某天,梆子老太无意间发现了木匠王师家的一个小秘密:在一个看似平常的日子里,王师家居然吃起了肉饺子。在梆子井村,大多数人的生活都相当朴素,能够吃上肉饺子,无疑是家中有值得庆祝的事情。但却引起梆子老太心中不平和愤怒。这件本不足为外人道的小事,很快就被她加以夸大并四处宣扬,最终让木匠王师家失去了获得救济粮的机会,木匠婆娘心中充满了愤怒和无奈,直接找到梆子老太对她一顿唾骂。除此之外,梆子老太还发现胡振汉家开荒种地拉回了四十一车红苕;又说小学教员胡学文发表文章得了稿费,但用的是公家的纸墨自己不舍本。这些有心无心的闲聊,有意无意的揭露,都成了梆子井村日后风雨飘摇的导火索。梆子老太的话如同泼出的水,一发不可收拾。当地的"四清"工作队接到消息后,立即对胡振汉家展开了调查,将他们归类为"四清"运动中的"新富农";而胡学文那篇本以为能够带来荣耀的文章,也被贴上了"毒草"的标签,成为被批判的对象。梆子老太却从一个普通的村民,当上了农协会的主任,不久之后,更是被推举为梆子井村临时领导小组的组长,成为名副其实的村中领导。

梆子老太找回了自我价值，心中生出了一股神圣的感受。这种转变不仅给了她无尽的动力，还让她变得更加乐于倾听村民们的生产意见和建议。正是这种开放的心态，推动了梆子井村生产力的不断发展，连最老到的农夫们也不禁私下里赞叹，梆子老太虽有着梆子般的面庞，却是个称职的好干部。随着岁月的流逝，梆子老太的身体更显得坚强有力，说话时也更加充满了自信。然而，她的这种自信却并未改变她爱管闲事的本性，反而随着时间的推移愈发严重，甚至导致了一连串的事件。梆子老太的多嘴首先影响到了胡玉民。原本在西安工作的他，因为梆子老太的几句话，不得不被遣送回村，接受劳动改造；而本被视为军中新秀的胡选生，也因为梆子老太的几句无心之言，不得不提前复员回到了梆子井村。更令人唏嘘的是，胡选生因为在愤怒之下辱骂梆子老太，最终被县公安军管会拘捕。这一系列事件，让村民们对胡选生产生了深深的同情，同时对梆子老太的厌恶也达到了顶点。在众人的心中，梆子老太不再是那位促进村庄发展的好干部，而是一个令人避而远之的"祸害"。

在梆子井村的故事里，梆子老太成了一个独特的存在。一个人的心理问题，本身可能并不足以引起太多的关注，但当这些心理疾病，尤其是那些不健康的心态，在特定的环境下得以滋生，就可能成为某种不正常社会政治现象的温床。更严重的是，这样的心理状态不仅会扭曲个体自身的灵魂，还可能以一种难以预料的恶性方式，影响到其他人乃至整个社会的心态和行为。正像陈忠实所说："这种畸形的心灵又会以令人难以理解的恶的方式再去扭曲别的人和整个社会。"[①] 梆子老太的故事揭示了一个重要的社

---

① 陈忠实：《〈梆子老太〉后话》，《陈忠实文集》伍，广州：广州出版社，2004年版，第447页。

会现象：在一个充满压力和矛盾的社会环境中，个体的不健康心理状态很可能会被放大，进而影响到社会的整体健康，她的经历成为一个警示，提醒人们在必须关注个体心理健康的同时，更应深入探究社会环境对个体心理的影响。

即便是来自胡选生的指责和侮辱，在梆子老太看来也成了一种特殊的认可，一种不寻常的荣耀，这种扭曲的荣誉感，让她丧失了基本的理智。在那个充满政治热情的年代，梆子老太以其特有的方式成为一名"活学活用讲用会"的积极分子。她的声音不仅响彻梆子井村，还从公社传到了县上，乃至地区，甚至还准备扬名至省上。在她看来，这一切无疑是个人荣誉的极致展现，但这种荣耀并非建立在真正的贡献或普遍认可之上，而是在特殊时期某种意识形态的驱使下形成的虚假景象。然而，时代总在变迁，原本的农协会被解散，那些曾经被她"专政"的所谓"五类分子"也纷纷得到了平反，梆子老太的"荣耀"也随之烟消云散。从一时的"明星"沦为了人们口中的"盼人穷的瞎婆娘"，她的故事成了一个关于时代变迁和个人命运起伏的缩影。在她离世之后，她依然没有得到任何的宽恕，相反，她受到了深重的社会谴责——她的遗体被拒绝安葬。在乡村社会中，拒葬是对一个人生前行为的极端否定，对逝者是一种深重的耻辱。这不仅是对她个人的谴责，更是对她一生行为的最终判决。

梆子老太的一生充斥着悲剧色彩，其深层的根源可追溯至一种深刻的"嫉恨"心态。她的故事始于一个对个人极为残酷的现实——无法生育。这一生理特征，不仅影响了她的个人生活，还在她的内心深处埋下了"嫉恨"的种子，这种情绪逐渐蔓延并深化，形成了她性格中最为显著的缺陷。随着时间的推移，这种"嫉恨"不仅没能得到合理的解决或缓解，反而衍生出了更多负面的行为模式，比如频繁地指出他人的缺点，这不仅是对他人的伤害，更是她心理缺陷的外在表现。这样的性格特征，在正常情况下或许只会导致她在社区中的孤立，但在特定的历史时期，却被极端的政治氛围所利用和放大。她的"嫉恨"心理和习惯性的指责行为，不仅被接受，甚至还被鼓励和利用，使她在不自知的情况下，深陷政治斗争的漩涡。这个普通农村妇女，因此被推上了一个极为不利的位置，变成了一个在公众眼中几乎一无是处、人人唾弃的对象。作者认为："梆子老太是一个复杂的形象，不正常的生活扭曲了她的灵魂，这个被扭曲的灵魂反过来又去扭曲生活。"①"不正常的政治生活扭曲了梆子老太的灵魂，使她自身潜伏的癌细胞恶性膨胀，而且从不自觉到自觉地去扭曲生活，扭曲别人的灵魂。"②

《梆子老太》这部作品，源自陈忠实深厚的生活观察和独到的心理洞察。这个故事的火种，是陈忠实偶然间听闻的一桩真实事件。在一个普通的高中补习班里，有两个学生建立了深厚的友谊，他们共享生活的点点滴滴，无论是学习上的艰难困苦，还是日常生活的点滴琐事，都彼此扶持，同甘共苦。然而，这段看似坚不可摧的友谊，在高考结果公布的那个夜晚遭遇了致命的打击。当其中一人因成绩未达标而落榜时，失落和挫败感竟驱使他走上了极端的道路——在那个充满绝望的夜晚，他杀害了那个一同度过无数风雨、此时幸运地被高考录取的朋友。当公安人员试图挖掘这起悲剧背后的杀人动机时，他们得到的唯一解释是：深藏于落榜者心中的嫉妒。这个故事激起了陈忠实强烈的震撼和思考，而就在他沉浸于这个事件的反思之中时，他偶然看到了华君武先生的一幅漫画。这幅漫画的主题是"武大郎开店，高个儿不要"，

---

① 陈忠实:《答读者问》,《陈忠实文集》叁,广州:广州出版社,2004年版,第474页。

② 陈忠实:《答读者问》,《陈忠实文集》叁,广州:广州出版社,2004年版,第475页。

这不禁让他联想到社会中普遍存在的偏见和歧视，以及它们对人们内心世界的深刻影响。这些复杂的情感和思考，最终促使他创作了《梆子老太》这部作品，他认为，"相信揭示嫉妒这个恶劣的东西对于目前的改革，尤其对于人才的开发不无好处。"①

陈忠实在《答读者问》中说："我无意伤害一个受过愚弄的没有文化的乡村老太太，不过是想通过这个较为复杂的形象，挖掘一下我们的国民性。"②"如果嫉妒仅仅表现在一个普通农民、工人或者干部身上的时候，不过是属于个人品质上的瑕疵；而一旦表现在某些掌管一定权力的老兄的身上的时候，就可能危及周围的有知有识之士的存在了。"③在探讨陈忠实笔下的"梆子老太"这一角色时，我们实际上是在深入分析一个通过人物塑造而非事件推动的故事结构中，一个复杂心理与国民性探讨的生动例证。此角色不仅是陈忠实文学创作转型的标志，也是其对中国社会深层次问题的深刻反思与揭示。

陈忠实通过"梆子老太"这一角色，将读者的视角引入了一个充满嫉妒与矛盾的内心世界，让我们得以窥见那些被日常生活所掩盖的、深藏在人性之中的暗流涌动。通过对梆子老太生命经历的描绘，陈忠实不仅揭示了个体层面的嫉妒心理，更进一步触及了这种心理如何在特定社会文化背景下形成，并对个体命运和社会关系产生深远影响的复杂话题。

---

① 陈忠实：《答读者问》，《陈忠实文集》叁，广州：广州出版社，2004年版，第475页。
② 陈忠实：《答读者问》，《陈忠实文集》叁，广州：广州出版社，2004年版，第475页。
③ 陈忠实：《答读者问》，《陈忠实文集》叁，广州：广州出版社，2004年版，第475页。

二、探索民族文化心理结构

在《康家小院》和《梆子老太》这两部作品获得艺术上的重大成就之后，陈忠实的创作方向开始发生了显著的转变。他逐渐将焦点从传统的叙事技巧，转向了对文化心理结构的深入探讨。这一变化标志着他的文学创作进入了一个新的阶段，开始尝试通过更为深邃的方式来探索人物的内心世界。通过深刻地反思历史与文化，陈忠实意图用自己的作品来呈现一种更加丰富和多维的生命体验。在此背景下，他创作了多部短篇和中篇小说，包括《轱辘子客》《两个朋友》《四妹子》《蓝袍先生》和《地窖》等，每一部作品都以其独特的方式展现了作者对人性、社会与文化的深刻思考。

（一）《四妹子》

在中篇小说《四妹子》中，我们跟随陕北姑娘四妹子的脚步，进入了她的生活。小说写的不仅仅是一个关于逃离贫困，追求更好生活的故事，更是一首人性深处的温情和坚持的赞歌。在陈忠实的笔下，四妹子不只是一个名字，更是一种象征，代表着那些在艰难环境中仍然不放弃希望的人们。四妹子的旅程开始于一辆驶向远方的汽车，这辆汽车载着她对未来的憧憬，也载着她对家乡生活的无奈与告别。她的故事是从陕北的贫瘠土地上启程的，向着关中的丰饶之地迈进。这段成长旅程中充满了对未知的恐惧和对美好生活的向往，四妹子的心里充满了复杂的情感。她对家乡的依恋、对父母的思念以及对未来的不确定，交织成一幅幅生动的心理画卷。陈忠实通过四妹子的眼睛，向我们展示了陕北人民在贫瘠的土地上挣扎求生的艰辛，以及他们面对困境时所展现出来的顽强与乐观。

在那个年代，陕北的黄土高原是一片苍凉而艰苦的土地，生活在这里的人们以种地为生，日子过得清贫而简朴。四妹子，一个生于斯长于斯的女孩，从小就对这片土地有着深深的眷恋，但同时也对这里的贫瘠和艰辛有着无法言说的厌倦。她渴望的不仅仅是物质上的富足，更是一种精神上的解脱和自我价值的实现，因此，她毅然决然地离开了家乡，踏上了一条寻找新生活的旅程。她来到了关中，这个比她的家乡富饶的地方，希望能在这里找到一份稳定的生活，从而远离过去的苦楚。关中的土地肥沃，小麦和玉米是这里的主要作物，人们的生活相对富裕，这让四妹子看到了希望。到达关中后，四妹子投靠了已经嫁到这里的二姑家，二姑是她人生旅程中不可或缺的灵魂导师。二姑曾是家乡人们口中的美人，但为了逃离家乡的贫穷和束缚选择了远嫁关中，成为一个农村中年瘸腿男子的妻子。幸运的是，二姑的丈夫尽管身体有残疾，却是一个善良质朴的人。在这个家庭中，二姑不仅得到了婆婆的赏识和爱护，更因她的聪明才智和勤劳成为家中不可或缺的支柱。她的故事就像一股暖流，温暖并鼓舞着四妹子，也让四妹子开始思考自己的未来。四妹子的心中充满了疑问和期待：她是否也能像二姑一样，找到一个懂得欣赏她、爱护她的人生伴侣？她是否也能在这片充满机遇和挑战的土地上，找到一个能够接纳她、爱她如己出的新家庭？

经媒人刘红眼介绍，四妹子和吕家堡的上中农吕克俭的三儿子吕建峰在姑夫家见面了。吕建峰是个魁梧的青年，在四妹子面前却显出少见的腼腆与羞涩。这次相见对四妹子来说，无疑是她生命旅程中的一个重大转折点，她不仅即将步入婚姻的殿堂，而且即将融入一个全新的家庭。吕建峰以其聪慧和顽皮的性格迅速赢得了四妹子的喜爱，他们之间的相处充满了欢声笑语，无话不谈，展现出了新婚夫妇特有的甜蜜和热烈。四妹子不仅找到了属于自己的幸福，还彻底摆脱了生活的困苦。吕建峰的深情和关怀，让四妹子深深地感受到了家的温暖和安全感并逐渐融入了这个家庭，她的智慧和勤劳也为吕家带来了新的活力和希望。

公公吕克俭这位老汉为人处世总是遵循着一贯的原则，温和而又不失公正，在村里的名声颇佳。他家风严谨，对家庭成员的要求极为严格，无论是他的儿子、媳妇，还是活泼的孙子孙女们，都对他充满了敬畏，没有人敢于违背他的意愿。吕家是一个大家庭，十口人的生活与经济大权完全掌握在吕克俭手中。家中的财务管理，从日常的开支到特殊的花销，都需要经过他的审查和批准。这样的家庭结构，虽然显得有些严苛，却也保证了家庭运作的有序和效率。随着时间的推移，吕克俭这位老汉通过他的观察，发现儿媳是一个勤劳节俭的女子，能够吃苦耐劳、精打细算，为这个大家庭的日常开支做出了极大的贡献。然而，她也有着自己的不足之处，比如不擅长针线活、不会擀面，面对那些需要巧手精心的家务，她总是显得有些手足无措。吕克俭最为担忧的还是四妹子对于关中传统礼仪的理解和遵循。四妹子作为一个陕北女子，刚入吕家时对于关中乡村严苛的家规颇感不适。比如，当家中有亲戚或其他客人拜访时，按照习俗应由家中的长辈出面接待，年轻的女性成员在简单的寒暄之后便应该适当退避，以示礼貌。可是在一次大舅的到访中，四妹子的行为却让吕克俭颇感尴尬：她不仅未能及时退出，反而在餐桌边好奇地提问，显得过于随意，与传统的礼节相悖。更让吕克俭觉得不满的是，"在家里应该稳稳当当走路，稳稳当当说话，而四妹子居然哼着什么曲儿出出进进，有失庄重。"[1] 这些也许在陕北人眼里很自然的事，在关中却

---

[1] 陈忠实：《四妹子》，《陈忠实文集》叁，广州：广州出版社，2004年版，第212页。

是缺乏家教的表现。吕克俭老汉作为家中的长辈，坚守着关中厚重的家教传统。在他的眼中四妹子那不加掩饰的快乐与自由，似乎成了对这份家规的挑战。于是，他通过儿子建峰开始了对四妹子的"调教"。每一次的训斥，都像是一根无形的枷锁，紧紧束缚着四妹子的心灵。同时，建峰的改变也深深地影响了四妹子，从前的他是那么的活泼开朗，他们之间充满了欢笑和玩闹。然而，随着时间的流逝，建峰似乎变得越来越冷漠，不再是那个愿意分享生活、交流情感的伴侣，变成了一个只对她发泄性欲的冷漠的大丈夫了。这样的转变，让四妹子感到深深的痛苦与无奈。

　　四妹子的生活充斥着孤单和寂寞，尤其是家中长辈对她的冷漠，让她的心更是感到冰冷，尤其是老公公对前来看她的二姑的冷淡，更让她难以忍受。那一刻，她深深地感觉到了自己在这个家庭中的地位，决定不再默默忍受，而是要做出一些改变。她决定采取一种极端的方式来表达自己的不满和抗议——装病。四妹子在床上躺了好几天，不吃不动，只是静静地观察着家里人的反应。她想看看，在这种情况下，丈夫吕建峰会怎么做，家中的老公公和婆婆又会有什么态度。这次"示威"出乎四妹子的意料取得了成功，她不仅赢得了去桑树镇看病的机会，而且还用看病的五块钱痛快地吃了一顿美餐。这顿饭不仅填饱了她的肚子，更重要的是填补了她心中长久以来的空虚和渴望。然而，这次的胜利并非没有代价，她和一直觉得吃亏的妯娌们发生了争执，甚至大打出手。这次冲突虽然表面上看似是个小插曲，却让四妹子深刻地认识到了自己的处境和未来的道路。她开始意识到，如果想要在这个家庭中获得更多的尊重和地位，仅仅依靠家人的施舍和同情是远远不够的，她需要从根本上做出改变，也就是从经济上谋求独立。

　　在二姑的指点下，四妹子开始秘密地从事鸡蛋贩卖的生意。

她手持大菜篮前往偏远的乡村去采购新鲜的鸡蛋，然后穿越几十里的山路抵达矿区，将这些鸡蛋销售给矿工的家属。最初，这个计划进展得相当顺利，四妹子也因此有了自己的小额零用钱。四妹子的这个小生意，是在艰难的时期里，为了能在贫瘠的生活中找到一线希望而开始的。在一个物资匮乏的年代，每一个小小的改变都可能意味着对生活的改善。然而，随着时间的推移，四妹子的这一切秘密活动终于还是暴露了。一个寻常的下午，她的篮子被当局没收，自己也被迫带回村中。村中的长辈们决定召开一场大会对她进行公开的批斗，这在当时的社会环境中，是一种极为严厉的惩罚。但是，这样的处境并没有使四妹子感到畏惧，她的眼神中没有一丝的慌张，面对批斗，她显得异常镇定。四妹子早已经历过了无数次的风雨考验，这样的场面对她来说，只不过是生命旅途中的又一次小小的挑战而已。她知道，只要坚持自己的信念，没有什么是过不去的。

　　四妹子的果敢之举，无意间加速了这个中农家庭的解体。对于家族中那位自尊心极强的长者吕克俭而言，家庭的崩解不仅预示着他一手掌控的家庭权力的瓦解，而且也意味着长久以来秩序的消散。然而，对于家中的年轻一代，尤其是四妹子与建峰来说，这次家庭的分裂却意味着一次难得的自由与解放。在家庭资产的分割问题上，当公公召集舅舅和村中的重要人物共同商讨时，四妹子与丈夫没有争夺任何财产，结果自然是最为吃亏的一方，连最基本的居住条件都没有分到，只能暂时借住在别人的房子里。面对这种情况，四妹子却并未表现出任何不满或悲观，相反，她"对着黑天的旷野大声说：'分了好！好得很！我就盼这一天哪！'"[①]。

---

① 陈忠实：《四妹子》，《陈忠实文集》叁，广州：广州出版社，2004年版，第247页。

这种反应，对于建峰来说无疑是一剂强心针，虽然他们一无所有，甚至连一间属于自己的房子都没有，但这对年轻夫妇的精神却高昂到了极点。他们仿佛从未感受过如此的快乐和自由，开始满怀激情地整理和打扫起他们暂时的家，四妹子的心情尤其兴奋和满足，在精神和心灵上感受到了前所未有的解脱和轻松。

从小就生活在陕北这片苦水深深的土地上的四妹子，早早地就体会到了人生的艰辛与不易。但是，正是这些艰难困苦，磨砺出了她那种不屈不挠的精神。她拥有一颗不甘于平庸、不容于被压制、不接受屈辱的心。四妹子不是一个简单的陕北姑娘，她是一个渴望掌握自己命运、敢于与世俗规则抗争的女性。这种刚强的个性，使得四妹子的一生充满了波折与挑战，无论是与传统的家庭观念的碰撞，还是与公婆、兄长、妯娌，甚至是与自己的丈夫之间的纷争，都是她在追求自我、争取自身权利与幸福过程中必须面对和解决的问题。四妹子的故事，并不是一个简单的战斗与反抗的故事。在她与家人之间的矛盾和冲突背后，是对于个人命运掌控权的深刻思考，是对传统家庭观念与现代个人主义价值冲突的真实写照。四妹子以她的行动和选择，挑战着那个时代女性的传统角色，她的故事是对女性自我意识觉醒的强烈呼唤，是对个人追求自由与幸福权利的坚定声明。

四妹子不仅具有一颗敏锐的商业头脑，而且还拥有坚韧不拔的决心和毅力。有一次，四妹子得知南张堡大队有几千斤储备粮要一次性出售，她立刻借钱以每斤二角钱的价格买进这些粮食。随后，她将这些粮食磨成面粉，以每斤三角多钱的价格卖出。短短几天时间，四妹子就赚了一千多块钱。她自己雇用了北张村的小拖拉机进行运输，虽然需要支付运费，但每次她还会给驾驶员一张"大团结"的小费。四妹子深知，时间就是金钱，效率就是生命。她的这些行动，让人们看到了一个农村少妇实践商业哲理的能力，展现了女性在商业领域的独到见解和坚强意志。更令人称赞的是，四妹子还成功地运营了家庭养鸡场。她利用自己的文化知识进行科学养殖，使得鸡场越办越大，生意越来越兴旺。她的成功不仅体现在鸡场的经营和赚取的财富，更重要的是，四妹子以自己的努力和成就彻底改变了那位封建老公公吕老汉对她的看法。从最初的鄙夷，到后来的正眼相看，再到最终的暗暗佩服，四妹子用自己的行动赢得了尊重，打破了传统观念对女性的束缚，成为村里乃至更广泛地区的女性榜样。

正如古语所言："祸兮福所倚，福兮祸所伏"，在四妹子的养鸡场蓬勃发展、生产繁荣之际，家庭内部的纠纷却悄然发酵。四妹子的兄长和嫂子们，早有预谋地引发了家族间的冲突。妯娌和侄女间的争执最终演变成了一场血淋淋的打斗，使得心地善良、热情似火的四妹子倒在血泊中。这场冲突，不仅是家族分家争斗的延续，更是在新时期背景下，家族内部矛盾的新表现形式。经此一役，吕老汉对两个儿子的自私行为终于有了清晰的认识，内心深感对四妹子的亏欠，他亲自走进四妹子的卧室，细心询问她的病情，给予了前所未有的安慰和关怀。这是四妹子自踏入吕家数年来，第一次感受到老公公的知疼知冷，这份突如其来的关怀令她内心深受触动。在经历了这番波折后，四妹子的心志更加坚定，她并没有被困难和挑战所击垮，反而更加明确了自己的目标，在她深思熟虑后提出了一个宏伟的计划——承包大队的果园。

就在吕老汉陷入对四妹子境遇的同情时，四妹子已经开始规划她的下一个大计，她将目光投向了那片无人敢于承包的果园。这片果园广袤无垠，果树密密麻麻，一眼望去仿佛无边无际。四妹子站在果园边缘，她高声宣布："砸不烂的四妹子，又闯世事来了……"① 这声音充满了决心和挑战,仿佛预示着她即将开启的新征程。四妹子是陈忠实在他的作品中精心塑造的全新农村女性形象的典型代表。这个形象既体现了女性的柔韧和坚强,又展现了她们面对困难时的勇敢和智慧。四妹子不仅仅是一个人物,她已成为一种象征,代表了那些在艰苦环境中依然能够坚持自我、勇敢追梦的女性。

在文化形态与文化精神的生成过程中,地理环境或自然环境扮演了一个不可或缺的角色。这一观点得到了许多历史学家和哲学家的认同,其中孟德斯鸠的论述尤为引人注目。他明确指出:"土地贫瘠,使人勤奋、俭朴、耐劳、勇敢和适宜于战争。土地肥沃使人因生活宽裕而柔弱、懒惰、贪生怕死。"② 陕北黄土高坡这一特定的地域环境塑造了四妹子这一充满魅力的人物形象。四妹子身上那种乐观、豁达、勇敢、坚韧的精神,正是这一恶劣地理环境的直接产物。在她的生命经历中,似乎没有什么困难是她无法跨越的,没有什么苦难是她承受不住的。这种精神不仅塑造了四妹子这个人物的核心特质,也成为她所在地区文化精神的象征。关中地区的地理特征与陕北黄土高坡形成鲜明对比,关中地区的平坦与规整,在某种程度上,塑造了那里人民性格中某些方正与板直的特质。然而,这种性格特征在四妹子看来,却似乎带有一定的压抑感,令人感到有些窒息。这种对比不仅展示了不同地理环境对人的性格和精神的影响,也反映了四妹子个性中独特的适应性和反叛精神。陈忠实认为:"四妹子到关中如愿以偿嫁了人也吃上了白面馍馍,然而她在那块具有辉煌历史的皇天后土的

---

① 陈忠实:《四妹子》,《陈忠实文集》叁,广州:广州出版社,2004年版,第282页。
② 孟德斯鸠:《论法的精神》,北京:商务图书馆,1961年版,第279页。

地方生活得并不自在。《四妹子》就是写她的人生的不自在的。"①可以说，四妹子的不自在就是由关中文化与陕北文化的强烈冲突造成的。

四妹子，一位梦想与实践并行的女性，她坚信只有通过辛勤劳动和不懈奋斗，理想才能照进现实。她深知，书本上的知识是宝贵的，但只有将这些科技知识运用到实际的生产活动中，才能真正发挥它们的价值。因此，她一步一个脚印，将每一个学到的理念实践于生活之中。当国营养鸡场和紫坡养鸡场把供应种鸡的布告张贴在她家门外的时候，这本身就是一场威胁和挑战。但是，四妹子拥有一颗强大的心和旺盛的精神力量，她通过提供更优质的服务和为困难户提供赊账购鸡的便利条件，在这场竞争中脱颖而出。在改革开放、放宽管制、激发活力的新时代背景下，四妹子这样的女性英雄大放异彩。四妹子的故事，是对那个时代背景下，一个女性如何凭借自己的智慧、勇气和不懈努力，成功改变自己命运的真实写照。她不仅是自己家庭的骄傲，更成为整个村庄乃至更广泛社会的榜样和灵感源泉。她的成功不仅在于她个人的财富积累，更重要的是她为社区带来了希望，证明了即使在最艰难的环境中，通过个人的努力也能够实现社会地位的提升和经济条件的改善。

四妹子的故事也反映了那个时代中国农村地区巨大的社会变迁和个人奋斗的价值。她用自己的行动回应了改革开放政策的号召，展现了新时代女性的力量和魅力。她不仅是一个梦想家，梦想着美好的未来；更是一个实干家，将梦想一步步变为现实。一开始，四妹子通过倒卖粮食的方式积累了一笔不小的资金，这在

---

① 陈忠实：《关于〈四妹子〉的附言》，《陈忠实文集》第5卷，北京：人民文学出版社，2015年版，第320页。

当时的农村是相当罕见的,这笔钱为她后来的创业之路奠定了基础。不久,四妹子将目光投向了养鸡业,凭借自己的勤奋和智慧,她的养鸡业务迅速发展,不仅摆脱了贫困,还成为当地有名的万元户。随着业务的不断扩大,四妹子的成功引起了媒体的关注,报社的记者纷纷前来采访,她的故事通过报纸宣传开来,吸引了众多人士来参观访问,四妹子不吝分享经验,甚至开设了养鸡训练班,指导更多的人学习养鸡技术,她还出席专业户会议介绍自己的养鸡经验。四妹子的成就,也得到了县上领导的重视和关心。四妹子的成功不仅改变了她公公的看法,也赢得了乡邻们的广泛赞誉。然而,成功的背后,也伴随着哥嫂们的嫉妒和眼红,但四妹子以她的人格魅力和实力化解了这一切,成为一位受到大家尊重和敬仰的人物。在国家推行的利国利民的新农业政策下,四妹子的故事更是显得格外鼓舞人心。这些政策为广大农民提供了改变自身境遇、掌握自己命运的良好条件,而四妹子正是在这样的背景下,凭借自己的不懈努力实现了人生价值。四妹子的故事激励着无数人,尤其是那些身处困境但仍旧怀揣梦想的人们,教会他们如何面对挑战,如何在逆境中寻找到属于自己的一片天地。

(二)《蓝袍先生》

《蓝袍先生》这部作品以其独特的文化透视,展现了文化视角的纵向深入,与《四妹子》形成鲜明对比。在《四妹子》中,陈忠实通过横向比较陕北黄土高原文化与关中平原文化,揭示了不同文化之间的异质性及其背后的深层含义,而《蓝袍先生》则采取了不同的策略。作者不满足于平面的文化对照,而是选择将历史的纵深作为视角,把跨越时代的文化元素巧妙地编织在一起,进行纵向的探讨与解析,从而为读者展开了一幅丰富多彩的文化长卷。

《蓝袍先生》故事的核心在于其主人公——一个生活在近现代，对传统文化有着深厚感情的蓝袍先生。蓝袍先生不仅是文化传承的象征，更是连接不同时代文化的桥梁。他的形象生动地展现了不同时代文化的交汇与碰撞，同时也体现了个体在文化传承中的角色与责任。通过蓝袍先生的视角，作者巧妙地将读者带入了一个又一个文化场景，既有古典文化的庄严肃穆，也有近现代文化的活泼轻松，让人在阅读中感受到时代的变迁和文化的多样性。

　　蓝袍先生，原名叫徐慎行，他的故事发生在一个以农耕和学问为本的传统村庄——杨徐村。这个村庄深受"耕读"传统的影响，而徐慎行的祖父徐老先生，正是这一传统的坚定维护者和实践者。作为清朝末期最后一位秀才，他在杨徐村教书育人，传播知识和文化。徐老先生去世前五年，便已决定由徐慎行的父亲继承他的教育事业。徐慎行的父亲是一个严肃而又威严的人，在学堂里他的言行举止严谨，总是坐在那张方方正正的抽屉桌前，背挺得笔直，从早到晚投入教学，永不显露疲惫之色。即便是最顽皮的学生，也不敢在他面前轻举妄动，一声咳嗽足以令他们心惊胆跳。在往返学堂的路上，他总是走在村巷中央，步伐坚定，目光直视前方，从不与路人主动打招呼。即使有人向他问好，他也只是轻轻点头，继续前行，不曾停下脚步，"回到家中，除了和两位伯父说话以外，与俩伯母和七八个侄儿侄女，从不搭话"。[①]徐慎行从小就生活在这样的家庭氛围中，他的童年是在父辈们对传统知识和文化价值的坚持与传承中度过的。这种深深植根于家族和村庄中的"耕读"传统，不仅塑造了徐慎行的性格，也为他

---

① 陈忠实:《蓝袍先生》,《陈忠实文集》叁,广州:广州出版社,2004年版，第69页。

日后的人生道路奠定了基础。徐慎行的父亲，作为传统文化的坚定守护者，他的生活方式和教育理念深深植根于儒家伦理之中，这种传统的力量在他身上展现得淋漓尽致。他冷峻、严格的态度不仅压制了个性的展现，也在无形中施加了对生命的控制和约束。徐慎行年仅十八岁时，就被父亲安排坐上了家族传统中的那把象征权威与责任的黑色太师椅；按照家族传统，他继承了父亲的位置，成为新一代的教育者。父亲还为他选择了一位相貌平平的媳妇，认为这样可以避免他在追求学业的道路上受到女性之美的诱惑和干扰，因为在父亲看来，"一个要成学业的人，耽于女色，溺于淫乐，终究难成大器……"。① 在徐慎行的生活里，那件蓝色的洋布长袍成为他生命中的一个重要符号。这件长袍不仅是他继承祖业、成为学馆里"蓝袍先生"的象征，更是他个人自由受到压抑和束缚的标志。随着时间的流逝，这件蓝袍也见证了徐慎行对于家族传统、个人身份以及自我价值认同的不断探索和思考。

作为家族中坚持传统教育事业的第三代代表，蓝袍先生的生活轨迹似乎已被前辈们铺设好的道路所定义。徐慎行不仅继承了父亲的教鞭，更承载了杨徐村坐馆历代前辈们所倡导的精神和道德高度。这种传统的承继让他几乎成为二十年前父亲的复刻版，从言行举止到生活态度，无一不在无声诉说着对于传统的尊重与追随。徐慎行的婚姻生活也是按照父辈的意愿安排，虽然和妻子之间缺乏深度的情感交流，但这并没有影响他对教书育人事业的投入与热爱。他的生活平淡而稳定，仿佛一切都在沿着既定的轨迹缓缓前行。然而，生活的宁静被一位异常吸引人的女性，杨龟年的二儿媳妇的出现打破了。这位穿着紫红旗袍、头发轻盈卷曲

---

① 陈忠实:《蓝袍先生》,《陈忠实文集》叁,广州：广州出版社,2004年版,第72页。

的女性，以她独特的魅力和那对水汪汪的眼睛，轻易地捕获了徐慎行的注意，激起了他内心深处久未有过的波澜。徐慎行心中不禁生出了一个念头：如果自己能拥有这样一个女子，人生是否会变得不同？但这个念头刚刚萌芽，就被他父亲的严厉斥责打断。父亲的话语冷冽而有力："我只想给你说一句，那个婊子再找你搭话，你甭理识！那是妖精、鬼魅！你自己该自重些！"[1] 徐慎行被父亲的话深深触动，这让他想到了徐家历代维护的家风和守节的传统。家族中的门楼，每一砖每一瓦都似乎在诉说着徐家的荣耀与坚守。从此，蓝袍先生徐慎行，开始刻意回避那位美丽的女子，甚至于为了维护家族的名声与自身的清白，他对所有年轻的女性都保持着距离。这种举动，虽然使他在村中获得了"守节"的美誉，但也让他的内心深处布满了挣扎与寂寞。徐慎行的性格因此而日益封闭，他变得沉默寡言，甚至有些孤僻。父亲的严厉教导和家族传统的无形压力，如同一件沉重的蓝色长袍，紧紧裹住了他的灵魂，让他的思想和情感都被深深地束缚着。他的生活就像是一潭死水，缺乏了波澜和变化。

历史的车轮滚滚向前，杨徐村也迎来了解放，旧的教育体系和内容不再适应新社会的需求。徐慎行这位在旧时代教书育人的教师，发现自己对新的教学内容感到力不从心，于是他选择了辞职，结束了自己作为一名传统教师的职业生涯。然而，命运似乎并没有因此放弃对他的考验：乡政府派他到师范学校去进行进修，希望他能够适应新社会的教育要求。在出发的那天，按照父亲的遗愿，他穿上了象征着家族传统和责任的蓝袍，揣着父亲亲笔题

---

[1] 陈忠实:《蓝袍先生》,《陈忠实文集》叁,广州：广州出版社,2004年版，第83页。

写的"慎独"二字，踏上了这一生中最为重要的旅程。这次旅行不仅仅是地理上的迁移，更是徐慎行精神世界的一次深刻转变。

师范学校速成二班对徐慎行来说简直就是另一个世界，徐慎行穿着一袭传统的蓝布长袍，头戴礼帽，显得格格不入。对徐慎行而言，这个环境仿佛是另一个星球，他的传统着装和他那独树一帜的举止，使他在这个充满新思想、新文化的集体中成了别人眼中的异类。徐慎行对这里的生活方式感到不适应。同学们聚在一起共享餐食、共处一室的生活方式让他感到陌生；夜晚灯火熄灭后，那些被视为"下流"的轻佻故事在他听来更是难以接受。在这个充满活力却又混乱的新世界里，他感到自己仿佛迷失了方向，连最基本的社交互动也变得笨拙起来。"我走路，有人在背后模仿，讥笑；我说话，有人模仿，取笑；我简直无所适从，连说话也不知该怎样说了，路也不会走了。"①徐慎行沉浸在这种无力感中，终于决定放弃学业，返回乡间，过上朴实无华的农夫生活。然而，就在他打算离开的时刻，他的同桌田芳阻止了他。田芳不仅仅是他的同学，更是一个理解他、关心他的朋友，努力让徐慎行放下那些由过往经历和父辈教导所铸就的心理负担，"你甭摆出那么一幅老学究的样儿好不好！甭老是做出一派正而八经的样儿好不好？走路就随随便便地走，甭迈那个八字步！说话就爽爽快快地说，甭那么斯斯文文的咬文嚼字！"②田芳的这番话，如同春风化雨，逐渐融化了徐慎行内心的冰层。

在田芳的悉心指导与不懈努力下，蓝袍先生迎来了人生的重大转变。他那件象征束缚的蓝布长袍被崭新的列宁服替代，这不

---

① 陈忠实:《蓝袍先生》,《陈忠实文集》叁,广州：广州出版社,2004年版,第91页。

② 陈忠实:《蓝袍先生》,《陈忠实文集》叁,广州：广州出版社,2004年版,第96页。

仅是外在形象的彻底改变,更象征着他内心深处的解放与重生。此外,蓝袍先生还沉迷于篮球运动的魅力之中,这项充满活力的运动让他体会到了团队合作的重要性和比赛带来的快感。更令人惊讶的是,他在一次冲动之下挥拳打了人,甚至尝到了对抗不公和斗争的痛快感。蓝袍先生参与了《白毛女》的演出,扮演了黄世仁这一角色,这次表演不仅锻炼了他的表演技巧,更让他在舞台上找到了自我表达的渠道。在经历了诸多变化后,蓝袍先生在爱情领域也有了新的收获。曾经结过婚、对爱情失望的他,重新找回了爱的感觉。蓝袍先生开始反思自己的人生观和价值观。他以往盲目追随的父亲对于人生的种种理论,在经历了一系列的变化后显得荒谬而可笑,"有一个倾心的人儿,怎么可能荒废学业呢?怎么可能都变成沉溺于淫乐而失掉江山的商纣王或唐明皇呢?我现在不仅觉得父亲的理论荒谬无稽,简直令人可笑,令人憎恶了!"[①]。徐慎行烧掉了临行时父亲写给他的"慎独"二字,这是他父亲临别时留给他的最后忠告,也是束缚他心灵的枷锁。随着这两个字化为灰烬,徐慎行仿佛感到了久违的解脱感。他长长地吐了一口气,仿佛要把这些年来所有的压抑和不自由全都释放出去。那一刻,他决定挣脱所有旧有的枷锁,迈向一个崭新的人生。这一决定不仅仅体现在烧毁那两个字上,更在于他随后的行动——向法院提交了离婚申请。这一步对于徐慎行来说,无疑是重大且勇敢的。它不仅意味着他要摆脱过去那段不幸福的婚姻生活,更象征着他对自我解放的渴望;以及对未来自由生活的追求。他学会了倾听自己内心的声音,学会了追求自己真正的幸福。他开始尝试着与周围的人建立起真正的、不受传统束缚的关系。在

---

① 陈忠实:《蓝袍先生》,《陈忠实文集》叁,广州:广州出版社,2004年版,第128页。

这个过程中，徐慎行逐渐发现，真正的快乐和满足并不来自外界的认可和遵循传统的规范，而是来自对自我价值的认同和对生活的热爱。徐慎行成为了一个自由人。

在那个风云变幻的年代，徐慎行本以为自己终于可以按照自己的意愿自由地生活了，却没想到命运又一次对他开了玩笑。在家族重压之下，他不得不收回已经递交的离婚申请，这一决定令他内心充满了挣扎和痛苦。他的生活似乎暂时回到了平静，但是一句闲聊时无心的评论，却彻底改变了他的命运。那是一个阳光明媚的午后，徐慎行与几位老友在茶馆闲聊，话题无意间提到了他的小学同窗，如今已是当地小学校长的刘建国。提到刘建国近期在学校的一些行为，徐慎行轻描淡写地评论道："好大喜功。"他没有意识到，这句话在不经意间播下了灾难的种子。不久后，徐慎行突然被告知自己因为这句话被划为了"攻击党的领导人"的右派分子。他难以置信，一个小小的评价，竟然会给他带来如此巨大的冲击。从此，他的生活陷入了一片黑暗，他被迫承担起了不属于他的罪名，开始了长达二十年的艰难岁月。

他由一名骨干老师变成了打铃、烧开水、扫院子的工友，不再拥有教师居室中三人共享的空间，而是搬进了学校东侧的一间小房子。这间房子原本用作库房，狭小而简陋。起初，蓝袍先生投入了巨大的热情去适应和改善新的生活状态。他不仅仅完成了分配给自己的任务，更是主动承担起了学校中所有的杂务，无论是清晨露水未干的校园清扫，还是炎热午后为全校师生烧开水，他都默默承担，无怨无悔。

他原以为通过自己的默默奉献和改变，能够获得重新评价的机会，在那个特殊的时刻——"向党交红心"的集会上，他希望能够听到对自己努力的认可和理解。然而，现实远比他想象中残酷。在那个被严肃氛围包围的会场里，蓝袍先生的心像被冰冷的水浇透了。没有人提到他这段时间里超越职责范围的辛勤工作，没有人提到一丝一毫他为了改造自己所展现出的努力和诚意。相反，那些曾经轻飘飘说出的、被解读为"反党言论"的话语，再次被拿出来进行严厉的批判，其力度之猛，气氛之严峻，甚至超过了之前"鸣放"会上对他的"中右"定性。更有甚者，在剖析他所谓的"反动言论"时，有人断言："本身就是一个不纯洁分子，生活作风有问题……"[1]这样的指控，如同一把锋利的刀，直击蓝袍先生的内心深处，让他感到前所未有的痛苦和绝望。面对如此境况，蓝袍先生深感困惑与无助。他自问，那些日日夜夜的努力工作，那些默默承受的苦楚与不平，难道就这样毫无价值吗？他的一片赤诚之心，难道就这样不被理解吗？在那一刻，他失去了前进的方向和勇气。面对着身份的污名化和精神的极度折磨，他陷入了前所未有的绝望。在一个无人的夜晚，他做出了一个极端的决定——结束自己的生命。就在这个关键时刻，他的同事刘建国凭借着对蓝袍先生异常行为的敏锐察觉，及时发现了他的意图，并奋不顾身地将他从死亡的边缘拉了回来。这起事件很快传到了他父亲的耳中，这位经历过太多社会风浪的老人，对于儿子的行为既震惊又愤怒。他急匆匆地赶到儿子的身边，没有任何犹豫地给了儿子两个响亮的耳光，随后用自己那套被儿子视为陈腐发霉的处世哲学来严厉地教训他。蓝袍先生尽管内心早已排斥这一切，但在这一刻，他的心却异常地沉重。他不禁反思，无论是他被贴上"右派"标签的经历，还是他目前的处境，似乎都在以一种讽刺的方式，证明了父亲那些看似过时的观点的正确性。蓝袍先生感到迷茫和痛苦，"学校里把我当作不忠诚分子，父亲也把我当

---

[1] 陈忠实：《蓝袍先生》，《陈忠实文集》叁，广州：广州出版社，2004年版，第140页。

作叛逆者,我算一个什么东西呢?"①他的身影,再次被蓝袍紧紧包裹,仿佛变成了一根没有知觉的木桩,静静地立在时代的十字路口。

经历了无数的挫折和苦楚后,徐慎行终于接到了可以重新站上讲台的通知。这份工作对他来说不仅仅是职业的恢复,更是精神上重获新生的象征。他的心中涌动着难以言喻的激动和感激,泪水在眼眶中打转,但他努力抑制着,不让它们落下。然而,好景不长,新生活的种种不适和挑战迅速涌现。面对狭小的双人宿舍,徐慎行感到异常的局促和不适;走上讲台,原本流畅的言语突然变得支离破碎;在与人交流时,他经常无意识地重复着"对对对";面对他人时,总是带着不自然的微笑。这一切的改变,不仅令徐慎行自己困惑,也使得他周围的人感到不解。他的内心始终处于一种难以名状的紧张状态中,仿佛每一天都在经历着无形的考验。最终,徐慎行无法忍受这种煎熬,他向学校的新任校长提出了请求,希望能搬回那间兼作库房的小屋并继续从事事务性的工作。在那个小小的空间里,他感到更加安心和自由。这一决定,象征着他的内心深处再次选择了退缩和蜷缩,像一只蜗牛,将自己紧紧地锁在了自己构建的壳中,不再愿意或不再能够面对外界的风风雨雨。

在这部引人深思的小说中,"蓝袍"不仅是故事的核心元素,更是承载着深重含义的象征。蓝袍,这件看似简单的服饰,在徐慎行的人生旅程中,经历了由自由人到蓝袍先生,再从蓝袍先生回归为自由人的转变,最终他又不得不重新穿上蓝袍,这一过程中充满了无尽的悲剧色彩。徐慎行的生命故事,是传统与现代、

---

① 陈忠实:《蓝袍先生》,《陈忠实文集》叁,广州:广州出版社,2004年版,第146页。

自由与束缚交织的叙事。他的一生,反映了传统文化中那些让人痛苦和挣扎的方面,同时也折射出历史的沉重。在徐慎行的身上,我们看到了一个个体如何在传统的枷锁和历史的巨轮下挣扎、尝试挣脱,却又无奈地被重新捆绑。这种悲剧不仅源自传统文化中的某些负面因素,比如对个体自由的压制和对创新精神的束缚,更与中国历史上一系列政治变迁紧密相连。

在那个被《蓝袍先生》深刻描绘的时代背景下,传统文化以其悠久而深沉的影响力,透过家庭的根基和学校的教育体系,潜移默化地塑造着每个人的道德观念和行为准则。这种影响,在《蓝袍先生》的叙述中得到了生动的体现。在家庭的环境下,主人公接受了关于孝顺、尊重长辈的教育;在学堂他又学习了诚实、勤奋等道德准则。"旧有文化往往以家庭的家长权威或学校教育的主宰力量,来影响人的道德观念和道德行为。这种文化静悄悄地宰制人的灵魂,而且不乏一种家庭伦理的温馨感,往往在不知不觉的日常氛围中,完成对人的心性和性格的抟塑。"[1] 这些传统的道德观念,伴随着他成长,成为他内心深处不可磨灭的印记。然而,随着故事的展开,我们也看到了在个体追求自由和个性表达的路上,这些深植于心的传统观念往往成为障碍。在《蓝袍先生》中,政治运动"一反旧有文化的那种滞缓、板直、僵硬的文化运作方式。它具有迅疾、猛烈和出人意外的特点。任何个人在这种整体化力量面前,都有一种恐惧、自卑和无助的感觉,除了极个别人,极少有人能以个体的力量和勇气,与这种整体主义文化的抟塑力量相抗衡"。[2] 在这个背景下,《蓝袍先生》不仅仅讲述了一个人

---

[1] 李建军:《宁静的丰收——陈忠实论》,北京:华夏出版社,2000年版,第77页。

[2] 李建军:《宁静的丰收——陈忠实论》,北京:华夏出版社,2000年版,第77页。

与时代的故事,更深入地揭示了个体与集体之间的紧张关系。书中通过对主人公生活的描绘,反映出个人在强大的社会文化力量面前所体验到的无力感和挣扎。这种文化力量,以其迅猛和不可预测的特点,对人的思想和行为产生了前所未有的影响。在面对政治运动所推崇的集体主义文化时,蓝袍先生体会到了前所未有的挑战。书中描绘的不仅是一段个人的经历,也是一个时代个体如何在强大的社会文化压力下寻找自我,保持个性的真实写照。在《蓝袍先生》这部深刻的作品中,我们得以窥见政治运动无异于旧式文化体系,同样轻蔑人的尊严,压制人的个性,束缚人的自由,乃至扭曲人的灵魂。通过徐慎行的人生经历与挣扎,读者不仅能够感受到传统文化的哀愁,也能体会到历史进程中的悲剧色彩。《蓝袍先生》里的徐慎行,是作者陈忠实对我国悠久传统文化和曲折历史的深沉思索与反省的象征。这部小说不仅仅是对个体命运的叙述,它更深层次地揭示了专制文化对个体灵魂的侵蚀和束缚。

从《康家小院》到《梆子老太》,我们可以窥见陈忠实的创作从对日常生活的浅尝辄止,逐渐深入到对人生哲理的体悟。而当我们从《四妹子》跨越到《蓝袍先生》时,更能感受到他对于人生体验的深度挖掘和思考。特别是在《蓝袍先生》中,主人公的悲剧不仅仅停留在个人层面,更触动了读者对于整个民族命运的反思。

陈忠实的文学征程始终以中短篇小说为跳板,旨在铺垫和积累,为挑战长篇小说的创作奠定基础。他原本设定的目标是在着手长篇小说之前,先完成十篇中篇作品的创作。然而,当他笔下累积了九篇中篇小说的丰富素材与深刻见解时,一个更为宏大的创作欲望已难以按捺,那是对于民族命运深度思考的渴望。这种转变,最初是由《蓝袍先生》这部作品的构思与创作过程中激发出来的。"《蓝袍先生》的创作却出现了反常现象。小说写完了，那种思考非但没有中止，反而继续引申，关键是把我的某些从未触动过的生活库存触发了、点燃了，那情景回想起来简直是一种连续性爆炸，无法扑灭也无法中止。"①正是这种强烈的思考，触发了他心中深藏的生活与思想的火种，点亮了一条新的创作路径。

陈忠实在文学创作的道路上，经历了一次次深刻的自我审视与思考。尤其是在完成《蓝袍先生》后，他对自己的写作方向和艺术追求进行了深入的反思，这一过程不仅让他找到了前行的方向，也为他奠定了坚实的自信。这种自信驱使他着手《白鹿原》的创作，一个他计划将在《蓝袍先生》中未能尽述的故事彻底铺陈的宏伟项目。《白鹿原》的创作不仅是对先前作品的延续，而且是陈忠实对自己文学理念的进一步拓展和深化。在这部作品中，虽然没有直接提及徐慎行这一角色，但徐慎行与其父亲间的复杂关系却以不同形式，在白家父子、鹿家父子等多对父子关系中得到体现。这种深刻探讨父子间矛盾和冲突的方式，不仅使得《白鹿原》成为一个多层次丰富的作品，也让读者能够通过这些故事线索，洞察到陈忠实在文学创作上的思想成长与变化。

读《蓝袍先生》，人们不仅能通过徐慎行一角的人生浮沉来反思自身的生活轨迹，还能更加深入地理解《白鹿原》的内涵，乃至于捕捉到陈忠实创作思维的演进。正如在人生的转折点前，坚强者总是能够坚守选择，勇敢面对挑战，而那些犹豫不决的人往往会在重要时刻失足，从而在生命的征程中逐渐迷失。陈忠实早期的作品虽然对乡土生活进行了细致的描绘，但相对缺少对更广泛现实生活的深刻反映，《蓝袍先生》的创作标志着他在这一

---

① 李星，陈忠实：《关于〈白鹿原〉与李星的对话》，《小说评论》，1993年第3期。

点上的显著进步。他把长期的写作经验和广泛的阅读心得融入作品中，而这种深入的思考和丰富的积累，在《白鹿原》中得到了更为深刻和全面的体现。正是在《蓝袍先生》的创作与反思过程中，陈忠实深刻意识到，关于民族命运的思考不应仅限于一篇中篇小说的探讨范围，它需要一个更为宏大的舞台来展开。因此，《蓝袍先生》不只是一个触发点，更是一种力量，促使他将这一宏大命题的思考深化和完善，最终诞生了长篇小说《白鹿原》。《白鹿原》的创作，不仅是陈忠实文学生涯的一个里程碑，也是他对民族命运深刻思考的集大成之作。

第二章 对"民族秘史"的执着探寻
——《白鹿原》的创作探讨

在 1988 年的春季到 1992 年初春这段时间里，陈忠实以极大的热情和毅力，全身心投入到了他生平的第一部长篇力作《白鹿原》的创作之中。回首过往，那些年陈忠实仿佛是在忙着描绘现实生活中正在上演的巨变，特别是农村改革带来的波澜。直至 20 世纪 80 年代中后期，陈忠实对自己早期的创作成果深感不满，这种自我批判推动他重新审视这片土地的过去与现在，对自己之前的作品更加彻底地否定。这一过程最终促成了陈忠实对新的创作理想和目标的坚定追求。在与李星就《白鹿原》进行的一次深入对话中，陈忠实回顾了那段创作历程，并分享了他的思考与感悟："这个由思索引起的自我否定和新的创造理想的产生过程，其根本动因是那种独特的生命体验的深化。"[①] 在他的小说自选集的序言中，他进一步强调了生命体验的重要性："生命体验是可以信赖的。它不是听命于旁人的指示也不是按某本教科书去阐释生活，而是以自己的心灵和生命所体验到的人类生命的伟大和生命的龌龊，生命的痛苦和生命的欢乐，生命的顽强和生命的脆弱，生命的崇高和生命的卑鄙等难以用准确的理性语言来概括而只适宜于

---

① 李星，陈忠实:《关于〈白鹿原〉与李星的对话》,《小说评论》, 1993 年第 3 期。

用小说来表述来展示的那种自以为是独特的感觉。"[①] 通过《白鹿原》这部作品，陈忠实不仅展现了个人对生活复杂多面的感悟，也试图探讨和呈现出人性的多重面貌以及个体与社会、历史的关系。《白鹿原》无疑是他对生命体验深度挖掘和艺术化表达的一次成功尝试，通过精心构建的故事框架和丰富的人物群像，陈忠实引领读者进入了一个既真实又富有象征意义的世界，让人们在阅读的过程中不断思考和感悟，体验到生命的真谛和艺术的力量。可以说，《白鹿原》是陈忠实关于我们这个民族命运的生命体验的一部惊世之作。

《白鹿原》这部作品，借由"民族秘史"的笔法，向读者揭示了一幅充满生动色彩与震撼力的中国乡土历史画面，同时，它也构建了一部记录了渭河平原五十年巨变的壮丽史诗。该小说详细描绘了1911年清朝末年至1949年新中国成立前夜的近五十年间，中国现代史上的重大变迁如何在白鹿原这片土地上演绎。白鹿原不仅是关中平原一个真实的地理位置，它更是陈忠实创造出来的一片充满艺术魅力的虚拟空间。白鹿原上的风土人情，既反映了该地区独有的地域特色，也融汇了我们民族丰富的生活和文化体验。因此，虽然陈忠实在讲述一段深刻的"民族秘史"，但是他的视角并没有局限于狭窄、简化或表面的政治或阶级分析。相反，他从一个更高的时代视角、民族视角和文化视角出发审视历史。这种方法不仅丰富了作品的内涵，也使《白鹿原》成为一个多维度解读中国近现代历史、文化和社会变革的重要文本。在这部作品中，陈忠实以其深刻的历史洞察力和丰富的艺术想象，构建了一个既真实又富于象征意义的世界。白鹿原上的故事不仅

[①] 陈忠实：《兴趣与体验》，《陈忠实文集》伍，广州：广州出版社，2004年版，第461—462页。

讲述了个人命运的波折，更映射出中国社会从传统向现代转型过程中的复杂性与多样性。通过对这片土地上家族恩怨、社会冲突与人性挣扎的细腻描绘，陈忠实成功地将个体经历与民族命运紧密相连，让读者在感受故事魅力的同时，也能深刻反思历史与现实。《白鹿原》之所以能成为一部经典之作，不仅因为它揭示了历史的深层次意义，更因为它透过一段段生动的故事，展示了人性的光辉与阴暗，以及人们在社会大潮中挣扎求生的坚韧与勇气。因此，作者虽然是在展示一段"民族的秘史"，但他并没有站在狭隘、简单、肤浅的政治和阶级观点上，"而是站到了时代的、民族的、文化的思想制高点上来观照历史"①。

　　当我们翻开《白鹿原》的每一页，扑面而来的便是其浓厚的文化质感和历史厚度，这不仅因为书中所蕴含的深邃文化底蕴和沉甸甸的历史感，更因为陈忠实对一系列充满生命力的人物与事件的精心描绘。在这部作品中，无论是叙述历史还是塑造人物，陈忠实总是力求体现一种高层次的文化追求，不遗余力地打造出一种渗透着个人情感和理想主义色彩的独特文化氛围。陈忠实通过《白鹿原》向我们展示了历史并非遥远冷漠的存在，它与每一个生活在其中的人紧密相关。书中的人物，不论是主角还是配角，他们的每一次选择和决断，都与历史的大背景有着密不可分的关系，同时也反映出了人性的复杂多面。这种对历史深度的挖掘与对人性深刻的探索，共同构成了《白鹿原》浓重的艺术魅力。因此，我们读《白鹿原》时会感到历史、文化和人之间密不可分的关系。

---

① 雷达:《废墟上的精魂——〈白鹿原〉论》,《文学评论》,1993年第6期。

第一节 文化与人：痴迷而又困惑的文化反思

文化隐藏着"民族发展和人类生存的谜"[①]，在中国广袤的土地上，农民是构成社会主体的重要力量，他们代代相传的不仅是耕种的智慧，更有一份沉甸甸的文化遗产。这份文化传统，如同一条悠长的河流，流淌在农民群体的心灵深处，成为他们性格和心理的重要组成部分。它既丰富多彩，又沉重深沉，影响着每一个农民的思想和行为。陈忠实，一位深谙民族文化精髓的作家，致力于通过文学的形式揭示中国民族的深层文化内涵。在他的笔下，不仅呈现了社会历史的宏大叙事，更深入探讨了民族文化传统与个体心理结构的复杂关系。他的作品试图从文化的视角出发，解读历史的脉络，分析人物的命运走向，以此展现传统文化中蕴含的人格魅力与对人性的深刻反思。

一、传统文化的人格魅力

在小说《白鹿原》中，我们见证了一个民族历尽风霜，面临内外困境，却依然坚韧不拔的民族精神。陈忠实采用浓重、凄凉、绚烂、壮丽的笔触，描绘了关中平原上一个小村落在超过半个世纪的政治纷争中所经历的艰难岁月。在这个故事中，白嘉轩这一角色完美地表现了这种悲剧性的文化精神，通过他的人生，不仅映射出一个民族的文化变迁，还揭示了在复杂混沌的时代背景下，这个民族悲剧的根源。

在这片充满传统文化底蕴的肥沃土地上，"白鹿原"见证了一位族长——白嘉轩的生活。他是白姓家族的骨干及白、鹿两大家族的领袖，也是小说中描绘得最为生动、最具有艺术感染力的

[①] 韩少功：《文学的根》，《作家》，1984年第4期。

人物之一；他既是一位正直仁慈的长者，也是一个封建家庭中坚定的守旧者。因此，无法对白嘉轩进行单一的评价，他本身就是一个兼具多重性格特点的复杂人物。《白鹿原》的叙述不仅是对白嘉轩个人命运的追踪，也是对整个民族在时代变迁中挣扎与适应的生动写照。白嘉轩的一生充满了挑战和磨难，但他的形象鲜明，充满力量，代表了那个时代人民不屈不挠的精神。他所处的社会背景是一个转型时期，传统与现代的碰撞、冲突，在他的生活中表现得淋漓尽致。白嘉轩既是这种社会变革的参与者，也是见证者，他的故事是对那个时代深刻变化的反映。

（一）清正家风的挣扎

白嘉轩，这个名字在小说中象征着对家庭的深沉爱恋。他将家庭视为生命的港湾，以儒家的"仁义"原则为其根基，把"礼"作为守护家庭的坚固盾牌。在他的内心深处，始终涌动着"天行健，君子以自强不息"的文化精神，这种精神贯穿于他对家庭的每一份承担和责任之中。白嘉轩的情感世界复杂而深邃，面对父母的养育之恩，他内心的感激之情是深刻的，父亲的意外离世对他来说是巨大的打击，这种悲痛之情曾令他悲痛欲绝，几度昏厥；对于母亲，他同样始终保持着深深的敬意和爱戴；面对妻子儿女，他的情感则更为复杂。在探讨白嘉轩的家庭观时，特别值得深入分析的是他与妻子以及两个孩子——白孝文和白灵的关系。白嘉轩的家庭观深受其个人经历和时代背景的影响。他的人生态度和对家庭成员的不同看法，既是个人性格和经历的反映，也是那个时代社会观念和文化背景的体现，在某种程度上，也反映了那个时代人们在家庭责任、个人情感和社会期待之间的挣扎和冲突。

吴仙草的一生，可以说是在父权与夫权的阴影下缓缓展开的。她性格温和，聪明贤惠，将自己的人生投入到了对家庭的无私奉献中。嫁入白家之后，吴仙草如同那坚韧的草木，默默地承受着生活的风霜雨露，始终坚持着自己的本分，为白家添了三子一女，使得家庭更加兴旺繁荣。在对儿女的关爱上，吴仙草更是体现出了一位母亲的伟大。她不仅照顾子女的成长，还对待儿媳也如同自己的女儿一般，无微不至。她的日常生活充斥着为家庭操劳的身影，洗衣、做饭、缝补……展现了一位传统妇女的善良与勤劳。在尊敬长辈、孝顺婆婆方面，吴仙草更是做到了恪守妇道；她细心照料丈夫，无怨无悔地守候在他的身边，用自己的实际行动诠释了贤内助的角色。尽管她的人生看似平淡无奇，但在这份平凡中，她展现了不凡的力量和美德，成为传统家庭中女性角色的典范。吴仙草与白嘉轩之间虽然鲜少言及夫妻之爱，但他们之间的关系，却在平凡的生活中透露出一种深沉的情感。吴仙草用自己的默默付出赢得了丈夫的尊重，她的忠诚和勤劳成为夫妻之间深厚情感的基石。她的一生虽然没有波澜壮阔的故事，但她如同一株仙草，为白家带来了无尽的生机与活力，用自己的生命影响着每一个家庭成员。

　　白嘉轩的生命里出现过多位女性，而吴仙草成为他的终身伴侣，也是他生命中最为特别的存在。白嘉轩与吴仙草之间的爱情故事，既有深情厚意，也充满了波折和痛苦。吴仙草成为白嘉轩生命中的第七位女性时，他们的关系似乎开启了新的篇章。在仙草为他生下白灵之后，白嘉轩做出了一件他以往从未有过的行为——亲自下厨为仙草煮水，这个看似简单的举动却让仙草感动至深。当瘟疫降临，仙草身染重病时，白嘉轩的内心充满了痛苦和挣扎，他在仙草病床前不禁落泪，那一刻，他完全呈现出了一个好丈夫的形象，深情且无助。但是，生活总是充满了复杂与矛盾。当吴仙草生命垂危，希望在最后时刻见到自己的孩子们时，白嘉轩的行为却让人难以理解。他指示鹿三绕开县城，不去见孝文，也不去找灵灵，明显违背了仙草的最后愿望。这种行为表现了白嘉轩内心的矛盾：一方面，他深爱着自己的妻子；另一方面，他又被传统的"仁义道德"所束缚，以至于愿意为了所谓的面子和道德观念牺牲亲情。白嘉轩并非没有人性和温情的一面，在家庭面临困难的时候，他接纳了母亲的建议，照顾起了白孝文妻儿，显示出他对于后辈的关爱和责任感，也显示出他内心深处对亲情的珍视。

作为家族的柱石，白嘉轩对于长子白孝文倾注了无比的希望与期待，期望他能承担起家族的荣耀与责任。白嘉轩尝试以传统的"四书五经"来培养白孝文，希望他能成为名副其实的家族接班人，不仅在学识上有所成就，更要在道德修养上做到楷模。作为父亲，他深信着"耕读传家"的古训，认为这是家族兴旺发达的根基。然而，这种重压之下的教育并未能让白孝文真正理解一个家族领袖的重任，也未能让他感受到作为家族一员的自豪与责任。白孝文的行为最终背离了家族的期望，他的一系列不检点行为，特别是被田小娥轻易诱惑的事实，让白嘉轩感到了极大的耻辱和失望。对于白嘉轩而言，这不仅是他个人的悲哀，更是家族荣誉的丧失。他认为白孝文的堕落不仅"丢了他的脸"，更是"亏了他的心"。失望和愤怒让他将白孝文逐出家门，誓言即使白孝文有朝一日成为显赫一时的人物，也不得踏入家门一步。然而，当白孝文在外有所成就，穿着制服希望回乡祭祖时，白嘉轩的心情也有了微妙的变化，他同意了白孝文的请求，这不仅是对过去的一种释怀，也是对未来的一种期待。当听到村民们议论"龙种终究是龙种"的时候，他心中的荣耀感和自豪感油然而生，仿佛找回了失落已久的家族荣誉。白孝文后来成为县长，白嘉轩则认为这是"白鹿精显灵"的结果，这种思维在当时社会背景下并不罕见，映射出一种悖论性的内涵。

白嘉轩的家教理念与行为，在封建传统与现代思想的交汇点上展现出了显著的矛盾与冲突，特别是在对待唯一的女儿白灵的态度上，这种矛盾尤为突出。白嘉轩对于白灵的爱，可以说是深入骨髓，无论是在她的幼年时期还是成长过程中，都尽显无遗。自白灵呱呱落地那刻起，白嘉轩的心便完全被这个小小的生命所俘获。他对她的宠爱几乎到了极致，几乎每一个父亲对女儿的宠爱方式都能在他身上找到影子。他会因为白灵的一声笑，心情变得无比愉悦；他会因为白灵的一次闹腾，放下所有的烦恼去逗她开心，甚至在白灵哭泣时，他宁愿被她打闹，也要让她笑颜绽放。在当时社会的大环境下，女性的教育并不被普遍看重，特别是在持有传统观念的家庭中。尽管如此，白嘉轩却打破了常规，选择支持白灵的求学意愿，这在当时无疑是一种进步的行为。当白灵表达出对更广阔知识领域的渴望，希望进入城中的新式学堂学习时，他又满足了她的愿望。这种看似简单的决定，实际上蕴含了他对女儿未来的期望与对传统束缚的一种突破。后来，白灵最终决定离开她曾经温暖的家，这一举动深深刺痛了白嘉轩的心，他禁止家中再次提起白灵的名字，仿佛她从此便与这个家庭无关，权当她死了。表面上，白嘉轩似乎彻底与女儿断绝了关系，但深藏在他内心的，却是对这份亲情的无尽挣扎与不舍。在他的心中，对女儿的爱与他所坚守的仁义理念发生了冲突，他的思想深陷在对传统价值的追求与对亲情的渴望之间，难以自拔。在白灵遇难的夜晚，当白灵以梦境的形式向他及家人示警时，这种冲突达到了顶点。那一刻，白嘉轩抛开了作为家族长辈的身份和仁义的束缚，只身冒雪寻求解梦，以确认女儿的安危。这不仅是对女儿深深的思念，也是对自我原则的一次挑战。几十年后，当一块刻着"革命烈士"的牌子被悬挂在家门上时，白嘉轩终于释放了内心深处长久以来的负罪感与悔恨。他那颤抖着、布满了岁月痕迹的双唇低语着:"真个死了?!是我把娃咒死了哇!"[1]这句话的背后,是他深深的自责与痛苦,也是对过往决定的深刻反思。

白嘉轩生活在一个价值观快速变化的时代,他本人深受"仁义"思想的影响,始终认为家庭是人生的重要组成部分,家庭的和谐是社会稳定的基石。然而,现实却与他的理想大相径庭。白孝文曾经是他所有希望的承载者,他期望儿子能够继承自己的价值观,成为一个有道德、有教养的人。但白孝文却逐渐背离了父亲的教导,走上了一条与"仁义"背道而驰的路。儿子的背离对白嘉轩是一次沉重的打击,他感到自己在培养下一代方面遭遇了失败。同时,女儿白灵的遭遇更是让他痛不欲生。白灵原本是家中的光明与希望,聪明伶俐,善良活泼。然而,不幸的是,她却成了他人恶行的牺牲品,彻底粉碎了白嘉轩对美好家庭的所有憧憬。他感到无比的遗憾和惭愧,觉得自己未能保护好家人,未能为他们提供一个安全的避风港。种种家庭变故都与他本身所追求的理想相违背,其结局注定也是悲惨的。

(二)仁义之心的坚守

白嘉轩的人生经历充满了起伏和挑战。在解决了自己的"不孝有三,无后为大"的问题后,他开始在家族内部施展自己的影响力,逐渐树立起威望,有效地行使起了家族长老的权力。整个故事线索展示了白嘉轩如何在保持着对政治事务的距离的同时,依然能够在家族和社会中发挥重要的作用。他本质上是一个农民,将生存看作生活中的首要任务。因此,当遭遇到姐夫朱先生破坏自己谋生手段的事件时,他深感无助,情绪崩溃到了极点。尽管白嘉轩对政治持有一种超然的态度,但他对于家族权力却非常重

---

[1] 陈忠实:《白鹿原》,北京:人民文学出版社,1993年版,第208页。

视,特别是在辛亥革命后,皇帝被废,社会动荡不安,家族和村庄面临的威胁并非来自政治变革,而是来自"白狼"的实质性威胁。在这样的背景下,白嘉轩展现了作为一位领导者的决断力和领导力,他组织人手加固村庄的防御,增加巡逻,成功抵御了外来的侵扰。此外,他还对家族的祠堂进行了修缮,并且创立了学校,这些举措不仅巩固了他在族中的地位,也让他深刻体会到了作为一名领导者的满足感。这些经历使白嘉轩深刻认识到,"仁者得人心,由此得天下"的真谛。

  白嘉轩在他的一生中,以一种极富使命感的方式,投身于提升乡里人的生活态度和道德风尚。陈忠实在论及《白鹿原》的立意之本时说过:"在缓慢的历史演进中,封建思想封建文化封建道德衍化成为乡约族规、家法民俗,渗透到每一个乡村、每一个公社、每一个家族,渗透进一代又一代平民的血液,形成这一方域上的人的特有文化心理结构。"[①] 白嘉轩不仅自身践行着对传统乡约和族规的尊重,更是将这种尊重化为行动,对那些背离传统道德的行为采取了坚决而直接的惩处措施。他对待烟鬼、赌鬼的态度尤为严厉,毫不犹豫地对那些沉溺其中的人进行惩治,希望能促使他们回归正道。在处理白孝文犯错的事件中,白嘉轩采取了强硬的态度,亲自对其进行惩戒,意在通过这种方式洗刷家族内部的耻辱。他认为,每一个人的行为都代表着整个家族的形象,因此对于任何违背族规乡约的行为都不能容忍,必须严肃处理。更令人印象深刻的是,在干旱连年的苦难时期,白嘉轩带头进行祈雨仪式,他不顾自己身体的残疾和疾苦,全心全意地为乡民祈求天降甘霖。这一举动不仅展现了他对乡民的深切关怀,也反映了他对于传统信仰和习俗的尊重。白嘉轩的一生,可以说是对"克己

---

① 陈忠实:《关于〈白鹿原〉的答问》,《小说评论》,1993 年第 3 期。

复礼"理念的完美诠释。他将"非礼勿视、非礼勿听、非礼勿言、非礼勿动"的原则内化于心，外化于行，真正做到了在生活中处处以礼自律，以礼待人。

白嘉轩与鹿三的关系超越了传统的主仆关系，展现出了一种基于人性和情感交融的深厚友谊。白嘉轩身上那种"重义轻利"的品质，在与鹿三的相处中得到了充分的体现。白嘉轩之所以能与鹿三建立起这样特殊的关系，很大一部分原因在于他的为人处世哲学。他不仅在物质上对鹿三绝不吝啬，从不因为鹿三的身份而在吃食或薪水上有所克扣，更在精神上给予了鹿三平等和尊重。他们一同劳动，共同分担生活的甘苦，这种生活的共享，让二人的关系超越了普通的主仆关系，升华为一种命运共同体的伙伴关系。白嘉轩与鹿三在思想上也极为契合，常常能够达到意见的一致，这种不谋而合的思想交流，更加深了他们之间的理解和信任。但是，尽管他们的关系密切到了几乎无法用传统的主仆关系来定义的地步，白嘉轩却始终没有忘记两人在社会结构中的位置差异，这不是他对鹿三或自己身份的否定，而是一种对现实的清醒认识。他在家族中反复强调"不许把三伯当外人"的同时，既是对鹿三深情的保护，也是在提醒所有人，尽管他们的关系超越了传统界限，但仍需在现实的社会结构中找到合适的位置。这种强调，实际上是白嘉轩对于身份界限的一种敏感和尊重。他深知，尽管他与鹿三的情谊深厚，但他们之间的身份差异是由血缘和社会历史所决定的，这是一个不可逾越的现实。

在朱先生那令人肃然起敬的办学之举中，白嘉轩深深体会到了"仁义"二字的分量，这种深刻的领悟让他对于建设一个充满仁义的家园抱有更加迫切的希望，正是这种对于高尚理想的追求，驱使他坚持不懈地支持教育事业。黑娃的例子，便是白嘉轩实践仁义精神的一个缩影。他不仅自掏腰包为黑娃支付学费，更在黑娃犯下错误之后，仍旧握着他的手，亲自将他送回学堂。这一系列行为，不单单是出于对黑娃个人的关爱，更是白嘉轩试图在这个社会中树立的一种仁义典范，一个信念的象征，表明每个人都值得拥有受教育的机会，每个人都有可能重回正轨。在得知自己身受重伤正是黑娃所为之后，白嘉轩选择了保持沉默，这种沉默，并不是简单的宽恕或者刻意的忽视，而是出于对鹿三深厚情义的考虑，不愿因此而影响到鹿三和黑娃的未来。他的这种处世哲学，既体现了他对仁义的坚持，也展现了他对人性本善的坚定信念。当黑娃被捕，他毅然决然地挺身而出，展现了他对于过往恩怨的大度忘怀，真正体现了仁义之心。这种行为不仅仅是对个人的拯救，更是对仁义精神的一种传承和弘扬。田小娥的行为，给白家带来了前所未有的羞辱和痛苦，白嘉轩对她的怒恨，几乎达到了极致。然而，当鹿三在深重的负疚感和责任感的驱动下亲手杀害了小娥时，白嘉轩内心的复杂情感难以言表。他对这一结果的快慰，不仅因为引发诸多灾祸的小娥走到了终点，更重要的是，他在鹿三的决断中看到了一种勇气和担当——一种即便是他自己，在其族长的地位上也难以做出的选择。这个过程中，白嘉轩对鹿三的认识和理解发生了根本性的改变。他开始意识到，鹿三身上所散发出来的，不仅仅是对白家的感恩，更有着一种对于正义和责任的深切理解，这是白嘉轩所未曾拥有过的。白嘉轩看到了另一面的鹿三，一个勇敢面对困难，敢于承担后果的男人。更重要的是，他意识到自己与鹿三之间存在着一种深层次的共鸣和统一，那是对于仁义与正义的共同追求。在鹿三永远地离开这个世界后，白嘉轩的心中充满了无尽的孤独和深沉的哀伤。对他来说，失去的不仅仅是一位普通的长工，更是他生命中无可替代的挚友和伙伴。鹿三的离去，使得白嘉轩的世界突然间失去了颜色，他感受到了前所未有的空虚和悲凉，泪水不停地从他的眼角滑落，表达着他内心的痛楚；即便在这样的时刻，他也无法完全忽略二人在社会阶层上的差异，他为鹿三的去世感到悲哀，同时也感叹于这位他认为"白鹿原上最优秀的长工"的逝去。

　　白嘉轩的身影如同一部活生生的传统文化百科全书，他的一言一行都深深浸透着传统美德的光芒，在他的生活哲学中，儒家的教义起着核心的指导作用。儒家的精神内核，强调的是个人的修养、家庭的和谐、国家的治理以及世界的和平。它倡导仁爱、正义、礼仪的价值观，以及实现个人品德、社会功绩和言行传承的重要性。而白嘉轩，就是这些理念的忠实践行者。在与长工鹿三之间坚固的情义中，白嘉轩展现了深厚的"仁义礼"之风。他在朱先生的熏陶下，怀揣着富贵不淫、贫贱不移、威武不屈的高尚情操，乐善好施，广施恩惠。他投资修建祠堂和学校，严格要求族人的行为规范，致力于提升族人的道德和文化水平。在与人交往时，他慷慨大度，以德服人，即使面对仇敌，也能宽以待人，多次试图拯救鹿子霖和黑娃等身陷困境的人。同时，白嘉轩还具有不屈不挠的刚毅品格，他对于那些军阀的暴政与腐败表示强烈的鄙夷，背后支持农民的反抗，而且坚决拒绝接受任何形式的官职，展现了他对于个人信念的坚守和对于社会正义的追求。通过白嘉轩的形象，我们看到了一位将儒家思想贯彻始终的典型人物。他不仅仅是在言语上讲述儒家的道德和人格魅力，更是在实际行动中将这些价值观落到实处，影响和改变着周围人的生活。白嘉轩用自己的人生实践，诠释了做一个对社会有贡献、对他人有恩德的"乡里善人"的真正含义"。白嘉轩的形象无疑是儒家思想印记深刻的典型反映，他不仅代表了传统文化和道德的鲜活实践，也自然成为乡村传统的活标杆。通过他的人生和品行，我们能够深刻体验到被传统文化浸透的人格魅力。然而，陈忠实对于传统文化的评价，并非全是盲目地颂扬，他不是按常规的模式来塑造人物形象,"而是超越了简单化的批判层面,从文化的根因上来写"①。在探讨白嘉轩这个人物时,我们不得不面对传统价值观在他生命中所展现的复杂面貌,其中既有封建社会的限制性也有其残酷性。作者细致描绘了白嘉轩如何凭借非凡的毅力和强烈的责任感,努力维护白家在社会中的地位,为了家族的生计和荣耀,他不惜采取任何手段,包括迁移坟地、种植鸦片,甚至是在道德边缘挣扎。他的计谋和行动,无一不显示出他作为农民后裔的机智与狡诈。白嘉轩对于家族纪律的严格执行到了几乎残忍的地步,他禁止低贱的人进入家族的祠堂,对于违背规矩的行为毫不手软,即便是对自己的儿子白孝文和女儿白灵,也是严厉地惩罚和决绝地断绝关系。通过这些行为,封建道德中违背人性的残酷面貌被赤裸裸地展现出来。然而,尽管白嘉轩尽力维护家族的传统和荣耀,他的行为在现实的挑战面前却屡屡受挫。这不仅预示了以农耕文化为基础的宗族制度的逐渐衰败,也反映了白嘉轩个人注定悲剧的命运。

在这部作品中,白嘉轩与鹿子霖的人物形象形成了鲜明的对比。整个故事围绕着两个家族的斗争展开,但作者深入挖掘的并非仅仅是权力和利益的角逐,更多的是对两种截然不同人格和精神内涵的深刻描绘。鹿子霖,这个角色塑造得既阴险又放荡,充满了弱点和恶劣的品质,他的贪婪和自私无处不在,短视和贪恋眼前利益的行为,展露了他性格中最不堪的一面。他对官职的渴望无比迫切,仿佛官位对他来说就是生命中最重要的东西,正如冷先生所说,他的"官瘾比烟瘾还难戒"。鹿子霖总是试图利用官职来提升自己的地位,不惜一切代价,哪怕是卑躬屈膝。与鹿子霖的道德沦丧形成鲜明对照的是白嘉轩的坚定和原则。白嘉轩

---

① 雷达:《废墟上的精魂——〈白鹿原〉论》,《文学评论》,1993年第6期。

对官职婉辞，他的威望来自于他的品格和行为，而非依靠官位。他在维护家族荣誉和遵守道德原则上表现得格外坚定，与鹿子霖为了一己私利不择手段形成了鲜明对比。鹿子霖的形象还充满了矛盾，既残忍无情又懦弱不堪，面对儿子遭牵连入狱，他忽然变得软弱，到处求情，以泪洗面，更加凸显了他内心的虚弱和懦弱。在这两个角色的对比中，陈忠实意在表达无论是从个人品格还是从家族长远利益来看，鹿子霖都显然远不如白嘉轩。

白嘉轩代表了一种高尚的人格理念和道德信仰，而鹿子霖及其同类则是权力和财富欲望的化身，两人的差异构成了激烈的文化与价值观的冲突。白嘉轩凭借其高洁的人格和坚定的道义立场，在精神上成为白鹿原上的引领者，但实际掌控白鹿原的，却是鹿子霖和田福贤这样的人物，他们利欲熏心，但在某些时刻，也展现出了不同于其日常行径的道德闪光点。例如，在鹿子霖遭遇不幸时，田福贤没有趁机侵吞其财产，这种在关键时刻体现出的重情义轻个人利益的行为，为角色增添了几分复杂性和立体感。作者通过白嘉轩与鹿子霖之间的矛盾和冲突，不仅仅展现了个人道德品质的对比，更重要的是，他试图将这场斗争置于更广阔的文化和历史背景之中，探讨在传统文化的影响下，人们在面对权力、财富与道德理念时的种种矛盾和选择。这不仅仅是个体之间的冲突，更是不同价值观、不同生活方式之间的碰撞与融合。

在白嘉轩的形象上，我们看到了一种超凡脱俗的人格魅力，这一角色不仅仅是一个文学人物，还是对民族精神的深刻探讨。即便是在民族经历低谷，社会环境腐败堕落时，民族精神中的那些闪光点并未消散，它们像不灭的火种，代代传承。陈忠实说："尽管我们这个民族在 20 世纪初国衰民穷，已经腐败到了不堪一击的程度，但是，存在于我们底层民族精神世界里的东西并没有消亡，它不是一堆豆腐渣，它的精神一直传承了下来。如果我们民族没有这些优秀的东西，它不可能延续几千年，它早就被另一个民族所同化或异化了，甚至亡国亡种了。"① 可见，陈忠实就是想通过白嘉轩来挖掘我们民族精神世界里最优秀的东西，来展现传统文化的人格魅力。

二、传统文化的悖逆人性

中国传统文化源远流长，有着悠久的历史和丰富的文化积淀，承载着孝道、礼仪、忠诚、包容等深厚的价值观，这些价值观在一定程度上塑造着人们的品格和行为准则，促进了社会的和谐。但传统文化有时会过度强调规范和约束，限制个人的自由和发展空间，导致个性的压抑和被扼杀。陈忠实在《白鹿原》中，淋漓尽致地展示了儒家文化，这种文化"如此博大，如此深邃，从理论精神到实际操作，如此庄严，如此成熟，如此温情脉脉，又如此冷峻残酷，如此腐朽衰落，又如此顽固坚忍"②。陈忠实通过白嘉轩、朱先生等来表现传统文化人格魅力的同时，也通过田小娥、鹿冷氏等女性形象，深刻地展示了传统文化悖逆人性的一面。

（一）田小娥——反叛中凄美离世的牺牲品

在探索历史的深渊和人心的迷宫时，小说家利用细腻的笔触，让历史与心灵的双重历程交织在一起，构建出一个既真实又富有象征意义的故事世界。在这个世界里，人物的生命既是对个体命运的叙述，也是对整个民族历史的反思。在《白鹿原》的创作中，陈忠实通过对田小娥、白灵等人物的塑造，不仅展示了个体的悲欢离合，更深层次地探讨了文化的根脉和民族的悲哀。田小娥，

---

① 李遇春，陈忠实：《在自我反省中寻求艺术突破》，《陈忠实文集》柒，广州：广州出版社，2004年版，第398页。
② 李星：《书海漫笔》，陕西教育出版社，1992年版，第36页。

她的形象既复杂又丰富,她的故事既是个人的悲剧也是社会的缩影。在她的身上,我们看到了一个女性在社会压力和传统观念下的挣扎与反叛,她的命运反映了那个时代女性地位的边缘化和个体意志的压抑。

若将白嘉轩视作白鹿原上那座不可动摇的"道德之塔",将鹿子霖比作一头只知四处漫游、啃食草根的"无知之兽",那么田小娥则是白鹿原上的"真正的人"。在陈忠实笔下,她以反叛者的姿态被细致刻画。在这片土地上的女性群像中,田小娥带着"变幻莫测"的标签,承担着最沉重的悲剧色彩,这位被诸如"淫妇""祸水""女鬼"等称呼所压抑的女性,其悲剧命运所辐射的文化内涵和美学意境极其丰富。

在深入探讨田小娥这一人物时,性的议题成为一个绕不开的重点。按照社会的传统观念,她被认定为一个放荡的女性。田小娥出生于贫困书香门第,长相清秀,颇具风情,却落得与年迈的武举人郭财东为妾的宿命。"她存在的意义就是全部为了那个老举人,所以她没有任何个人的生命价值可言。"① 她被剥夺了正常的家庭生活,身心俱疲;她的容貌就如她的人生一般,失去了光彩。田小娥不愿意就这样屈服于命运,她通过向郭举人的食物中加入尿泡的枣来表达她的不满和仇恨。但是,有谁真正理解过她的内心呢?她对黑娃说:"兄弟呀,姐在这屋里连只狗都不如!我看咱俩偷空跑了,跑到远远的地方,哪怕讨吃要喝我都不嫌,只要有你兄弟日夜跟我在一搭……"② 她与黑娃的偷情,"是闷暗环境中

---

① 李遇春,陈忠实:《在自我反省中寻求艺术突破》,《陈忠实文集》柒,广州:广州出版社,2004年版,第413页。
② 陈忠实:《白鹿原》,北京:人民文学出版社,1993年版,第140页。

绽放的人性花朵，尽管带着过分的肉欲色彩，毕竟是以性为武器的反抗"①。

在田小娥的生命轨迹中，黑娃的出现犹如一抹不期而至的色彩，带给她生活的另一种可能。一场她精心设计的"摔倒"将黑娃从冷清的井边引到了温暖的炕上。在这个过程中，两个心灵的距离被拉近，田小娥将情窦初开的黑娃拥入怀中，两人的关系迅速升温，夜夜相伴，情意深厚。然而，幸福的时光总是短暂的，他们之间的秘密最终还是被郭财东发现了。郭财东的处理方式出人意料的宽容，没有选择极端的报复手段，而是选择了让他们离开。黑娃失去了饭碗，田小娥也被休弃，两人被迫分开。在这艰难的时刻，黑娃并未放弃，他从田家的长工口中得知，田小娥的父亲因为这段丑闻感到羞愤难当，打算将她逐出家门。正当一切看似无望之时，黑娃提出了娶田小娥的想法，田小娥的父亲不仅答应了这门亲事，还慷慨地给予了嫁妆，并称两家今后可能不再往来。

田小娥的经历并不仅仅是一个简单的爱情故事，更是关于一个女性在逆境中寻求独立尊严的故事。她的抗争可能没有达到意识形态的高度，但她的行为无疑忠于人性的本能反抗。陈忠实说："正是通过对人物的命运的观照，我觉得我对生活的思考、对历史的思考，就不再是一般意义上的思考了，而是进入了对人的一种合理的生存形态的思考。"②黑娃带着田小娥重返那片被称为白鹿原的土地，原本是满怀希望的，然而，他们发现在这个以传统美德和家族荣耀为准则的白鹿村，他们的爱情和婚姻不受欢迎。

---

① 雷达:《废墟上的精魂——〈白鹿原〉论》,《文学评论》,1993年第6期。
② 李遇春,陈忠实:《走向生命体验的艺术探索——陈忠实访谈录》,《小说评论》,2003年第5期。

村里的长辈和族人，特别是权威的白嘉轩，对他们态度冷漠，甚至禁止田小娥踏入祠堂，这象征着她无法被纳入这个家族的怀抱。面对这样的排斥，黑娃带着田小娥退居到村外一座荒废的窑洞，虽然简陋，却是他们共同的避风港。在那里，田小娥做出了决定，她愿意与黑娃共度贫穷而简朴的生活，哪怕是吃最粗糙的食物，只要能和爱人在一起。随着时间的流逝，他们的感情也由最初的相互吸引逐渐转化为深厚的情感，这段生活成为田小娥人生中难得的满足时光，无论是身体还是灵魂都达到了一种前所未有的和谐与完满。然而，幸福的日子在那个时代背景下显得格外短暂，黑娃心中有着不平凡的梦想，他不满于现状，总想追求更大的目标，受到童年梦想的驱动，他加入了革命行列，希望能够为自己的理想奋斗，但这也意味着两人平静的生活被打破。当革命行动未能成功，黑娃被迫逃离，田小娥则留在了四面楚歌的白鹿原上。面对未知的命运和困境，田小娥的生活跌入了深深的绝望。没有了黑娃的陪伴和支持，她失去了生活的依靠。在那个年代，一个女人失去了她的男人，往往也就意味着失去了生存的基础，这不仅仅是因为物质上的匮乏，更是精神上的孤独和社会地位的尴尬。

田小娥的生活如同一条漂泊无定的小船，面对波涛汹涌的现实，她不得不四处奔波，寻求一线生机。当黑娃的命运岌岌可危时，绝望的田小娥无奈地向鹿子霖求助，希望能够救出自己的丈夫。然而，权势之下的鹿子霖却对田小娥怀有不轨之心，利用她的困境，提出了令人不齿的交换条件。面对生存的绝境，田小娥做出了痛苦的决定，以自己的身体为代价，试图换取黑娃的自由。村中的浮浪之徒狗蛋儿发现了田小娥与鹿子霖之间的秘密，并开始对她进行骚扰与威胁，在这样错综复杂的人际网中，田小娥被迫成为权力斗争的牺牲品。她在鹿子霖的操控下，进一步陷入了道德与灵魂的泥潭，她的每一步选择，似乎都在将自己推向更深的绝望之地，最终不仅让自己陷入了无法自拔的境地，也让狗蛋儿因被错指乱伦之罪而丧命。随后，权力的角逐更是让田小娥身不由己，她被迫成为鹿子霖与白嘉轩争斗的工具。在对白孝文的诱惑中，出于被白孝文施以刺刷受辱的私愤，她主动出击，手到擒来。但是，这不仅没有带给她所谓的满足感，反而使她的心灵陷入了更加深重的痛苦之中，发展为"变态的爱"。陈忠实说："我写的小娥始终是反叛的，是反叛旧制的，不管她一开始以合理的形式争取合理的生存形态，寻找合理的爱情和婚姻，那当然是我们应该倡扬的，还是后来她与鹿子霖、与孝文的关系，那实际上是一种恶的形式表现了她的反叛性。"① 田小娥不满于被动地接受命运的安排，更不愿意沉默地忍受那些无理的束缚，于是，她选择了反叛，选择了抗争。但田小娥不会知道，她的个人反叛意识和行为是无力的，也不能给她带来任何合理生存的希望。

在那个深受传统观念束缚的年代，田小娥的命运像是一部预先设定的悲剧，她在白鹿原这片充满古老习俗与信仰的土地上，最终走向了一个悲惨的结局。田小娥的故事，不仅仅是一个个体的悲剧，更是在传统文化与道德体系中的一次残酷的牺牲。田小娥是那种典型的在压抑环境中寻求突破的人物。她对于自己生活方式的选择，对于爱情和婚姻的追求，都超越了白鹿原上那些根深蒂固的族规乡约。在她看来，个体的幸福与自由远比遵循旧有的规矩重要。然而，正是这种勇敢的追求，使得她成为时代的异类，被视为颠覆了当地文化心理平衡的人物。田小娥的行为不仅仅是个人的反叛，更被认为是对整个社会秩序的挑战。她的爱情，她的抗争，最终引来了悲剧性的收场。她的死，不是简单的肉体消

---

① 李遇春，陈忠实：《在自我反省中寻求艺术突破》，《陈忠实文集》柒，广州：广州出版社，2004年版，第399—400页。

亡，而是被那些深植人心的传统观念所吞噬。在她的悲剧中，我们看到的不只是个人的无力，更是整个社会结构对于变革的抗拒。田小娥的命运，也让周围的人陷入了深深的自我矛盾与挣扎之中。鹿三和白嘉轩，这两个与她命运紧密相连的人物，他们的内心也因为这场悲剧而受到了极大的折磨。一方面，他们深受传统文化的影响，无法完全接受田小娥的行为；另一方面，他们又不得不面对自己内心对于田小娥的同情与理解。

陈忠实的文学创作深入骨髓，勾勒出田小娥这个历经苦难的女性形象。他的笔触虽然以性为起点，却远不止于此。性，作为创作的出发点，背后蕴含着厚重的历史、文化以及社会生活的多维度，展示了生命的丰富意义和复杂性。陈忠实超越了对性的单纯描写，他试图通过性这一载体，探讨文化的深层含义和原始生命力如何在文明进程中逐渐消退，甚至灭亡，他的笔下并不是在否定文明，相反，他尖锐且深刻地剖析了传统文化中违背人性的方面，探讨了生命的历史重量。他通过文学的形式，展现了文化与生命力之间的紧张关系，以及人类在文明发展过程中可能遇到的种种挑战和困惑。田小娥的形象更像是一个深刻的象征，代表着在传统伦理道德的压迫下个体生命力的不屈和反抗。有论者认为："这当然不是在取消文明，而是深刻而尖锐地揭示了传统文化逆天性的一面，揭示了生命存在的历史性沉重。"[①] 她的故事，是对那些束缚人性、扼杀个性的旧道德规范的强烈控诉和反思。最终，田小娥在白鹿原上以"镇妖塔"的形态重新树立，她那坚定不屈的身影，成为对虚伪和残酷社会现实的有力抗议。

---

① 王仲生：《〈白鹿原〉：民族秘史的叩问和构筑》，《小说评论》，1993 年第 4 期。

（二）鹿冷氏——顺从中黯然离世的牺牲者

在那个传统礼教深根固柢的年代，田小娥的故事犹如一道惊艳的流星，她的反叛闪耀着令人无法忽视的光芒。相比之下，鹿冷氏的人生则是一幕暗淡的悲剧，她的顺从和沉默，最终将她推向了无法挽回的绝境。鹿冷氏，这个名字可能会被时光遗忘，但她的故事却深刻地映照出那个时代女性悲剧的命运。鹿冷氏是冷家的长女，成了鹿家儿子鹿兆鹏的妻子，这场婚姻原本被寄予了厚望。冷先生相信鹿兆鹏是能够成就大业的人物，他认为为女儿选择了一个好归宿。然而，事实远比想象中残酷，鹿兆鹏虽被视为未来的栋梁之材，却对传统的包办婚姻持有反感，他追求婚姻自由，不愿意被家族的决定所束缚。他们婚姻的起点就充满了裂痕，鹿兆鹏被迫与鹿冷氏结为夫妇，但他的内心并未接受这段关系。婚礼当天，他被父亲的强硬态度逼迫，和鹿冷氏新婚之夜有过一次浅浅的肌肤之亲，洞房的第二天就离开了。从此以后，鹿兆鹏坚决拒绝与鹿冷氏有任何进一步的联系，无论家人如何尝试修补这段婚姻，他始终坚持自己的立场。鹿冷氏是一个可怜的弃妇，"她是作为一个人际交易的筹码，在温柔的乡情掩盖下与鹿家兆鹏联姻的。兆鹏是被鹿子霖以耳光抽回家，抽进洞房，抽进祠堂的"[1]。鹿兆鹏自新婚之夜起便决定背离这门婚事，远走高飞，留下鹿冷氏独自面对漫长的等待和无尽的空虚。鹿兆鹏的父亲鹿子霖是个极重家族荣誉和面子的人，尽管他不能强迫儿子回归家庭的怀抱，但他凭借父权的威严，坚决不允许鹿兆鹏与鹿冷氏解除婚约，宁愿让她在家中守着名义上的婚姻生活，也不愿让家族荣誉受损。鹿冷氏对于丈夫的冷漠和长时间的分离感到深深的困

---

[1] 张恒学：《〈白鹿原〉的历史悲剧意识》，《北华大学学报》（社会科学版），2001年第2期。

惑和失望，她在不断的猜测和等待中度过了一年又一年，内心逐渐失去了温暖。当冷先生得知女儿状况后，他要求鹿子霖解除这段不幸的婚姻，让鹿冷氏有机会追求新的生活，然而鹿子霖拒绝了，他更在乎的是保持面子而不是鹿冷氏的幸福。这种自私的决定彻底封死了鹿冷氏改变命运的所有可能，她被困在了这个没有爱的婚姻里。偶尔，鹿冷氏会回到中医堂寻求父亲的安慰，希望从家人那里得到一些支持和理解，但她的父亲只是冷漠地训诫她，告诉她不要胡思乱想，要忠诚地侍奉公婆。这样的回应让她感到更加绝望，她渴望的不仅仅是丈夫的回归，更是那一丝被理解和爱护的温暖。鹿冷氏对爱情的渴望变得越发强烈，她不断地回忆起新婚之夜与鹿兆鹏唯一的亲密接触，那晚虽然没有给她带来快乐，也未曾留下痛苦，却成了她无尽幻想的源泉。这些幻想成了她精神的寄托，一次又一次地将她拉进对可能性的憧憬中，却也使她更加难以自拔，深陷在这个无爱的婚姻中。

　　鹿冷氏是一位温婉而柔弱的女性，她的一生被三从四德和夫为妻纲的观念所困。在这样的思想框架下，她对于贞操和忠贞不渝的婚姻观念毫无异议，彻底接受。因此，当她发现自己所处的婚姻名存实亡，被冷落和忽视时，她没有其他选择，只能默默忍受，让这段不幸的婚姻慢慢侵蚀她的青春和心灵。鹿冷氏内心深处，仍旧是一个充满生命力、渴望爱与被爱的女性。虽然她从未对任何人产生过深刻的情感，但随着时间的推移，她开始渴望异性的关怀和温暖，尤其是当她的性意识逐渐觉醒时，这种渴望变得更加强烈。她在自己的理念和内心的欲望之间经历了剧烈的挣扎，尤其是当她看到田小娥那种不拘小节的行为时，心中不可避免地生出了矛盾的情绪：一方面，她从理智上对田小娥的放荡不羁感到厌恶；另一方面，情感上却对她所拥有的自由和无拘无束感到羡慕。在这场内心的斗争中，鹿冷氏深知她的丈夫鹿兆鹏不会再回到她的身边,她唯一的慰藉便是在梦中与丈夫重逢,用这样的方式来填补日渐寂寞的生活。然而,当鹿子霖在醉酒后对她进行不适当的触碰时,她内心的矛盾与冲突达到了顶点。这一刻,她的欲望与理智、传统与现实之间的拉扯更加剧烈。最终,这种内在的冲突促使她鼓起勇气尝试突破,却遭到了更大的羞辱,被公公贬低为"吃草的畜生"。

鹿冷氏内心的欲望世界与外在的理性世界之间的裂痕不断扩大,这让她的生活变得异常艰难。她深深渴望着异性的关爱和温柔,甚至在她的想象中,那些被社会道德所禁忌的关系,比如与公公之间的非分之想,也成了她梦寐以求的渴望。然而,现实的残酷和内心的道德约束让她清楚地认识到这些念头的不可能和不正当。鹿冷氏受到的教育和社会环境不断地告诉她,她的这些想法和梦想是不道德的,是应该被否定和鄙视的,但这种教育和约束并没有扼杀她心中那些越来越炽热的欲望,相反,它们只是让她的内心冲突更加激烈。她的欲望不断地冲击着她所受的传统教育和理念,但又无法完全打破这些传统束缚,将欲望转化为现实。当这种内心的矛盾和冲突累积到一定程度,当她的理性无法再对这股冲动进行控制时,她终究无法再承受这样的精神压力,精神上出现了崩溃。这样她就陷入更深的理与欲的矛盾漩涡中:"当这种欲望与理念之间的矛盾越来越大,以致超越她的理性闸门、她的承受能力时,她自然就发疯了,得了令周围整个社会都羞于启齿的淫疯病。"[1] 在那个封建礼教深重的时代,冷先生在面对家族荣誉与女儿命运的交织纠葛时,作出了一个令人震惊的决定,在无法看到其他出路的情况下,他选择了用毒药结束女儿的生命。

---

[1] 吴成年:《论〈白鹿原〉中三位女性的悲剧命运》,《妇女研究论丛》,2002年第6期。

这是他在极力维护家族声誉和女儿幸福之间做出的痛苦选择。冷先生对女儿的婚事倾注了极大的心血，当鹿兆鹏不幸被囚于牢狱之中时，冷先生不惜耗尽家财只为将他救出，期望这份深情能触动鹿兆鹏，使他能回归，与鹿冷氏共建家庭。然而，冷先生忽视了一点，那就是婚后女儿的命运往往掌握在夫家的手中，自己的影响力大为减弱。在多次尝试与鹿子霖沟通，希望能通过协商取得女儿的自由身，让她能够回到娘家的希望破灭后，冷先生陷入了极度的绝望。面对女儿疯狂的现状，他认为只有通过结束女儿的生命才能既解放女儿的痛苦，又能保全双方家族的面子。鹿冷氏的悲剧揭示了封建社会对个体命运的无情束缚，尤其是对女性个体命运的掌控与牺牲。在这样的社会背景下，个人的幸福往往被牺牲以维护所谓的"家族荣誉"。

《白鹿原》的笔触穿越了封建社会的沉重阴霾，深刻描绘了那个时代男权主义文化的铁幕下女性悲剧性的命运。书中的女性形象，无一例外，都在悲剧的边缘徘徊，缺乏幸福的色彩，其中，田小娥和鹿冷氏的命运最为凄凉。田小娥以一种凄美与勇敢的形式结束了自己的生命，而鹿冷氏则是在绝望中黯然离世。田小娥与鹿冷氏代表了封建社会中两种截然不同的女性形象：田小娥是那种在压迫中寻求反抗的女性，她的故事是对抗与反叛的传奇；而鹿冷氏则完全顺从于男权文化的培养，她的形象则显得更为传统与保守。这两个形象构成了鲜明的对比：一个是反抗的勇士，一个是顺从的忍者。在被封建礼教与男权思想紧紧束缚的时代，无论是反叛还是顺从，最终都逃不过被边缘化、被忽视的命运。田小娥的反抗精神，在当时社会的背景下显得特立独行，她的故事像是一抹亮色，在封建的沉闷中尤为突出，然而，这样的亮色最终也被时代的阴影所吞噬。与之形成鲜明对比的鹿冷氏，她的一生似乎更加符合那个时代的女性形象，但她的顺从与忍耐，在新思想面前也显得无力且黯淡。《白鹿原》不仅仅是在叙述一段历史，更是在揭露一个时代的文化与社会对女性的压迫与束缚，以及这种压迫和束缚对个体命运的深刻影响。

李泽厚先生指出："历史从来不是在温情脉脉的人道牧歌中进展，相反，她经常无情地践踏着千万具尸体而前进。"[1] 在白嘉轩的形象上，我们既能看到传统文化中的人格魅力，也能感受到那份传统文化中的冷酷与无情。白嘉轩作为传统文化的代表之一，他的形象复杂而深刻，既有其独特的个人魅力，也有传统封建礼教的束缚。而在田小娥与鹿冷氏的形象上，我们则看到了一个更加凄凉的现实，即传统文化对人性的极端背离与压迫。

传统文化既有其魅力，又存在其悖逆人性之处。在继承和传承传统文化的同时，我们需要审慎对待其中的缺陷，并不断进行反思和改进，以促进社会的和谐发展。

第二节　文化与历史：传统文化中的历史反思

在人类历史的长河中，文化作为一种独特的存在，伴随着时间的推移逐渐积累而成。文化不仅是历史变迁的见证者，更是其中的重要组成部分，使得历史并不是一系列冷冰冰的事件记录，而是充满了丰富的文化意蕴。中国传统文化以其悠久的历史和深厚的内涵，对中国的古代和近代历史产生了深远的影响。从古至今，中国传统文化的瑰丽多彩不仅铸就了几千年的华夏辉煌，也在某种程度上，对近代以来的历史进程产生了复杂的影响。不可否认，它曾是推动社会发展和文明进步的重要力量；但在某些历史阶段，也因为与时俱进的挑战而显得力不从心，造成了一定的

---

[1] 李泽厚：《美的历程》，合肥：安徽文艺出版社，1994年版，第43页。

困境和痛苦。在充满变革的历史舞台上,《白鹿原》作为一个典型的例子,其所展现的,不仅仅是一幅幅惊心动魄的历史画面,更是一场场文化的碰撞和融合的实录。无论是家族内部的斗争,还是传统与现代的冲突,每一个事件都浸透了浓郁的文化色彩,不仅反映了中华文化的深层次影响,也促使我们对本民族的历史文化进行更加深入的探讨和反思。文化,这一看似虚无缥缈的概念,实际上在我们的生活中无处不在,它深深植根于我们的思想中,影响着我们的行为和选择。在白鹿原上,"许许多多人的死,都浸染着浓重的文化意味,都与中华文化的深刻渊源有关,都会勾起我们对本民族历史文化的深长思考"①。

《白鹿原》不仅仅是一部文学作品,更是一座沉甸甸的文化丰碑。这部作品深刻地探讨了文化的深层意义,其所承载的不仅是故事的叙述,更是对中华民族历史与文化深沉厚重之感的深入挖掘与呈现。《白鹿原》以其独特的叙事角度,将文化的重量与历史的深度、个体命运的沉浮交织在一起,展现了历史长河中一段普通人生活的真实面貌。通过对白鹿村几代人的生活变迁的描述,反映了中国社会历史变革中,传统文化与现代文化冲突、融合的复杂过程。在这部作品中,文化不是陪衬,它是故事的灵魂,是人物性格形成与发展的基石。每一个人物,不论是主角还是配角,他们的生活、情感、冲突乃至命运的转折,都紧密地与他们所处的文化背景相连。这种文化的力量,既有其压迫性的一面,也有着启迪与成长的一面。正是这样的文化内涵,使得《白鹿原》没有只停留在讲述一个村庄、一群人的故事之上,而是上升到了对整个中华民族历史与文化的深刻反思与表达。

---

① 雷达:《废墟上的精魂——〈白鹿原〉论》,《文学评论》,1993年第6期。

一、历史发展中文化的悲哀

儒学以其深邃的哲学思想，塑造了中国社会的伦理观念和价值取向，对中华民族的心灵世界产生了深远的影响。儒学之所以能够成为影响中华文化深远的思想体系，其核心在于它超越了抽象哲学理论的范畴，直接与人的情感世界相连。儒学的教义不仅仅停留在理智的层面上进行阐述，更注重理智与情感的交融，将道德伦理的观念与人的情感体验紧密结合，使其教导不仅是一种理论的传授，更是一种情感的传递和心灵的触动。在儒学的世界观中，人与人之间的和谐，人与自然之间的和谐，都是建立在深厚的情感基础之上。儒学思想认为，理智的判断和道德的选择都应该植根于对他人的同情和爱悲之心。这样的价值观念，使得儒学不仅是一套哲学思想，更是一种生活的艺术，一种深刻影响着个体行为和社会关系的文化现象。著名学者李泽厚先生对儒学有着深刻的见解，他认为："儒学之所以不是某种抽象的哲学理论、学说、思想，其要点之一正在于它把思想直接诉诸情感，把某些基本理由、理论建立在情感心理的根基上，总要求理智与情感交融。"[1] 在中国丰富而深邃的文化传统中，孔子及其思想无疑占据重要地位，其所倡导的文化精神，深刻地体现了在日常世俗生活中追求高尚和伟大的理念。这种文化精神，在现代文学作品中得到了生动的体现和传承，《白鹿原》一书中的朱先生便是一个典型的例子。

（一）白鹿原上的精神余晖

《白鹿原》塑造了众多形象，但朱先生是陈忠实花费时间精力最多的一个。朱先生在小说中是一个近似孔圣人的智者和圣

---

[1] 李泽厚：《论语今读》，合肥：安徽文艺出版社，1998版，第112页。

人，是白嘉轩和白鹿村村民眼中的神；朱先生作为一位典型的中国传统知识分子形象，在陈忠实的笔下显得格外重要和具有挑战性。陈忠实在塑造朱先生这一角色时，感受到了极大的责任和压力，他深知，朱先生不仅仅是一个虚构的人物，更是代表了一代人的文化象征和精神追求。朱先生在当地社会和文化背景下的知名度，使得陈忠实在描绘这一角色时，必须格外小心翼翼，以确保人物形象的真实性和深刻性。他担心："因为那个人物广泛流传啊，他的儿孙现在还活着，所以这是一个直接的压力。"[1] 但陈忠实在创作过程中，对于朱先生这一角色的描绘，凭借对传统文化深厚的理解和感悟，成功捕捉到了角色背后的精神世界、心灵世界以及人格世界的核心要素。陈忠实之所以能够做到这一点，源于他对中国传统文化的深刻理解和敏锐洞察。在他看来，传统文化不仅仅是一种知识的积累，更是一种精神的传承。朱先生身上所承载的，正是这种千年传承下来的文化精神和价值观。通过对朱先生精神世界的深入挖掘，陈忠实让我们看到了一个饱含传统文化底蕴的人物形象。陈忠实的每一次抉择、每一种情感反应，都深深植根于他对文化的理解和尊重之中。在塑造朱先生的人格世界时，陈忠实特别强调了其内在品质的高尚和追求的纯粹；在复杂多变的社会环境中，朱先生依然坚守着自己的文化信仰和道德准则，这种坚守不仅体现了他对传统价值的尊重，更显露了他对现实社会的深刻洞察和超然物外的高远境界。陈忠实通过细腻的笔触，描绘了朱先生在现代社会中的种种挣扎和努力，展现了他如何在传统文化的指引下，寻找自我、完善人格的过程。此外，陈忠实还巧妙地运用了文化的符号和意象，丰富了朱先生的心灵

---

[1] 李遇春，陈忠实：《在自我反省中寻求艺术突破》，《陈忠实文集》柒，广州：广州出版社，2004年版，第392页。

世界，使其形象更加立体和饱满。通过对朱先生日常生活中的点滴细节的描述，陈忠实让读者能够深刻感受到朱先生内心世界的丰富和复杂。这些文化元素不仅为朱先生这一人物增添了鲜明的个性特征，更让读者通过他的经历和感悟，感受到了中国传统文化的魅力和深度。

如果说白嘉轩人格渗透的是儒家的"修身齐家"观念，那么朱先生的人生哲学深植于中华传统文化的精髓之中，将儒家思想的"修身齐家治国平天下"作为自己的人生信条，展现了一位真正的文化传承者的风范。朱先生自幼饱读诗书，深得古代圣贤之学，尤其是儒家文化的深厚浸染，使他坚信个人的修养和行为对家庭乃至国家都有着深远的影响。他认为，一个人的道德修养和个人品德不仅仅是私德的培养，更是公德的基础。因此，无论是在困顿还是顺遂的时候，他都秉持着"穷则独善其身，达则兼济天下"的原则，不仅关注个人的道德修养，更有着宏大的社会责任感和历史使命感。在朱先生的人生实践中，这种信念不断得到体现和印证。他虽然以学问为生，但绝不是闭门造车、不问世事的学者。相反，他积极投身于社会实践，用自己的学识和智慧服务于社会。在村庄中，他撰写乡规民约，以自己的行动和影响力助推社会风气的正向发展；在国家危难之际，他不顾个人安危，挺身而出，参与抗敌救灾，展现出一位学者的担当和勇气。朱先生在社会活动中的这些实践，不仅仅是对个人信条的践行，更是对传统文化价值观的现代诠释。他认为，一个人的价值不仅在于个人的成就，更在于对社会的贡献，对文化的传承。因此，即使在风平浪静的时期，他也不忘初心，继续致力于学术研究，记录和传承地方的文化和历史，不争不斗。

朱先生虽生于乱世，却不随波逐流。在他看来，真正的智慧不仅在于知识的积累，更在于对生命意义的深刻理解。因此，当世事纷扰，人心不古时，他选择了一条不同于常人的道路——致力于编纂县志，以此来为后人留下宝贵的文化遗产。他的这一决定，不仅体现了对文化传承的尊重和执着，更展现了一种超越世俗的人生境界。晚年的朱先生，更是如同脱俗的仙人，他对天道人心有着深刻的洞察力。在他的世界观中，道德和品格是衡量一个人价值的根本。他淡泊明志，追求宁静的人生态度，生活简朴，却在精神上富足非凡。他选择在书院教书育人，用自己的知识和智慧启迪后来者，他的这种做法赢得了人们的尊重和崇敬。朱先生的一生，是对传统儒家人格的完美诠释。正如陈忠实所言，朱先生不仅是一个家族、一个社会的精神领袖，更是中华民族传统文化的传承者。他所代表的，不仅是个人的智慧和修养，更是几千年来中华民族文化传承的精神象征。朱先生的存在，如同一座连接过去与未来的桥梁，他通过自己的生活和实践，向世人展现了中华文化深邃的内涵和无穷的魅力。陈忠实在谈到写这个人物的初衷时说："在白鹿原的社会结构里面，朱先生承担了一种精神领袖、精神教父的角色。"[1]

然而历史的变迁总是推动着文化的变革，历史常常如同一股汹涌的洪流，无情地冲击着过去的坚固堡垒，带来无数的动荡与变革。《白鹿原》所展示的是中国清末至20世纪中叶，渭河平原五十年变迁的雄奇怪史诗，"作家如实叙写了久远的、结结实实的民族农业文明，在20世纪上半叶遭受着来自各个方面的挑战：北伐战争、土地革命、军阀混战、外敌入侵、内战。表面上，是枪炮、屠刀裹着硝烟与血腥扫荡着温柔敦厚的白鹿原，而在客观上，它们却是代表历史向旧农业文明发难。白鹿精魂的根基虽不

---

[1] 李遇春，陈忠实：《在自我反省中寻求艺术突破》，《陈忠实文集》柒，广州：广州出版社，2004年版，第396页。

是一两次革命就能摇撼的（因而有了黑娃的回归和六角塔的巍峨），然而它毕竟已走到它自身的极限了。"[①] 在《白鹿原》中，历史的推动力量几乎无所不在；白鹿原的人们在这场历史的洪流中，被裹挟着前行。在这个过程中，一些人选择了顺应潮流，积极融入新文化的潮流中，寻求自我实现与发展；而另一些人则固守传统，试图保持传统文化的纯粹性与延续性。然而，无论是顺应还是抗拒，他们都难以置身于历史的洪流之外，都在历史的变迁中承受着命运的洗礼。正如大海的波涛推动着沿岸的礁石，唤醒了一个个沉睡的思想，激发了一个个灵魂的火花。在这个无穷尽的历史长河中，人们在不断地探索、创造、超越，书写着属于自己的时代史诗，续写着文化的传奇。

　　白鹿原的人们不得不在历史的激流中挣扎求存，"白鹿村的人口总是冒不过一千，啥时候冒过了肯定就要发生灾难，人口一下子又得缩回到千人以下"[②]。小说生动地展现了白鹿原上人们艰难的生活境遇，他们时常面临着连续不断的天灾、人祸、瘟疫等等的威胁，每时每刻都在生存的边缘摸索着生命的意义。其实，天灾、人祸对人们生存的威胁，根源在于小农经济的局限性。人口增长与土地的有限性、低生产率的矛盾难以解决，使得小农经济对抗灾害的能力极为脆弱。即使在丰年，小农经济也只能勉强维持温饱。《白鹿原》具有深厚的历史性，小说展现了中国农村社会从封建时代向现代化社会过渡中，社会结构、经济状况和文化传统等方面的巨大变化。

　　文化作为一个民族的灵魂，承载着历史的记忆和精神的传承。

---

① 畅广元，屈雅军，李凌泽：《负重的民族秘史》，《当代作家评论》，1993年第4期。
② 陈忠实：《白鹿原》，北京：人民文学出版社，1993年版，第489页。

在历史的洪流中，文化不断地受到冲击和塑造。有的文化因时代的变迁而消失，有的文化因适应时代的需要而融合，有的文化则因抗拒变革而坚守。从小说中可以看出，陈忠实通过对白嘉轩与朱先生形象的塑造，表达了他对儒家文化的深切认同和对传统人格的崇敬。白嘉轩和朱先生所代表的儒家文化传统，被描绘得栩栩如生，展现了其在当时社会中的重要地位和价值。他们坚守的文化道德传统，被视作社会稳定与人性美好的象征，从而确证了儒家文化有价值的一面。然而，与现代经济形式和人性发展的趋势相比，儒家文化面临着难以逾越的矛盾。随着新式学校的涌现和新文化的传播，儒家文化与宗法社会逐渐遭受冲击，开始走向式微与解体的道路。"白嘉轩和他的精神之父乡贤朱先生所捍卫的文化道德传统，正在遭受着前进的历史潮流的巨大冲击，正在走向不可挽回的解体趋势。"[①] 这是历史发展不可逆转的趋势。

陈忠实真实地揭示了小农经济与儒家文化逐渐式微与衰落的必然趋势，也表现了他对儒家文化的衰落而不由自主流露出的怅惘与回望；呈现了对传统文化的敬重与对现代社会变迁的思考，展现了他对中国社会历史变迁的深刻反思。同时，也让读者思考传统与现代、过去与未来之间的关系。通过《白鹿原》中对儒家文化的描写，读者能够更深入地理解中国社会变革的历史进程和文化传统的演变。这种对儒家文化的深情眷恋，使得他的作品更具文化内涵和历史深度。

（二）无力回天的文化困境

《白鹿原》的故事始于1911年的辛亥革命。辛亥革命是一场具有现代意义的革命，它推翻了清朝的统治，结束了长达两千多

[①] 李星：《世纪末的回眸》，《文学报》，1993-05-20（5）。

年的封建帝制，建立了中国历史上第一个民主共和国。辛亥革命实现了中国政治体制的根本转变，使中国逐渐迈向现代民族国家，为中国社会的现代化进程奠定了基础，同时也加强了现代民族国家的治理能力，使国家政权得以延伸到基层，社会管理变得更加严密和有效。而在封建帝制时期，"在中华帝国统治下，行政机构的管理还没有渗透到乡村一级，而宗族特有的势力却维护着乡村的安定和秩序"[①]。这就意味着封建帝制的行政机构在地方上的管理存在一定程度的缺失或不完善，可能由于交通不便、通信不畅、地方官员监管不力等原因导致了这种情况。因此，乡村居民可能在日常生活中并不受到政府行政管理的直接影响或干预。这意味着在乡村社会中，宗族关系和宗族势力具有一定的影响力和控制力，能够维持当地社会的稳定和秩序。这种宗族势力可能通过家族长老、族长等地方权威人士来行使，并在一定程度上取代了行政机构在乡村社会中的作用。民国时期，乡村社会结构发生了大变动，传统士绅权力在乡村社会日渐式微。

辛亥革命粉碎了人们心中皇权神圣的观念，小说生动地展现了人们对皇权消失的困惑和不安情绪。随着现代化的来临，白鹿原上百姓的生活发生了翻天覆地的变化，新生活让他们感到非常惊讶又不失仰慕。"现代性不只意味着新的地球模式、民族观念和制度转型，而且还意味着日常生活的新变化——现代器物正是在现代生活中起着不可缺少的重要作用。现代性并不只表明思想模式的现代变革，同时也表明生活器物的现代变革。"[②] 洋火比传统的火镰和火石更加便捷，轧花机的效率远超过手工制作，而步枪的威力也远远超过大刀和长矛。仅仅一个排的镇嵩军进行了一

---

① W·古德:《家庭》，北京：社会科学文献出版社，1986年版，第166页。
② 王一川:《中国现代性的特征（下）》，《河北学刊》，2005年第6期。

场独特的射鸡（击）表演，就让白鹿原上的所有百姓为之倾倒。在服饰方面，男性剪去了长辫，女性摆脱了裹脚的束缚，将长袍和马褂换成了西式制服。尽管大多数人认为女性放开脚步看起来很不雅观，但不裹脚的风潮逐渐被更多人所接受。白嘉轩自己也剪掉了辫子，并且阻止了白灵继续缠脚。服饰的变化给人留下深刻印象，制服让所有人感到意外。穿上青色制服后，鹿子霖吓了一跳，几乎认不出自己，但感到更加精神焕发。白嘉轩不喜欢制服，对县长的新概念，如民主、封建、民众、参政等，一知半解，他认为这些新概念模糊不清。他反对百姓参与国家大事的管理，认为他们乱口纷纷，难以做出明智选择。当新式教育传到白鹿原上之时，白嘉轩坚决拒绝把两个儿子送到城里念书，而是留在家里劳动，他认为知书为了达理，读书不是为了探求新的未知世界，而是知晓并遵守儒家伦理。

尽管白嘉轩与朱先生采取了多种措施维护封建宗法制统治与儒家文化，拒绝接受现代观念；但这些理念却深深吸引并影响了白鹿原的其他人。随着一系列内外冲击，儒家文化愈来愈显出尴尬的态势。白嘉轩、白孝武的族长地位名存实亡，族长的尊严与威望消失殆尽，鹿兆鹏倡导的新文化被白鹿原上越来越多的人认同，这标志着儒家文化的式微与衰落。"现代性所包含的全部历史冲突汹涌地卷过白鹿原，猛烈地摇撼这个小村庄。白鹿村的儒家文化与现代性之间发生了激烈的交锋，败北的结局显而易见。现代性拥有强大的改造能力，白鹿村无法避开现代性话语的吞并而踞守特殊的一隅。"[1]

朱先生，这位白鹿原上的精神领袖，这位生于波澜壮阔的历

---

[1] 南帆:《文化的尴尬——重读〈白鹿原〉》,《文艺理论研究》,2005年第2期。

史转型期的关中大儒,其一生的轨迹似乎被旧时代的重压所困。他坚守的旧学,曾是民族文化的根基,然而,在时代的洪流中,那些曾经辉煌的知识体系渐显老态,与时代的步伐不再同行;他的坚持,在当时看来,似乎成了退步和停滞的代名词。学生们面对新时代的呼唤,纷纷选择离开,大量外流至城里新兴学校。朱先生这位孤独的守望者,最终只能关闭学堂的大门。朱先生的退隐,并非是逃避,而是一种对时代变迁无能为力的无奈,在他看来,教化民众、传承文化的使命仍需坚守,哪怕是在风雨飘摇之中。比如:"他所坚持的那个旧学已经不行了,但他仍然坚守,他不学新学,眼看学生一个一个地流失了,到最后自己只好把门关了。他再也没事可干,又不愿参与政事,他就想教化民众,所以最后自己只能去编县志,他再也做不了什么了。"[1]朱先生的落寞,并非仅仅因为他坚持了旧学,更因为他身处一个翻天覆地变化的时代,他的坚持成了与时代脱节的象征。再比如,镇压小娥鬼魂的塔就是他设计的。当白嘉轩提出要把小娥的尸骨挖出来烧成灰末,再撂到滋水河里去,朱先生则帮他完善了这个举措。"把那灰末不要抛撒,当心弄脏了河海。把她的灰末装到瓷缸里封严封死,就埋在她的窑里,再给上面造一座塔。叫她永远不得出世。"[2]由此可见,朱先生的行为模式,深受传统文化体系的限制,他的思想和行动往往局限于既定的文化范畴内。此外,尽管他对社会现象有所关注和思考,但在强大的社会现实和历史潮流面前,他的努力似乎显得力不从心。尽管他在个别事件上展现出其思想和行动的力量,但在更广阔的社会和历史背景下,他的影响力和改

---

[1] 李遇春,陈忠实:《在自我反省中寻求艺术突破》,《陈忠实文集》柒,广州:广州出版社,2004年版,第398页。

[2] 陈忠实:《白鹿原》,北京:人民文学出版社,1993年版,第472页。

变力似乎并不显著。在朱先生的时代，社会面临着种种严峻的挑战，如鸦片的泛滥、饥荒的肆虐、外敌的侵扰以及抗争的失败，这些都是压在这个时代人民肩上的沉重负担。当年朱先生迫使白嘉轩铲除了赖以发家的鸦片田，但面对国民政府铺天盖地而来的鸦片种植，却束手无策。在这样的背景下，朱先生尽管有着对传统文化的坚持和对社会的关心，但在实际行动上却受到了种种限制，使得他无法有效地改变现状或对社会产生更深远的影响，即使他完成了地方志的编撰，也面临着出版和传播的困难。

在小说中，朱先生临终前的情景构成了一幕极具象征意义的画面，夫人正给他剃头的时候，他在夫人的膝盖上轻轻地呼唤了一声"妈"，这个细节深刻地反映了他内心深处的无助与渴望。这一细微却震撼人心的瞬间，不仅让作者陈忠实深感动容，也触动了无数读者的心弦。陈忠实曾感慨地表达："写到这个地方，当时感觉自己心里都哑了。觉得这一声'妈'，其中也包括了自己的体会，那是从生命深层发出的一声叫喊！"[1] 这一呼唤，既是对生命最原始呼唤的回归，也是面对人生终极困境时的本能反应。陈忠实认为，这一声"妈"，蕴含了跨越个人经验的共鸣，它来自于生命的最深处，是对母爱、对生命安全感最本能的渴望。另一方面，评论家李遇春将朱先生的这一呼喊，与古代诗人屈原的经历相提并论，指出："像屈原一样，朱先生当年也够'穷'的了，国难当头，无力回天，正是因为走向了穷途末路，他才发出了那声撕心裂肺的呼喊！"[2]

---

[1] 李遇春，陈忠实:《在自我反省中寻求艺术突破》，《陈忠实文集》柒，广州：广州出版社，2004年版，第394页。

[2] 李遇春，陈忠实:《在自我反省中寻求艺术突破》，《陈忠实文集》柒，广州：广州出版社，2004年版，第394页。

朱先生的去世不仅仅意味着一个生命的消逝，更象征着一种独特的人生观、文化身份的结束。朱先生身上所承载的，是陈忠实笔下的一系列精神内涵——那些深植于人心的传统道德规范，对社会现状的深刻反思，以及对历史教训的沉痛总结。更重要的是，他代表的文化思想在与激烈变化的现实对抗中显示出的脆弱，让人深感传统价值在现代社会中的尴尬地位。朱先生，作为这个时代的见证者，他的生活和思想反映了一段复杂的历史。在他的身上，我们看到了传统与现代的冲突，文化与社会变迁的摩擦。他生活的年代，是一个充满挑战和变革的时期，社会的快速发展和变化对传统文化提出了前所未有的挑战。朱先生坚持自己的文化信仰和人生哲学，这种坚持在当代社会显得尤为珍贵和罕见。

《白鹿原》既呈现了在温馨、诗意的传统文化庇荫之下，小农经济顽强的生命力；同时，也揭示了在残酷、专断的传统文化压抑之下，小农经济的落后。这就从一定程度上预示了，中国历史的车轮向现代化迈进的必然趋势，虽然步履蹒跚但势不可挡。"陈忠实在《白鹿原》中的文化立场和价值观念是充满矛盾的：他既在批判，又在赞赏；既在鞭挞，又在挽悼；他既看到传统的宗法文化是现代文明的路障，又对传统文化人格的魅力依恋不舍；他既清楚地看到农业文明如日薄西山，又希望从中开出拯救和重铸民族灵魂的灵丹妙药。"[1] 陈忠实的独特现代感受不仅是他个人的，也是国人独特现代性体验的文学镜像。

"中国的现代化所意含的不是消极地对传统的巨大摧毁，而是积极地去发掘如何使传统成为获致当代中国目标的发酵剂，也

---

[1] 雷达：《废墟上的精魂——〈白鹿原〉论》，《文学评论》，1993年第6期。

即如何使传统发生正面的功能。"① 朱先生的去世，使我们不得不面对这样一个事实：那些曾经引导和照亮前人道路的文化理念和人生哲学，是否还能在今天这个高速发展的社会中继续发挥作用？朱先生的人生和思想，就像是一面镜子，映照出当代社会在文化传承和创新中所面临的困境和挑战。

二、文化影响下的历史悲剧

提到朱先生时我们不难发现，他的形象以及他所代表的传统文化，似乎在面对悠久而强势的历史浪潮时，显得颇为渺小和无力。朱先生这个角色，就如同一个时代的缩影，他的言行举止，他的思想情感，都在无声地传达着一个信息：当传统遇上强势的历史洪流，其反应往往是柔弱和无力的。朱先生的生活，他的思想，甚至他的梦想，都深深植根于那些古老的传统之中。在他的世界里，有着一种深沉而又绵长的文化底蕴。然而，当现实的风浪来袭，当历史的车轮滚滚向前，朱先生所代表的那一套，似乎就显得格外的脆弱。他的软弱无力，不仅仅是个人命运的无奈，更是整个时代背景下，传统文化面临的普遍困境。

若说朱先生体现了传统文化的无力，那么白孝文的形象则展现了一种不同的景象。从白孝文身上，我们似乎能够窥见传统文化在巨大历史压力下的另一面：虚伪与荒谬。与朱先生相比，白孝文是另一种极端，他似乎更加适应这个时代，但这种适应背后，却隐藏着对传统的背叛和对现实的妥协。白孝文的存在，反映了当一个人在面对强大的社会和历史现实时，可能采取的另一种态度。他或许更机智、更圆滑，但这种机智和圆滑，往往是以牺牲

---

① 金耀基：《中国现代化与知识分子》，香港：香港时报出版公司，1984年版，第8页。

原则和价值为代价的。白孝文的行为，既是对传统的一种逃避，也是对现实的一种讨好，这种态度在某种程度上，反映了传统文化在现代社会中的困境：既无法彻底摆脱，也难以完全融入。

（一）白孝文人生中的第一次大转折

在《白鹿原》这部作品中，白孝文的命运如同一部曲折多变的传奇，不仅仅是个人的历程，更是那个动荡时代的缩影。白孝文作为白家的嫡长子，从幼年开始便显现出了与众不同的才华与品行，他的人生原本可以按照一条预设的轨迹，宁静而坚定地走下去。然而，命运的波折让他的人生画卷变得异常丰富而复杂。白孝文自小热爱学习，对家族的历史与文化传承有着深刻的理解和敬畏，这使得他在成长的过程中既尊重传统，又不失进取心。年轻时的他，以其卓越的才智和独到的见解，很快就在族中展现出了领导才能，被众人视为未来的族长。那个时候，他梦想着通过自己的努力，为家族谱写新的荣耀。但是，随着时间的推移，外界的变革和内心的挣扎开始逐渐浮现。白孝文的人生轨迹出现了意想不到的转折，他从一个遵规守矩、充满抱负的未来族长，变成了违反族规、受到严酷惩罚的败家子。这一跌宕，不仅标志着他个人命运的巨大转变，更反映了时代变迁下，个体价值观念和社会规范之间的冲突与矛盾。尽管经历了低谷，但白孝文并未就此沉沦，在经历了无数磨难后，他凭借着个人的意志和独到的眼光，重拾信念，步入了一条新的人生道路——加入县保安大队后，最后成为滋水县的县长，命运可以说是跌宕起伏。

白孝文自幼就被送往当地的学堂接受教育，在那里，他不仅学会了识字，更学会了做人的道理。他的父母也教给了他做人的原则和生活的智慧。白孝文在学堂里表现出色，成为老师和同学们眼中的模范生，他对学习的热爱和对规矩的遵守，为他后来的发展打下了坚实的基础。随着年岁的增长，白孝文的学识也日益增长，被推荐至著名的白鹿书院继续深造，由朱先生亲自授课，这让他的视野更加开阔，思想也更加深邃。这一时期无疑是他人生中极为重要的一段经历。尽管白孝文内心有着继续深入城市学习的强烈愿望，但是面对父亲的反对，他选择了顺从，这不仅仅是因为他尊重父亲的意见，更是因为他懂得家庭的重要性以及孝顺的价值。在他的心中，家庭和学习一样重要，他坚信不论身处何地，只要心怀学问，就能成就一番事业。

而父亲之所以不让他去城里继续读书，是因为父亲坚信他不仅是家族中的骄傲，更是未来族长的最佳人选，他的未来应该是脚踏实地地回到家乡，承担起族长的责任，继续维护和传承家族的荣耀。从小到大，白孝文在父亲严格的指导下成长，他的一言一行都被要求必须符合一个理想的、有责任感的男子汉形象，他被期望成为那种传统意义上的"正人君子"，不仅要对家庭负责，更要对整个族群负责。终于，在家族和村落的期待下，他迎娶了妻子，开始了自己作为家长的生活。然而，人性的复杂远超过了家族规则的约束，白孝文虽表面上是村中的楷模，但私底下却有着他人所不知的一面。婚后不久，他就开始展露出对色欲的追求，这一点与他以往塑造的形象截然不同，这种欲望最终成为他人生转折点的预兆，为他日后被田小娥诱惑埋下了伏笔。

白孝文的人生之路，充满了转折和意外。原本是族长白嘉轩骄傲的继承人，却最终成为一场家族悲剧的主角。他被小娥和鹿子霖利用，作为他们报复族长白嘉轩的棋子，这一切最终导致了他人生的巨大转变。起初，白孝文在族中的地位崇高，常在祠堂内主持公道，对违规者施以惩罚。然而，当东窗事发，族人揭露了真相，他的世界顿时倾覆。从一个执行者变为了罪犯，他的生活开始走向不归路。面对突如其来的厄运和身败名裂，白孝文感到极度绝望，他的人生像是一部悲剧，一步步走向了深渊。在接连的打击下失去了生活的勇气和动力，经济基础的崩溃导致他不得不出卖土地和房产，生活陷入了困境。这一系列的不幸事件，最终导致妻子饿死，他自己也沦落为一个无家可归的人，生活完全依赖于别人的施舍和吸食鸦片。在这一连串的灾难面前，朱先生对白孝文的评价只有两个字——慎独。这两个字深刻地指出了白孝文失败的根源，即在没有人监督的情况下，他未能守住内心的道德和原则，走上了错误的道路。就像他的弟弟孝武恨声说他的："扎你一锥子都扎不出血了！"这是白孝文人生中的第一次大转折，从中我们可以看到传统道德规范无奈无力的一面。

（二）白孝文人生中的第二次大转折

白孝文人生中的第二次大转折就是他因为田福贤和鹿子霖的强烈推荐，意外地被提升为保安团的营长。这一变化不仅仅改变了他的社会地位和人生方向，更在深层次上揭示了个人抱负与社会历史背景间复杂且充满矛盾的联系。这一时刻，我们得以窥见个人努力的合理性背后所隐藏的历史荒谬性和文化悖论。正如白嘉轩所言，出生于白鹿村的每一个人，无论其身份如何，终究都会被传统和文化的重压所迫，不得不在某个时刻向祠堂低头。然而，白孝文在参加完家族的祭祖仪式后，却有了截然不同的看法。他认为，那些未能走出村庄的人终将一事无成。在他看来，离开故土后再归来与一生固守故土，这二者的意义截然不同。他虽自小接受传统文化的熏陶，但重返故土并不是为了重新投身于祠堂的怀抱，而是为了寻回家族乃至个人所失去的尊严。作品中写道："白孝文很精心地设计和准备回原上的历史性进程，全部目的只集中到一点，以一个营长的辉煌彻底扫荡白鹿村村巷土壕和破窑里残存着的有关他的不光彩记忆。"①在长期服役于保安大队的岁月里，白孝文经历了一系列深刻的内心变化，逐渐丧失了曾经的温情和单纯。这个过程中，他的性格出现了根本的转变，不再是那个热心肠、朴实无华的青年，他变得冷酷、伪装、狡猾，甚至带有几分残忍。曾经的他，对世界充满了好奇和热爱，而现在，他却变得如同野兽般，对于亲情的纽带视而不见，成为一个对任何善良之人都能毫不犹豫出手的冷血之人。

在那个风云变幻的年代，白孝文像是一片随风飘摇的落叶，没有自己的立场和主张，只是随波逐流，随时准备变换自己的角色以适应时代的变迁。但是，正是这种似乎没有主见的处世态度，让他在政治上保持了极高的敏感度，能够敏锐地察觉到时代的风向和潮流的转变。当革命的浪潮席卷而来，形势一片大好时，白孝文利用自己多年积累的政治敏锐性，以及那种近乎残酷的决断力，以牺牲自己的同僚和"兄弟"黑娃的生命作为代价，为自己铺平了一条通往更高权力阶层的道路。在这场投机的革命中，他以其独到的手段和策略，成功地将自己包装成一个有远见的领导者，最终以一种几乎是阴谋家的身份，跻身于滋水县的最高权力层，成为新任的县长。这种由内而外的转变，不仅仅是个人道德和价值观的崩溃，更是在那个特定历史条件下，个体生存状态的一种悲剧性反映。白孝文的故事，就像是一面镜子，映照出那个时代人性的扭曲和社会道德的沦丧。在他身上，我们看到了为了生存和权力，一个人可以如何迅速脱离自己的本性，变得面目全非。这一过程中，白孝文像一个"怪胎"，更像一个流氓无赖。

白孝文的人生轨迹如同一部跌宕起伏的史诗，从一个受到良好教育的家庭开始，步入社会后却迎来了一系列挑战和转变。初

---

① 陈忠实:《白鹿原》，北京：人民文学出版社，1993年版，第498页。

出茅庐的他，本应承载着家族的期望，继承和传承宗法家族的荣光。然而，命运的波折让他经历了叛逆和流离失所，从一个乞求生活的流浪者，到挥舞武器的士兵；一个对抗旧秩序的叛逆者，到最终变成人民政府的县长。但归根结底，白孝文这个"怪胎"加流氓无赖，还是回到村里跪回了祠堂。这一方面显示了宗法家族制度和封建主义思想的强大生命力，另一方面也表现了传统文化的无奈和无力。陈忠实说："白孝文完全是一个虚构的人物。类似这种人的故事，恐怕任谁都能讲出一两桩来。"[1] 我们能从白孝文这一虚拟形象中，感知到它在历史背景下的逼真感，同时对历史的荒诞和无奈有所感慨。这个故事，正如朱先生所言，"人鬼颠倒，乱世出怪事"。在那个乱世中，白孝文的经历仿佛是无数人心中潜藏的暗流与悲哀的缩影，他的变化和抉择，既是个人悲剧的呈现，也是时代背景下的必然产物。通过白孝文的故事，我们还能深刻理解到文化与历史所共同承载的悲剧色彩。更精确地讲，这是文化背景下历史的悲哀。

历史的变迁如同一场无声的风暴，悄然而至，却又席卷着一切。在历史的变迁中，每一个时代都有着独有的特征和动力。战争的硝烟、政治的风云、经济的起落，都在不同程度上塑造着人们的命运和思想。这些历史事件和社会变革，不仅仅改变了人们的生活方式和社会结构，更深刻地影响着文化的传承和演变。然而，无论如何，历史的变迁和文化的变革始终是相互交织、相辅相成的。历史推动着文化的发展，文化又在历史中烙下深深的烙印。在这个过程中，文化扮演着承上启下的重要角色，不断地传承和创新，为社会的进步和发展提供了精神支撑和道德底线。文

---

[1] 李星，陈忠实：《关于〈白鹿原〉与李星的对话》，《小说评论》，1993年第3期。

化与历史之间存在着密不可分的关系，它们相互交织、相互影响，共同塑造了一个社会的面貌和发展轨迹。历史是文化的源泉和基石，历史中的事件、人物和发展过程会直接或间接地影响到社会的文化形态。例如，一个国家的历史经历、传统习俗、战争与和平、政治体制等都会深刻地影响到该国的文化表现形式。文化是历史的产物，也是历史的反映。人们的文化信仰、价值观、艺术表达等都在某种程度上反映了历史时期的社会风貌和人们的生活状态。同时，文化还是历史的传承者和守护者。历史上的重要事件、英雄人物、传统习俗等被传承在文化中，成为人们认识历史和身份认同的重要途径；文化的传承也有助于将历史的经验和教训传递给后人，使历史不至于被遗忘。总的来说，文化和历史是相辅相成、互为因果的关系。它们共同构成了人类社会的发展脉络，是理解和认识一个民族、一个国家、一个时代的重要窗口。

《白鹿原》通过塑造各种各样的人物形象，展现了不同阶层、不同背景的人们在历史变迁中的命运起伏。白鹿原的人们在历史的巨浪中挣扎求存，有的追求自由与理想，有的被命运所困，有的顽强不息地奋斗。他们的生活经历、抱负与挣扎，反映了当时社会各个层面的兴衰荣辱。他们的生活轨迹交织成了一幅鲜活的画卷，展现了人性的光辉与黑暗。在这个史诗般的故事中，每一个角色都有着自己的梦想与追求，每一段情节都承载着历史的记忆与人性的沉思。他们的命运或交织、或分离、或辉煌、或悲哀，但无论如何，都在书写着这个大时代下微小而伟大的人生。白鹿原的土地见证了无数人的欢笑与泪水，承载了无数个家族的兴衰荣辱，它不仅是一个地理位置，更是一段历史的注脚，一种文化的传承，一种情感的延续。这段雄奇史诗，不仅是对过去的回顾，更是对现在的反思和对未来的展望。它提醒我们珍惜历史的经验，尊重传统的智慧，以更加坚定的信念和勇气去面对未来的挑战，去书写属于我们自己的史诗。

《白鹿原》通过历史性的叙述，展现了中国社会百年来的沧桑巨变，成为一部反映中国现代化进程和民族精神的重要文学作品。通过《白鹿原》，读者可以感受到中国近现代史上的巨大变革和社会发展的复杂性。小说通过历史背景和人物命运的叙述，深刻地反映了中国社会的历史变迁、民族命运和人性沉浮，具有重要的历史意义和现实启示。

第三节　人与历史：历史与人类之间的困境

马克思指出："整个所谓世界历史不外是人通过人的劳动而诞生的过程，是自然界对人说来的生成过程。"[1] 在人类漫长的历史进程中，每个个体的存在都不可小觑，不仅构成了历史的躯体，更赋予了历史灵魂。历史不仅仅是时间的积累，它更是由无数个体的生活经验、决策选择以及不懈努力交织而成的丰富画卷。个体与历史之间的关系是相互作用、相互影响的。个体是历史的见证者，他们的行为和选择不仅反映了当时的社会状态，也直接或间接地推动了历史的进程。历史的意义远远超越了简单的对过去事件的记录。它是对人类行为的深刻反思和总结，是一面镜子，映射出人类社会的发展变迁、文化演进以及价值观的变化。研究历史，实质上是在解读人类行为的模式，是在探索人类如何在各种环境和条件下生存和发展的规律。这种探索不仅体现了对历史的尊重，更是对个体存在意义的深层思考。通过深入地研究历史，

---

[1] 马克思恩格斯:《马克思恩格斯全集》第42卷，北京：人民出版社，1972年版，第131页。

我们能够洞察人类社会变迁的轨迹，理解在不同历史时期人们的行为方式和价值观念是如何形成和转变的。这种理解有助于我们更好地认识自己，明白自己的行为和思想是如何受到历史背景和文化传统的影响。同时，历史也是一个循环往复的过程，它教会我们如何从过去的经验和教训中吸取智慧，避免重复以往的错误。

《白鹿原》的叙事跨越了从清末到新中国成立的重大历史时期，其细腻的文学笔触和独特的叙述手法，使这部作品成为研究那一时代的重要文献。陈忠实选择了具有特殊地理和文化意义的白鹿原作为故事舞台，通过这个特定的地点，他构建了一个情节丰富、角色众多的宏大叙事。小说中的每个角色，不只是一个个单纯的个体形象，而是整个时代背景下的一个个缩影。陈忠实精心雕琢的人物，他们的生活经历和命运变迁，深刻揭示了人性、道德和家庭的核心议题。这些角色在社会变革的洪流中经历着各种挣扎和挑战，展现了个体在大时代背景下的生存状态，以及人们如何适应社会的急剧变化，或是如何在这一变化中被淘汰。在《白鹿原》中，作者不仅关注历史事件本身，而且更加侧重于关注人物的内心世界和生活状况。这种人性化的探讨手法，使得小说不仅限于叙述历史，而是深入到更广泛的社会和文化层面。小说中的人物，既有着他们的道德抉择和情感纠葛，也在社会动荡和家庭变迁中寻找自己的定位。这种对个体生活的深入探索，使得《白鹿原》不只是一个历史故事的叙述，还是一场关于人性、生存和社会变革的深刻讨论。通过对白鹿原这个具体地点的细腻描绘，陈忠实成功地将一个地方的故事转化为了全人类共通的主题。这部作品的深度和广度，使它不仅在中国文学中占有一席之地，也在世界文学的舞台上展现了重要价值。

《白鹿原》虽然是一部地域性极强的小说，但它深刻反映了整个中国社会在20世纪的剧烈变迁，通过一代又一代人的命运交织，展现了历史与个体生活之间密不可分的关系。这部作品巧妙地将个体命运与国家、社会的历史进程相互缠绕，展示了在历史的巨轮下，无论个体如何努力，都难以完全脱离时代的束缚。陈忠实以白鹿原这片神秘而充满生命力的土地为背景，通过白、鹿两大家族的恩怨情仇，深刻揭示了中国传统社会的伦理道德、家族观念以及农村社会的经济结构和权力关系的演变。陈忠实通过丰富的情节设计和深刻的心理描写，使得《白鹿原》成为一部充满人文关怀的作品。他不仅关注个体的命运，更通过这些个体命运的交织，映射出整个民族和国家的历史沉浮，特别是在描述中国农村社会面临的种种挑战和变迁时，陈忠实以其独到的视角，深入挖掘了这些变革对于普通农民生活的深远影响。

《白鹿原》以其独特的叙事手法和深刻的主题意蕴，跨越了传统历史叙述的界限，展现了一幅宏大的历史与人性交织的画卷，不仅重现了一个时代的社会变迁和历史沉浮，而且深入探讨了人性的复杂性和个体命运的波折。在这部作品中，每一个角色都不是简单的黑白分明，而是在历史的大潮中挣扎、选择、成长，呈现不同面貌的人性光辉与悲剧色彩。

一、人物个体的悲剧命运

《白鹿原》的故事线贯穿着一系列深刻动人的人物形象，其中黑娃的悲剧命运尤其引人注目。黑娃的命运起伏跌宕，从开始的懵懂无知到后来的成熟稳重，他经历了无数的挫折与磨难，但他始终坚守着自己的信念，不断追求着自由和正义。黑娃，长工鹿三的长子，有着鲜明的个性和强烈的自尊，他出生于一个贫穷的农家，从小就经历了社会的不公和压迫，这样的成长背景塑造了他强烈的反抗精神和坚韧不拔的性格。在艰辛的环境中，他早早地就学会了为自己和家人争取权益。即使面对逆境和挑战，黑娃从未低头，而是以顽强的毅力和决心去追求自己的理想和维护个体的尊严，不接受命运的摆布，积极地寻求出路。黑娃的一生可以概括为萌发反抗意识、邂逅田小娥、投身大革命、落草为寇和回乡祭祖五个阶段。

（一）萌发反抗意识

黑娃自幼就深刻地感受到了社会的不平等，他的家庭长期处于贫困之中，而白嘉轩家族则以其地位和财富在乡间独占鳌头。这种对比使黑娃对白嘉轩产生了强烈的反感，他认为白家的富裕和地位是建立在对农民，比如他的家庭的剥削和压迫之上的。因此，白嘉轩在他眼中成了不公和压迫的象征，激发了他内心深处对抗的决心。自幼年起，黑娃就从内心深处与白家保持着距离，他心底潜藏着对这个家族的反感，这源自他对个人地位的不满、经济的困境以及对自我解放的强烈向往。在白家的日子里，他总感觉自己无法自信地站立，被压迫的感觉使得他对白家的看法日益冷淡，随着年岁的增长，不满和敌意逐渐转化为行动的动力。黑娃不仅仅是感受到不公，他还积极寻求改变，渴望打破现有的社会架构，摆脱贫困的命运，为自己和家人争取更公正的生活条件。对黑娃而言，对抗白嘉轩家族不只是个人的恩怨，更是对旧社会制度的反抗，是对一个更加公正社会的向往和追求。对抗白嘉轩家族成为他成长过程中的重要课题。

这种天生的反抗精神可以从几个事例中反映出来。白嘉轩兴办学堂后，给鹿三提议："叫黑娃明早上就去上学。给徐先生的五升麦子由我这儿灌。先生的饭也由我管了。"[1] 黑娃进入学堂后，出身的差距让他产生了自卑和其他种种想法，他觉得鹿兆鹏鹿

---

[1] 陈忠实：《白鹿原》，北京：人民文学出版社，1993年版，第68页。

海兄弟，甚至他们的父亲鹿子霖都让他感到亲切，"而白嘉轩大叔却永是一副凛然正经八百的神情，鼓出的眼泡皮儿总是使人联想到庙里的神像"。黑娃与白家兄弟同坐一张方桌，"看着孝文孝武的脸还是联想到庙里那尊神像旁边的小神童的脸，一副时刻准备着接受别人叩拜的正经相"①。这种感受让黑娃感到隔膜、反感、压抑和不公，也让黑娃不自主地产生了抗争意识，仅仅上了三五天学，他便表达出了不满，认为学校生活枯燥乏味，宁愿去割草；对他来说，念书就是活受罪，接受教育仿佛是一种折磨。这段叙事的背后，作者试图探讨黑娃内心深处自发且不经意的抗争情绪。

这种抗争并非只在学习这一方面有所体现。一天，鹿兆鹏给了黑娃一块冰糖，黑娃把冰糖丢进嘴里，那种无与伦比的甜滋滋的味道让他感到全身颤抖，他发誓："我将来挣下钱，先买狗日的一口袋冰糖。"②隔了几天，当鹿兆鹏再把一块水晶饼小心翼翼地放到他手心里时，他却咬一咬牙毅然决然地把它扔进了草丛里。黑娃气馁地说："我再也不吃你的什么饼儿什么糖了，免得我夜里做梦都在吃，醒来流一摊涎水……"③他宁可放弃眼前的甜蜜，也不愿意忍受那份甜蜜背后可能带来的苦楚。后来，黑娃沦为盗匪，对着缴获的一桶冰糖尿了一泡尿，这是他在获得满足之后内心的病态快感的释放，进一步表现了黑娃当时的反叛态度。

黑娃是学堂里孩子们的"猴王"，除了鹿兆鹏的冰糖，给黑娃留下记忆的还有徐先生抽的一顿板子。当鹿家兄弟和白家兄弟都升到白鹿书院之后，黑娃就走出了学堂的大门，成为游走于麦田之间的麦客。在决定成为麦客之前，黑娃的父亲鹿三曾建议

---

① 陈忠实:《白鹿原》，北京：人民文学出版社，1993年版，第70页。
② 陈忠实:《白鹿原》，北京：人民文学出版社，1993年版，第71页。
③ 陈忠实:《白鹿原》，北京：人民文学出版社，1993年版，第71页。

他去白嘉轩家做长工。然而，黑娃回应道："我嫌……嘉轩叔的腰……挺的太硬太直……"①这句话从某种程度上来说，代表了黑娃对于这位地位较高"长辈"的抗议，表明了他渴望自己闯出一片新天地的决心。

（二）邂逅田小娥

自幼萌发的反抗意识，使得黑娃长大后不愿意成为白家的第二代长工。拒绝了当长工的提议后，黑娃离开了白鹿原，开始了在辽阔的关中平原上的流浪生涯，最终成为了郭举人麦场的麦客。在那里，他遇到了田小娥，一个改变了他命运的女人。

在郭举人的麦场，黑娃的勤劳、能干，以及诚实和勤奋，很快赢得了郭家的信任和欢心，这段经历也掀起了他与田小娥情感故事的序幕。田小娥作为郭举人的妾，虽生活在富裕之中，实则如同金丝笼中的鸟，失去了自由，遭受着不平等的对待。田小娥渴望摆脱这种生活，她的反叛寻求的是尊严和被爱，而黑娃正是她寻找的那份解脱。黑娃在感情上像一张白纸，他无法抵挡田小娥的诱惑，陷入了无法自拔的泥淖，随着两人坠入爱河，他们尝试了禁忌之果，事情败露后，黑娃被赶出了麦场、赶出了郭举人家，田小娥也被休回了娘家。这段情感经历，曾让黑娃对信任他的郭举人感到内疚与自责："做下这种对不起主人的事，自己还算人吗？"②从中我们可以看到黑娃内心的单纯。但黑娃无法割舍这段人生初始的感情，找到田小娥的娘家救出了田小娥，并将她带回了白鹿原。可是，封建世俗让号称仁义之村的白鹿原，竟容不下一个田小娥。黑娃的父亲鹿三拒绝让他们进家门，族人也不允

---

① 陈忠实:《白鹿原》，北京：人民文学出版社，1993年版，第124页。
② 陈忠实:《白鹿原》，北京：人民文学出版社，1993年版，第141页。

许他们在村里居住,甚至不允许他进入祠堂与小娥结婚,他们只能居住在村外的一个破窑洞里。黑娃与小娥的爱情,像是生命中短暂的春光,温暖而明媚。他们的相遇相知,为彼此的生活带来了无尽的喜悦和希望。

  实际上,黑娃在《白鹿原》这部作品中扮演了一个悲剧角色,他的悲剧生涯正是从与田小娥相遇开始的。然而,我们必须看到,在那个时代背景下,田小娥和黑娃逆流而上的勇气是难能可贵的,他们在一个重视家族礼法、底层民众难以有立足之地的社会中,只能凭借自身的反抗来争取一线生机。这种反抗精神,正是他们最宝贵的财富。如果事情发展到这里还不足以改变什么,但是大环境发生了巨大的变化,革命时代到来了,黑娃在鹿兆鹏的引导下投身革命被追捕。当黑娃出逃后,田小娥为了营救黑娃或者说为寻求庇护,被贪色的鹿子霖占有,她又在鹿子霖的教唆下引诱白孝文,给白嘉轩的"清白"家风泼污水。最终,田小娥被黑娃的父亲,自己的公公鹿三亲手杀死。田小娥的悲剧深深影响了黑娃,曾给他带来生命之光的爱情,转瞬成为了他心底深处挥之不去的阴影。

(三)投身革命

  黑娃本应仿效祖辈的脚步,过着平凡的生活;但历史的洪流改变了他的命运,大革命时代为他提供了展示个性、施展才能的舞台。随着大革命的浪潮席卷而来,黑娃潜藏的能量找到了释放的途径,他将婚姻的叛逆与政治、阶级的反抗融为一体,怀着对富人和祠堂的憎恨,投身于大革命。黑娃在鹿兆鹏的指引下,成功地烧毁了粮台,随后他被选派参加了共产党在西安举办的"农民运动讲习所"。这个机会改变了黑娃的命运,结束了他过"安定幸福的小日子"的理想。参加"讲习所"培训后,黑娃组织联络"农习班",成立农协,与其他农民一起在白鹿原上掀起了一场名为"风搅雪"的运动。在这场运动中,他们铡死淫恶的三官庙"老骚棒和尚"和"碗客";大年初一用铁锤砸开了祠堂的大门,"黑娃久久站在祭桌前头,瞅着正面墙上那幅密密麻麻写着列祖列宗的神轴儿,又触生出自己和小娥被拒绝拜祖的屈辱"[1]。于是指使弟兄们砸碎了上面刻有"仁义白鹿村"的石碑以及刻有乡约条文的石碑。之后黑娃担任"白鹿区农协会筹备处"主任,兼任白鹿村的农协主任,发动打击"财东恶绅村盖子",组织训练农协武装,积极地投身到他所理解的一系列革命活动中,而且革命热情日益高涨。正像鹿兆鹏所说:"黑娃,你真了不起!这下子白鹿原真个要刮一场风搅雪了!"[2] 这些行动标志着黑娃和其他农民对封建礼教和传统权威的彻底反抗,展现了他们在革命思想的影响下,对社会不公和压迫的坚决抗争。

然而可悲的是,他虽然参与了毁族规、砸石碑等毁坏祠堂的活动,却未能突破宗法文化的桎梏。他的行动虽然勇敢,但缺乏革命的目标和理性思考,他对革命的意义认识模糊,将革命简单地视作铡人和毁乡,而未能深刻思考封建宗法制度的社会根源。这种盲目的行为注定无法实现他心中的理想,更无法从根本上改变封建宗法制度。在尝试摆脱贫困和社会不公的过程中,黑娃全身心地投身于农民运动,怀揣希望和决心,希望通过斗争改变自己和家人的命运。黑娃成为了一个与鹿兆鹏不同的反叛者。他采用激进的手段,放火烧毁反革命军阀的粮台,破坏作为宗法传统象征的祠堂石碑,以此来挑战封建社会的底线,这种行为不仅是对封建礼教的强烈反抗,也是对儒家传统的非理性报复,他在逐

---

[1] 陈忠实:《白鹿原》,北京:人民文学出版社,1993年版,第216页。
[2] 陈忠实:《白鹿原》,北京:人民文学出版社,1993年版,第222页。

渐背离儒家文化的价值观。黑娃的反叛思想是受封建礼教长期束缚的结果，他的行动中夹杂了野蛮的成分，表现出盲目和激进的一面，由于缺乏正确的引导，他在挣脱思想束缚后仍然习惯性地选择了盲从，释放自己的天性，更加盲目地行动。

革命的道路并非一帆风顺，充满了危险和挑战。蒋介石发动了"四·一二"反革命政变后，随着国共分裂和农协运动的失败，黑娃的革命梦想受到了挫折，也成为被追捕的对象。尽管"风搅雪"运动的失败使得黑娃的革命热情受挫，但他并没有选择放弃，相反，他以一种更加坚韧的姿态面对挫折，选择了一条与众不同的道路。与他的一些同志不同，他没有选择屈膝投降，也没有选择以牺牲生命的方式继续抗争，而是通过逃离白鹿原来重新审视自己的人生和选择。大革命失败后，通过鹿兆鹏的介绍，黑娃加入了一支国民革命军的加强旅，成为习旅长最可信赖的贴身警卫，并跟随部队一起参与了多次暴动，实现了他人生的又一次转折。这次转折，展现出他对革命事业的真诚热爱和不懈追求。他换上军装，接受训练，"他第一次摸到枪把儿的那一瞬间，手心里有一种奇异的感觉，完全不同于握着锨把儿镢把儿或打土坯的夯把儿的感觉，从此这感觉就伴随着他不再离去。"[①]在革命军队中，他表现出了与生俱来的干练与机敏。有一次习旅长正对全体官兵训话，黑娃猛然拔地而起纵身一跃把习旅长压倒在地，为习旅长挡住了刺客放的黑枪，而习旅长的四个卫士还愣在原地，黑娃因此受到了同志们的器重和尊敬，也被习旅长调为贴身卫士，这显示了他的独特价值和非凡能力。随着军事暴动的彻底溃败，习旅长牺牲，黑娃被土匪"大拇指"所救，落草为寇成为了土匪"二拇指"。

---

① 陈忠实:《白鹿原》，北京：人民文学出版社，1993年版，第246页。

（四）落草为寇

土匪黑娃在《白鹿原》中是一个极具复杂性和关键性的角色，他不仅是故事情节发展的重要推动力，也是各种力量角逐的关键参与者；他的存在为故事赋予了多重可能性，同时也揭示了各种势力之间的明争暗斗。黑娃既是土匪，又是家族的一员，这种身份的交织使得他成为了各方势力争夺的焦点。他的命运波折，既受到家族传统文化的束缚，又受到现实利益的驱使。黑娃的行为选择往往决定着故事的走向，他的叛逆和彷徨代表了一种特定时代背景下的人性困境，这种复杂性为故事增添了戏剧性和张力。在故事中，黑娃的存在呈现了一种多维度的力量角逐，他与各种势力之间的对抗和妥协反映了当时社会的复杂格局；他的行动不仅推动了故事的发展，也揭示了人性的善恶矛盾和社会的不公与腐败。黑娃在《白鹿原》中扮演着不可或缺的角色，他的命运展现了一幅充满挑战和变数的历史画卷。

黑娃是鹿兆鹏在白鹿原上组织革命的核心成员之一，是鹿兆鹏的得力助手和队伍的中坚人物。黑娃当初是出于对自身处境的不满，因此在鹿兆鹏的激励下为挑战封建宗法权威而参与农协的。黑娃参与农协运动，不仅是对自己所处的社会地位的反抗，也是对旧有封建体制的挑战。因此，他被视为一个朴素但觉醒的"造反者"，投身于民主革命的风暴中，表达了对于自由和公平的渴望。然而，随着农协运动的失败、革命的低潮，黑娃的理想逐渐被现实所击败。革命军溃败，黑娃死里逃生，被土匪捆上山，夜半醒来才知道这股土匪正是去年鹿兆鹏派他来说服转投游击队的，但未成功。尽管土匪头子郑芒很友好地说："兄弟你放心住下，没人敢碰你一指头。你好好吃好好睡先把伤养好，要革命了你下山再去革命，革命成功了穷人坐天下了我也就下山务农去呀！革命成不了功你遇难了就住老哥这儿来,路你也熟了喀!"而黑娃却伏在桌面放声大哭,并嘲笑说:"堂堂白鹿村出下我一个土匪啰!"。[1]黑娃的自嘲,体现了他对于社会变革的绝望和对于个人生存的无奈。他在面对生存压力和被追捕的困境下,不得不放弃了原本的信仰和追求,在逃亡中成为了土匪。他从革命者转变为土匪,凸显了他个人命运的曲折和时代的动荡不安,反映了当时农村社会中个体命运的无常和不确定性,为故事增添了更深层次的人性探索和社会折射。黑娃的经历揭示了一个普遍的现象,即在革命的道路上,理想主义往往与现实生存之间存在着不可调和的矛盾,个体往往不得不在其中做出选择和妥协。

黑娃是一个天生倾向于革命的人,他与革命者鹿兆鹏始终保持着深厚的兄弟友情。在身陷土匪期间,大拇指带领土匪团袭击了红三十六军,俘获了代政委鹿兆鹏,但由于与黑娃的关系,鹿兆鹏幸运地得以获救。黑娃尽管在土匪生涯中有过退缩,但他始终对革命保持忠诚,为革命事业做出了不小的贡献。在革命与反革命的斗争中,背叛者都受到了土匪和革命者的憎恨和追杀,陈舍娃落到黑娃手里必死无疑,而叛变革命的三十六军政委也逃脱不了鹿兆鹏等地下党的追杀。这些情节生动地展现了革命斗争的曲折和复杂性,揭示了背叛和忠诚之间的斗争,以及在动荡时期人们的选择与命运。

黑娃流落为寇后,仍然保持着叛逆的性格,他一手设计了洗劫白鹿村白嘉轩和鹿子霖两家的具体行动方案。黑娃在洗劫白鹿村的行动中,仍然流露出对白嘉轩的深深不满,他对打劫白家的那一路弟兄说"那人的毛病出在腰里,腰杆儿挺得太硬太直。我

---

[1] 陈忠实:《白鹿原》,北京:人民文学出版社,1993年版,第279页。

自小看见他的腰就难受。"① 他对于白嘉轩和鹿子霖这些权势者的憎恨，是因为他们代表了他所鄙视的封建礼教和虚伪行径。在抢劫中，他不仅洗劫了两家的财产，还特意对白嘉轩施以报复，将其腰打折，同时也蹾死了鹿子霖的老父亲鹿泰恒。黑娃的行为源于他童年时的贫困所带来的深刻痛苦，以及对权势者的愤怒，他的种种行为不仅仅是对财富的渴望，更是对社会不公和个人命运的抗争。他通过暴力行为来表达对社会上层的不满和愤怒，试图以此来实现一种被社会所认可的复仇和正义，这种复仇行为既是对个人童年经历的一种宣泄，也是对社会阶层不平等的一种抗议和反抗。

面对社会动荡和个人命运的困境，黑娃和郑芒选择了以土匪的身份进行抗争，他们试图通过暴力手段来改变自己的处境。尽管他们的行为带有暴力和复仇的成分，但在当时的特定历史背景下，这种行为也可以被视为对社会不公和压迫的一种回应和抗争。因此，他们成为土匪的行径，并非单纯的罪恶行为，而是个体在特定环境下的自我维护和精神抗争的体现。"土匪是复仇者，他们的斗争目标不是对准压制他们的社会制度，而是对准各种滥用这种制度的人。……通常，他们并不要求社会有什么变革，他们的行为只是为他们（包括同村的乡亲）所遭受的苦难讨还血债。"② 称呼黑娃和郑芒为"复仇者"正是对他们成为土匪后所进行的打家劫舍行为最准确的描述。黑娃与郑芒成为土匪是离乱年代年轻农民无路可走的必然选择，也是对现实黑暗的坚决反抗。他们之所以成为"匪"，实际上是在捍卫民间道义和维护个人尊严的精

---

① 陈忠实：《白鹿原》，北京：人民文学出版社，1993年版，第280页。
② 贝思飞：《民国时期的土匪》，上海人民出版社，1992年版，第305页。

神抗争，在这个过程中，年轻农民的勇敢演变成了暴力复仇，这种变化是不幸而又必然的结果。

（五）学为好人

在无数次的磨难和挫折之后，黑娃试图以另一种方式重新建构自己的人生，但他的命运却始终被悲剧所笼罩。黑娃带领土匪兄弟们归顺了保安团，被国民党收编为炮营营长；但结婚生子对他来说并没有带来内心的平静和满足，反而增添了更多的责任和担忧。他寻求导师的指点，试图在领导起义中找到自己的价值所在，最终踏上了政治生涯，并成为副县长。然而，即便如此，他发现自己仍然面临着更多的困境和矛盾。他追求政治权力的初衷是为了改变社会的不公，但在追逐权力的过程中，他渐渐发现自己陷入了更深的泥淖，政治斗争中的阴谋和勾心斗角让他备受煎熬，尽管他努力为人民谋福利，但他所遭受的诱惑和考验却越来越多，一系列的误会和冤屈更是将他推向了生死的边缘。最终，黑娃被错误地定为叛徒，遭受枪决，结束了他一生的悲剧循环。他的故事告诉人们，在追求正义和改变的道路上，会充满无数的挑战和艰难。尽管黑娃努力奋斗，但他最终还是无法摆脱命运的束缚，成为时代的牺牲品，他的悲剧结局深深触动着人们的心灵，让人不禁反思人生的意义和价值所在。

黑娃这一角色的人生经历是极其丰富和曲折的。他的身份变迁跨越了土匪、国民党成员、共产党支持者，以及儒家信徒等多重身份，反映出复杂的社会变迁和个人信仰的转变。在这些身份转换中，黑娃作为一名儒家信徒的经历尤为引人深思。他从土匪头子"二拇指"接受招安、归顺县保安团，转变为一个国民党保安团营长，这不仅标志着他人生观念的根本改变，也反映了他对传统价值的重新认识和归属感的寻找。这个转变不仅让他获得了更高的地位和权力，还让他有机会去更深层次地思考自己的人生意义和价值。在担任保安团营长之后，他发现自己的内心深处渴望寻找一种更深层次的意义和价值。于是，他决定拜朱先生为师，希望通过学习传统文化和儒家思想，来寻求人生的真谛和自我救赎。他曾言："兆谦闯荡半生，混账半生，糊涂半生，现在想念书求知活得明白，做个好人。"①黑娃对过去人生的反思和对未来的憧憬，在他回到家乡祭祖，在祭祖仪式上得到了最为生动的展现。这一场景不仅彰显了他对传统儒家道德的尊崇，还深刻体现了他内心的忏悔与改变的渴望。回到家乡举行祭祖仪式，对黑娃而言是一次深刻的内心洗礼。在这个传统的仪式中，他不仅是在缅怀逝去的亲人，更是在反思自己过去的行为。面对白嘉轩，他的跪拜和泪眼婆娑是他对过去错误的深刻忏悔，同时也表现了他对传统道德价值的归顺。"黑娃知罪了！"他在祭祖时的跪地和泣诉，是对祖宗的尊敬和对过去行为的自我否定，同时也象征着他决心洗心革面，致力于成为一个遵循儒家教义的"好人"。这一转变，对黑娃个人而言，不仅是身份的转换，更是思想和灵魂的归宿。通过深入儒学的学习和实践，黑娃试图与传统文化重新建立联系，用儒家思想中的仁爱、礼节、中庸之道来指导自己的言行，希望能在风云变幻的社会大潮中找到一条通往光明与正义的道路。他的这一人生轨迹的转变，不仅彰显了个体在面对人生抉择时的困惑与挣扎，也反映了传统文化与现代社会价值观之间的冲突与融合。

在陈忠实的笔下，黑娃身处纷繁复杂的现代社会，却怀揣着对传统文化的敬畏与向往。他在现代化进程中面临着身份认同的挣扎，但也在不断探索中寻求着文化归属感。这种对传统与现代

---

① 陈忠实：《白鹿原》，北京：人民文学出版社，1993年版，第584页。

之间微妙关系的思考，恰如余秋雨先生所言，是一种对文化传承与创新之间平衡的探索。余先生曾经指出："五四文化新人与传统文化有着先天性的牵连，当革新的大潮终于消退，行动的方位逐渐模糊的时候，他们人格结构中亲近传统的一面的重新强化是再容易不过的。像一个浑身潮透的弄潮儿又回到了一个宁静的港湾，像一个筋疲力尽的跋涉者走进了一座舒适的庭院，一切都显得那么自然……因此，再壮丽的航程，也隐藏着回归的路线。"① 对于黑娃而言，他的人生就像是一场长途跋涉，经历了土匪、国民党成员、共产党支持者等多重身份的转换后，最终选择回归到儒家的怀抱。这不仅仅是因为传统文化深深植根于他的血脉和灵魂之中，更是因为在现实生活的挑战与迷茫中，他未能找到一种新的精神寄托。于是，在无路可走的绝境中，黑娃选择了回归，回到了他认为能够给予他精神慰藉和生命支持的传统儒家文化。在他看来，这种文化代表了人类最纯粹的道德伦理和智慧，能够给予他在困境中找到方向的力量。

在陈忠实的叙述中，黑娃的回归不仅是他个人命运的转折点，更是我们民族传统文化面临的复杂局面的一个缩影。这个故事深刻揭示了，即使在现代社会，传统文化的影响依旧根深蒂固，能够在无形中塑造甚至改变一个人的生命轨迹。黑娃的经历特别强调了个体在未完全认识到自身处境的情况下，如何被传统习俗和封建宗族观念所束缚。黑娃与白嘉轩之间的关系变化，从根本上展现了传统价值观对人际关系的深刻影响。最初，两人的立场坚决对立，但随着时间的推移，黑娃不仅重新融入了白鹿原的社会，而且在返回宗祠时表现出了深深的忏悔和敬畏之情，这一转变凸显了传统文化对个体的巨大吸引力和约束力。他的这一系列行为，

---

① 余秋雨：《秋雨散文》，杭州：浙江文艺出版社，1994版，第63页。

从根本上反映了传统文化的包容性和同化能力。黑娃的故事也启示我们，人的成长和学习不仅仅是获取知识的过程，更是一种通过经历不同的生活阶段，逐步认识自我、塑造个性的旅程。如朱先生所言："别人是先趸下学问再出去闯世事，你是闯过了世事才来求学问；别人趸下学问为发财为升官，你才是真个求学问为修身为做人的。"[1] 我们不仅能够感受到传统文化对个体的深远影响，更能观察到一种文化与历史层面的悲剧性冲突。这种冲突不单是表面上的价值观摩擦，而是根植于个体与社会、过去与现在之间深层次的对话和碰撞。传统文化的巨大吸引力在于其能够提供一种归属感和认同感，使人们在快速变化的社会中找到安稳的根基。然而，在传统文化的庇护下，个体往往需要在遵循传统与追求自我之间做出选择。这种选择并非黑白分明，而是充满了灰色地带，反映了文化与历史的复杂性。当个体尝试突破传统束缚时，往往会面临内心的挣扎和外界的压力，这种经历在某种程度上构成了一种悲剧，既是文化的悲剧，也是历史的悲剧。

在滋水县解放时，黑娃在鹿兆鹏的劝说下选择参加了起义，与解放军并肩作战，最终成为滋水县副县长。这段经历中黑娃多次变换立场和选择，他的行动既受到个人情感的驱使，也受到时代潮流和政治背景的影响。成为副县长，对于黑娃来说，似乎前途一片光明，但黑娃却被正县长白孝文枪毙了，罪名是土匪匪首残害群众、围剿红三十六军、杀害共产党员。白孝文也是起义的参与者之一，还当面打死了张团长。黑娃是与自己起义时抓的岳维山一起被枪毙的，多讽刺的结局。个人的命运在复杂的革命斗争中是难以选择和飘忽不定的，它取决于革命者的立场、行动和

---

[1] 陈忠实:《白鹿原》,北京：人民文学出版社,1993年版,第584—585页。

时代背景；不同的立场和行为可能导致不同的结局，有些人可能最终成为历史的英雄，而另一些人则可能陷入悲惨的命运。

　　自幼面对生活的不公不义，黑娃培养出了一种反抗的本能，形成了他独特而不屈的性格。这种性格推动他一次又一次地向不公发起挑战，使得他的一生充满了抗争的光辉。然而，黑娃最终的命运却是无比悲惨和孤独的，被心机深沉的白孝文陷害致死，这样的结局无疑是对他英勇一生的极大讽刺。面对背叛和死亡的巨大羞辱，黑娃没有选择愤怒反抗，而是选择了默默承受，这一刻的他与过往的豪迈英勇形成了鲜明对比。传统儒教已经消解了他的叛逆灵魂，展现在我们面前的是一个毫无反抗作为的屈辱委顿的形象。黑娃的人生轨迹充分展现了一个人在极端困境中的抗争与奋斗，以及命运的无情打击。他的故事是对个体在社会历史进程中挣扎的深刻反映，体现了人性中的坚韧与脆弱，爱与恨，希望与绝望的复杂交织。《白鹿原》通过这个角色深刻地探讨了人与环境的关系，以及在艰难环境下人性的光辉与阴暗，使得黑娃成为一个令人难忘的悲剧人物。黑娃在小说中注定是一个牺牲品，成为一个悲剧的存在；而黑娃的悲剧不仅是其个人的悲剧也是社会的悲剧、历史的悲剧。黑娃的形象代表了社会底层劳动者的命运，他的人生经历虽历经艰辛曲折，却展现出独特的思想和艺术价值，这在文学作品中具有深远的意义。作为一个普通劳动者，黑娃的经历不仅仅是个人的命运，更是无数底层人群的缩影，因此他的故事具有普遍的社会意义。

　　《白鹿原》中，"几乎每个人的生死祸福，升降沉浮，都是难以预料的，出人意表的，却又是不可逆转的，合情合理的"[1]。而且书中的主角们无一例外地走上了各自的悲剧之路。这些人物，

---

[1]　雷达：《废墟上的精魂》，《文学评论》，1993年第6期。

尽管经历了人生的高低起伏，却似乎并不遵循传统的善恶报应观念。在这个世界里，行恶多端者可能最终安然离世，而曾有回头之意的强盗头目却遭遇暴力的命运。通过探索个体与历史的关系，《白鹿原》揭示了历史不仅仅是国家和民族的变迁，更是无数个体生命故事的集合。个体的痛苦与追求、爱恨情仇，在历史的洪流中虽然易于被忽略，但它们是构成历史真实感和深度的不可或缺的部分。陈忠实通过这部作品，向我们展示了一个更加全面和深刻的历史观，一个不忽视任何个体命运的历史视角。《白鹿原》的突破之处在于，它将历史的宏大叙事与人的微小命运巧妙结合，展示了人性中的平凡与伟大、痛苦与坚持。陈忠实强调，构成民族和历史沉重负担的，正是无数个体的艰辛与努力。然而，在历史发展的宏观进程中，个体命运的位置何在呢？通常，历史学家致力于探究历史的规律性，对于个体的喜怒哀乐、生死存亡往往视为微不足道。在历史的长流中，个人的故事似乎仅是沧海一粟。

二、"民族秘史"的悲剧演绎

《白鹿原》作为一部具有浓厚历史气息和深刻思想内涵的作品，深受巴尔扎克"小说被认为是一个民族的秘史"的启发。它以跨越半个世纪的历史巨变为背景，生动地描绘了中国从清末到中华人民共和国成立的重要历史阶段。作者陈忠实以其独特的叙事技巧，将读者带入白鹿原这一特定地域，深刻展示了历史在这片土地上的变迁。在小说中，历史不仅是宏大叙事的缩影，更是人性冲突与和解的舞台。陈忠实通过细腻的笔触，刻画了各种人物的命运起伏，展现了他们之间错综复杂的情感纠葛。同时，通过这些人物的经历，也揭示了人性的复杂性以及社会的巨大变迁。作品中所展现的人物形象和情节，都具有普遍的意义，触动着读者内心最深处的共鸣。通过小说，读者不仅被带入一个具体的历史时空，更被引导去思考人类命运的轨迹，以及个体在历史洪流中的定位和选择。因此，《白鹿原》不仅是一部文学作品，更是一部反映时代变迁和人性、命运的精华之作。它以其独特的魅力，持续影响着读者的心灵，成为中国现当代文学中的经典之作。它不仅让我们对中国历史有了更深入的了解，更让我们对人性、命运和社会有了更深刻的思考，思考如何摆脱历史的束缚，如何应对历史的变迁和挑战，如何汲取历史的教训，避免历史悲剧的重演，从而摆脱历史的困境，实现真正的自由和进步，走向更加美好的未来。

（一）难以逃避的历史进程

在《白鹿原》的前五章中，作者聚焦于辛亥革命前夕，通过对白鹿家族及其周边人物的生存状态的描绘，勾勒出了一个生动的社会背景。白鹿原上的居民，以白鹿家族为中心，他们的生活充满了挑战和不确定性，这不仅仅是对个体命运的描写，而且反映了整个时代的动荡和变迁。陈忠实通过这样的叙述，不仅仅让读者看到了一个家族或者一个地区的故事，更让我们看到了一个时代的变迁。在这个过程中，个体与家族的命运紧密相连，与民族的命运相互影响。通过对白鹿家族及其周边人物的生存状态描绘，作者生动展现了当时中国社会的多样性和复杂性。无论是家族内部的矛盾还是外部的压力，都在不断地影响着每一个人的命运。这种以家族为单位的命运描写，展示了个体与家族、社会、时代的紧密联系。前五章描述的白鹿原人生存状况为，"这里的人们都在勤奋地经营着自己的日子，追求着生活的腾达，创造着命运的转机，构筑着幸福美好的梦幻。人们在这里看到的更多是和平与安宁，自然与古朴"①。可是，历史的车轮滚滚向前，搅动着时代的浪潮，带来了变革与动荡。白鹿原作为一个微观的代表，承载着整个中国社会的变革和动荡。从封建社会末期到民国初年，白鹿原经历了巨大的变化和挑战，曾经安宁的土地，因历史的巨变而饱受磨难，每一位居民都在历史的洪流中挣扎求存，家族之间的恩怨、个人命运的起伏，无不反映了时代的变迁对人们生活的影响。在这个过程中，白鹿原这片曾经宁静的土地，也难以幸免，逐渐成为一幕幕悲剧上演的舞台。

冷先生进城回来时，带回了一则令人震惊的"反正"消息。这消息如同一块巨石投入平静的湖面，激起了波澜，给村民们，尤其是以白嘉轩为代表的白鹿原的村民们，带来了前所未有的心理冲击和深深的不安。他们的疑惑和恐慌从最直观的生活细节开始蔓延："反正了还有没有皇帝？""没有皇帝了，往后的日子咋样过哩？""皇粮还纳不纳呢？"②"反正"的消息对白鹿原村民来说，意味着他们的生活发生了根本变革。长久以来，皇帝作为尊崇的象征，统治着人们的信仰和生活方式。然而，随着这一体制的动摇，村民们开始感到无助和迷茫。他们的日常生活、经济生产，甚至心理状态都受到了极大的影响。对于那些依赖皇粮生活的人来说，失去了这一来源将意味着生活的困境和不确定性。特别是面对那些剪了辫子的男人和长着两只大肥脚片的女人，他们的不安更为深刻。他们是封建旧体制的产物，现在面对未知的未来，他们感到失去了依靠，面对着无法掌控的局面，内心充满了恐惧和焦虑。这种情绪的蔓延，反映了整个社会面对变革时的心

---

① 张恒学：《〈白鹿原〉的历史悲剧意识》，《北华大学学报》（社会科学版），2001年第2期。

② 陈忠实：《白鹿原》，北京：人们文学出版社，1993年版，第82页。

理状态。传统文化的断裂和新秩序的建立,给人们带来了深深的不安和疑虑,尤其是那些深受传统文化影响的人,他们感到被世界抛弃,无法适应新的生活方式和价值观念。因此,"反正"消息所引发的村民们的困惑和不安,不仅仅是对于政治变革的恐惧,更是对于传统文化断裂和生活方式改变的无所适从。这种内心的迷茫和挣扎,成为整个社会面对变革时的一种普遍心态,也反应了对传统文化断裂的无措和悲哀。随后,白鹿原上出现了"白狼"和"天狗的叫声"的传说,给这片土地上的人们带来了更多的不安。这些传说不仅是对自然现象的神话化解读,更折射出村民们在社会巨变时的心理反应,白狼与天狗的传说是他们对抗未知、恐惧与希望交织情感的象征性体现。当"天狗终于制服了白狼"这一传说在村中流传时,村民们似乎在这个象征性的胜利中寻找到了一丝安慰和秩序的恢复。可见,白鹿原人对"反正"消息的反应,即对所谓"革命"的认识,表现出了极度的恐慌。

在《白鹿原》这部作品中,陈忠实在塑造人物形象时,试图运用一种文化心理结构学的理论来解析人物,以期揭示出传统与现代之间所存在的深刻而复杂的文化冲突。他说:"这种文化冲突造成了人物心理结构的、观念的改变,从而也就造成了原有的心理结构的平衡的被颠覆、被打破。"[1]"而实际上我们这个民族从20世纪初,辛亥革命前后开始,一直到现在都在经历着精神世界的裂变,这个裂变其实就意味着原有的心理结构被颠覆了,不再平衡。"[2] 在白鹿原这片神圣而又沧桑的大地上生活着的人们似乎命运多舛,他们的心灵经历了一次又一次的重大考验,这种深刻的

---

[1] 李遇春,陈忠实:《走向生命体验的艺术探索——陈忠实访谈录》,《小说评论》,2003年第5期。

[2] 李遇春,陈忠实:《走向生命体验的艺术探索——陈忠实访谈录》,《小说评论》,2003年第5期。

心理变化，使他们陷入了深重的苦难之中。随着时代的变迁，历史的巨轮不停地向前推进，而这个过程中，白鹿原的人民不得不面对接踵而至的悲剧。从民国初年开始，混乱不仅带来了社会的动荡，还有人心的分裂。随后，军阀之间为了权力的争夺不停掳掠百姓，无休止的冲突和内战将白鹿原的人民推向了深渊。国民党的腐败统治更是为这片土地带来了无尽的灾难，社会的苦难仿佛成了日常，无处不在的悲剧让白鹿原的土地蒙上了一层悲伤的阴影。在这样动荡不安的时代背景下，白嘉轩和田福贤成了故事中的关键角色。经历了国共分裂的痛苦之后，白嘉轩在田福贤整顿完"农协"分子并将戏楼钥匙交给他时，不禁感慨："我的戏楼真成了鏊子了！"[1]这句话其实是从白鹿原的精神之父朱先生那儿趸下的，朱先生也亲口对田福贤说过："福贤，你的白鹿原成了鏊子了。"[2]"鏊子"原本是用来烙饼的器具，烙饼的时候，这边烙焦了再把那边翻过来接着烙，用"鏊子"来比喻白鹿原上的生活，就像是一张被反复翻转受烤的饼，这片土地和上面的生命、灵魂都在经历着无尽的煎熬。我们仿佛能听到，无数的生命在这片"鏊子"上发出了呻吟。

"鏊子"的比喻不仅仅是一种形象的描绘，更是对过去五十年白鹿原变化无常历史的广阔而深刻的反映。通过这样的比喻，陈忠实试图揭露中国现代革命的过程不仅充满了曲折，而且异常艰难，给中国的历史增添了浓重的悲剧色彩。一些造反派青年挖开了代表着白鹿原精神之父的朱先生的墓穴，但在整个墓道之中，他们唯一找到的，只是一块经过烧制和精心打磨的砖头。这块砖头一面刻着"天作孽犹可违"，另一面则刻着"人作孽不可活"，

---

[1] 陈忠实:《白鹿原》，北京：人民文学出版社，1993年版，第235页。
[2] 陈忠实:《白鹿原》，北京：人民文学出版社，1993年版，第250页。

仿佛预示着某种不可逃避的宿命与规律。这不仅体现了朱先生对中国历史深邃的预见能力，更显现出陈忠实作为作家对于社会历史进程的深刻审美和批判视角。通过这一细节，我们可以看到陈忠实如何利用小说这一艺术形式，去探讨和反思历史的进程，特别是那些影响深远的政治和社会事件。这种反思不仅仅局限于对过去的回顾，更重要的是对未来的深思熟虑，提醒人们在面对历史和文化遗产时必须采取更为审慎和尊重的态度。

通过《白鹿原》这部作品，陈忠实不仅仅是在叙述一段地域性的历史，更是在讨论和探索关于中国以及整个人类社会在历史长河中遇到的普遍问题和挑战。他通过饱含深意的故事和丰富的象征，邀请读者进入一个既真实又富有想象的世界，引发人们对历史、社会、文化以及人性的深入思考。在这部小说中，每一个细节，每一个场景，乃至每一个角色的设定，都是作者试图与读者进行深层次交流的一种方式。通过这样的交流，陈忠实希望能够激发读者对于历史的兴趣，对于现实的关注，以及对未来的思考。就像在《白鹿原》作品中，白嘉轩说的："黑娃当了土匪，我开头料想不到，其实这是自自然然的事。"[1] 陈忠实曾经谈道："所有悲剧的发生都不是偶然的，都是这个民族从衰败走向复兴、复壮过程中的必然。这是一个生活演变的过程，也是历史演进的过程。"[2] 他又谈道："从清末一直到一九四九年中华人民共和国建立，所有发生过的重大事件都是这个民族不可逃避的必须要经历的一个历史过程，所以我便从以往的那种为着某个灾难而惋惜的

---

[1] 陈忠实：《白鹿原》，北京：人民文学出版社，1993年版，第275页。
[2] 李星，陈忠实：《关于〈白鹿原〉与李星的对话》，《小说评论》，1993年第3期。

心境或企望它不再发生的侥幸心理中跳了出来。"①这就是陈忠实对我们民族历史所作的深沉的思考。

陈忠实通过《白鹿原》揭示了无论是个人还是集体，所有遭遇的灾难与挑战均是历史长河中不可避免的一部分。在这个过程中，人类不断与现实进行着抗争，力求从现实的束缚中解脱出来，迈向更加美好的未来。《白鹿原》的叙述深刻揭示了人类历史的复杂性，即它是一连串努力突破现状限制、追求理想的不懈斗争。这种斗争往往伴随着无数的悲剧，但正是这些悲剧构成了人类历史的重要组成部分，使得历史变得更加丰富和多维。在这个意义上，《白鹿原》不仅记录了历史，更重要的是，它启示我们理解历史，从历史中学习，更好地生活在当下和未来。

（二）"白鹿村"独特的村落秘史

《白鹿原》是一部展现"民族秘史"的恢弘之作，陈忠实以厚重、磅礴、深邃的笔触，写出了20世纪初关中土地上的种种重大事件，如辛亥革命、饥荒、瘟疫等。小说穿越时空，述说着这片土地的沧桑巨变。陈忠实在之前创作过程中，曾忙于描绘当下的现实生活，未曾考虑过这些历史题材。直到20世纪80年代中期，他开始思考这片土地的过去和现在，这种思考激发了他全新的创作愿景，那就是对于故乡这片土地深刻的生命体验。他系统地探究近一个世纪以来在这片土地上发生的重大变迁，深度挖掘自己熟悉的地方，并以客观的态度进行分析和评估，逐渐步入理性的境界进行创作。从而展现出了关中大地的独特魅力，完美地呈现了关中大地的历史文化，使《白鹿原》以其独特的关中文化情调而著称。

---

① 李星，陈忠实：《关于〈白鹿原〉与李星的对话》，《小说评论》，1993年第3期。

陈忠实在描述白鹿原的历史变迁时，展现出了饱满的历史观照情怀。他不仅呈现了近代中国社会动荡的景象，同时也对传统文化进行了深入的反思。他既肯定了传统文化的价值，又意识到了其中的不足之处，体现了对历史的思考和对未来的期待。这种继承与反思，使得他的作品具有深刻的历史意义和现实意义。陈忠实热情地赞扬了传统文化的优越性，凸显了儒家文化独特的价值观和不可替代性，及其跨越时空的力量。白鹿村完美地展现了儒家文化所倡导的仁义礼智信，以及为政以德的精神。白嘉轩和鹿子霖二人无私地帮助李寡妇，被县长特别提名为"仁义白鹿村"，以此来唤起原上村民对仁义精神的尊重。朱先生独自一人冒险闯入清军大营，以自身力量劝退了清军，为当地乡民赢得了安身立命之所。他无视个人安危，奋不顾身为关中百姓着想的精神，彰显了儒家文化所崇尚的博爱情怀。作为族长的白嘉轩，其一举一动都按照儒家的教义标准身体力行，只有这样村民才会信任他，才能遵守乡约和儒家伦理。即使在灾难接踵而至的动荡时代，白鹿原仍然在儒家文化的影响之下，保持着生机勃勃的活力和坚韧不拔的精神。

在寻求民族发展动力的同时，陈忠实也意识到中国传统民族文化自身的衰败。白嘉轩等白鹿村人始终被仁义、道德的枷锁所束缚，他们的个性和欲望被抑制；而田小娥则坚持本性，寻找自我，追求情感的满足，反抗封建卫道者。田小娥的命运令人感慨万分，充满了复杂情绪。人性与礼教、正义与罪恶在她身上纠缠不清。她拥有一股强烈的反抗精神，以及一种不愿向命运屈服的勇气。田小娥通过释放情欲，大胆地反抗保守封闭、男权至上的白鹿原。小娥死后，她的鬼魂附在鹿三身上，让鹿三替她讲述了自己被杀和白鹿原瘟疫的真相，并一次次地挑衅白嘉轩。小娥要求在她生前居住的窑上建立庙宇，族长白嘉轩和鹿子霖亲自抬棺送灵,否则就会赶尽杀绝原上的生灵。这标志着一个受侮辱、受伤害的女性,对宗法礼教的极端反抗。在白鹿原上,有千百个不为人知的贞节烈妇,却最终造就了一个人人铭记的田小娥。陈忠实深刻指出,在新的时代背景下,传统文化面临着双重挑战:一方面,它固然具有可贵之处,但另一方面,它也需要变革。他以独到的观察角度审视儒家文化,从而对其双重性进行了深入的反思。

陈忠实是一位具有民族情怀的杰出现实主义作家。《白鹿原》之所以备受推崇,不仅因为其经典、丰富和复杂,还因为它引发了人们持续的解读热情。这部作品试图再现中国半个世纪以来从封建专制统治到民族独立的发展历程。乡村是国家民族发展的基石和历史根源,探索乡村的历史进程应以乡民的生活状况为起点,以人文主义关怀为重点。进入陈忠实的文学世界,人们将会获得对乡村社会的崭新认识,从而提升对人生意义与生命价值的理解与看法。从文化的角度来看,《白鹿原》通过浓烈的地方色彩展示了中国西部乡村的历史,将儒家文化融入了小说之中,不仅拯救了民族历史,还赋予了小说独特的魅力。在叙事结构和文学品质方面,《白鹿原》生动地描绘了中国宗法制度文化在现代社会中的崩溃和挣扎,勾勒出了具有历史意义的典型文化人物,其文化表达和叙事手法达到了令人惊叹的水准。

《白鹿原》塑造了共享宗法文化和儒家文化的农民形象,呈现出不再将纯粹的农民作为主要叙事对象的转变。白鹿村作为宗法共同体的首领和执行者,深刻地影响和制约着周围的人;在这种文化力量的影响下,大部分角色都表现出依附性或残缺性的人格特征。因此,《白鹿原》探讨了个体与共同体之间的关系,如何让个体从被束缚、被依附的状态走向现代人格的转变,以及乡土中国如何摆脱宗法共同体的束缚。这是我们需要深思的问题。

《白鹿原》以村落为背景，陈忠实以地方志、传说等民间史为基础，将散落的小故事凝聚为独特的村落秘史，呈现了一部既有史诗般的厚重感又带有文学的灵动性的作品。有关白鹿的传说，白鹿村的门楼、祠堂、戏台、六棱砖塔等建筑不仅是文化符号，也是叙事的内在推动力。

在新时代，文学的创作不论是采用现实主义、现代主义，还是后现代主义等不同的艺术形式，其根本目的都是在传达民族的精髓，展现民族的精神和情感。《白鹿原》作为一部杰出的文学作品，深入探索了民族历史的深层内涵，聚焦历史长河中独特而鲜活的个体，呈现了一个充满民族精神的世界，同时展示了作者丰富的想象力和激情。陈忠实在《白鹿原》中巧妙地融入了白鹿、白狼和鏊子的象征意义，不仅赋予了作品深刻的内涵，而且使得作品的内容和形式达到了无缝的统一，呈现出了完美的艺术表达。《白鹿原》中，白鹿是一直贯穿小说的核心意象，代表着纯洁、善良等终极价值，象征着幸福与美好，是作品精髓的所在；而白狼则象征着丑恶与不幸，是灾难的化身，与白鹿形成鲜明对比。白鹿和白狼在《白鹿原》中相互对立，象征着善恶的斗争和人性的复杂。它们之间的对抗构成了一种自然和人类社会惩恶扬善的力量，引领着故事的发展。《白鹿原》的巧妙之处在于将民间传说融入哲学思考和审美观念中，并以动物意象进行诠释，暗示了白鹿原上的伦理善恶斗争，同时也是揭示民族秘史的重要手段。这种艺术手法使得作品超越了单纯的叙事，呈现出深刻的历史观照情怀，展现了陈忠实的独特历史视角。

《白鹿原》以地方志的文学化手法塑造了"白鹿村"的文化形象，为当代文学展现村落形态提供了重要的参考。陈忠实运用大量地方志、地方文献、民间传说和口述史料等资源，一方面通过历史文献的复原，重新建构了一个摆脱各种意识形态纠缠的原始村落形态；另一方面，他巧妙地融入多方历史文献和地方文献中蕴含的历史文化和地方文化，将其渗透到白鹿村的村落文化和村民个人命运之中。作者将《白鹿原》置于天地乾坤和混沌时代的氛围之中，创造性地打开了村落写作的新篇章，将其扎根于大历史之中，整合了官方、半官方和民间的各种资源，揭示了超越正史范畴的村落秘史。

在写作《白鹿原》之前，陈忠实虽然没有长篇小说的创作经验，但他并不缺乏对于长篇小说的理念。他所拥有的这种理念就是巴尔扎克所描述的"民族秘史"，这种观念意味着长篇小说不应受到理性和知性的束缚；而应该是隐秘、野性、混沌的。因此，在开始正式写作之前，陈忠实通过严谨的历史考据路径，描绘了一个原始状态的村落。这个村落，正如胡适所说的，不可能太过整齐划一，"一切太整齐的系统，都是形迹可疑的，因为人事从来不会如此容易被装进一个太整齐的系统去"[①]。陈忠实创作《白鹿原》的第一步就是深入研究历史，了解那个时代乡村生活的形态和秩序。1986 年左右，他分别选择了蓝田、长安、咸宁等地进行调查，甚至曾一度暂居于蓝田县城，尽可能地搜集资料。通过几年的寻访，他终于积累了丰富的村落史料，为《白鹿原》的创作奠定了坚实的基础。在《白鹿原》中，陈忠实广泛运用了地方志、历史典籍、文献、民间传说和口述实录等多种材料，尤其在"白鹿村"的叙事构建上更是如此。他从地名系统、人物、事件等多个层面，创造性地改编、转化和利用了地方志的内容，塑造出一个既具备史学真实性又富有文学创造性想象的复杂文本。其中最典型的便是"白鹿原"，《太平寰宇记》卷二十六载："白鹿原，在

[①] 罗尔纲：《师门五年记·胡适琐记》，北京：生活·读书·新知三联书店，2012 年版，第 60 页。

县西六里。按三秦记云：'周平王东迁之后，有白鹿游此原，以是得名。'"[1]小说对白鹿如何突然出现在古原上并神秘消失的传说进行了生动的刻画，与简单的"白鹿游此原"的描述不同，陈忠实在叙述白鹿原得名的来历时，耗费了大量篇幅。神秘而古老的白鹿精灵不仅是"白鹿原"得名的原因，更是古原秘史叙述的起点，白鹿精灵与白嘉轩、白灵、朱先生、鹿兆鹏等人物之间存在着紧密的联系，同时也是文本中神秘主义的主要体现之一。这一创作过程体现了陈忠实对文史资料有意为之的挪用、延伸和演绎，从地方志到小说的化用过程成为了一种文学修辞和想象的表达。在《白鹿原》中，"滋水县"实际上对应着蓝田县。根据《续修蓝田县志》，蓝田县内有一条名为"灞水"的河流，"古曰滋水，秦穆公更名以显霸功"。小说中的"滋水"就是以此"灞水"为原型。

陈忠实通过象征手法，以一个初级社会群体为窗口，全景式地勾勒出了20世纪上半叶中国一系列重大的政治事件。他在小说中描绘了辛亥革命、国共合作、大革命、抗日战争、解放战争等历史时期的风云变幻，以此展现了整个社会的动荡与变迁。白鹿原是黄土高原上的一个地域，是一个坡塬上聚族而居的地方，散布着几个村庄。其中最大的村庄是由白族和鹿族两姓组成，形成了一个大宗族。这个村庄代表了一个典型的基层文化单元，是一个由血缘共同体构成的初级社会群体。陈忠实没有仅仅为了描写宗族而去描写宗族，而是以独特的视角，将焦点始终放在白鹿原上的宗法制度和农村社会的礼俗化之上。在这个故事里，无论是大革命中的"风搅雪"，还是大饥荒和大瘟疫带来的灾难，国共两党的分合，或是家族间的明争暗斗，以及对维护礼教的决心，

---

[1] 乐史：《太平寰宇记》第二册，王文楚点校，北京：中华书局，2007年版，第556页。

天理与人欲的对抗，乃至每一次新生和死亡，包括许多人的逝去，都充满了浓厚的文化意味。这些情节都与中华文化的深刻渊源息息相关，都引发了我们对本民族历史文化的深刻思考。

　　陈忠实对于浸透了文化精神的人格极为关注。尽管他也描述了社会的变迁，但其真正目的在于穿透社会表象，深入探索社会的内在机制，紧紧抓住那些富含文化内涵的个性，以揭示民族心理的深层秘密。为了赋予《白鹿原》足够的心理深度和文化内涵，他采用了历史生活的视角，以此表达对"民族秘史"的独特追求。在这里，秘史中的"秘"指的是那些无形而深藏的东西，而最深层的便是人的内心世界。因此，秘史包含了心灵史、灵魂史，以及精神生活史的含义。《白鹿原》的叙事风格显然强调了心理层面的动态，它的笔墨不仅仅停留在外部情节的紧张，更注重的是内在精神的紧张。然而，他并非简单地叙述家族秘史，他的写作方式更像是编织一部浓缩的"家谱"，旨在揭示宗法农民文化最原始、最真实的形态。陈忠实认为，白鹿原所在的关中地区是多代封建王朝的基地，拥有悠久而深厚的文化底蕴，白、鹿两族的历史源自这片土地，典型地承载着我们民族的文化秘密。《白鹿原》以精细而曲折的笔法，生动地描绘了"天然尊长"通过乡约、族规和续家谱来展现文化威力的场景，甚至在文中保留了族规的原文，为读者展示了这种文化传统的具体内容。《白鹿原》是一部宏大的作品，其根基在于对中国农村家族史的深入研究；它如同一棵枝叶繁茂的大树，其根系扎在宗法文化的深厚土壤中。因此，更准确地说，它是通过家族史来展现民族灵魂史，而非简单地通过一个初级社会群体来呈现整个社会。

　　在创作《白鹿原》时，陈忠实意识到我们应该努力传承我们民族传统文化中最优秀的价值观和品质，同时毫不留情地摒弃其中腐朽的部分，以促使我们的民族能够尽快进入一个更加高度文明的时代。在现代化的道路上，尽管我们偶尔会陷入情绪上的怀旧和去理性的激进，但客观、理性、发展的文化审视一直在进行，这种文化审视的目的在于为人类寻找构建生存平衡的合理性。中国20世纪最伟大的思想觉醒之一是对人性的重新认识，作为民族文化进步的准则，唯有对人的价值进行深刻的认知才能引领文化的进步。随着人们对自身的认知以及构建生存平衡的重要性逐渐成熟，文化的自觉逐渐演变为对生命的自觉；这种生命的自觉体现在文化传承中，体现在人类与其他生命体，以及人类与自然环境相处方式的探索中。借助生命的本能，人们不断进行自我调整、自我革新和自我重建，从而完成人类生存平衡的构建。《白鹿原》以对"民族秘史"的深度挖掘和思考，堪称当代文学史中的杰作；它引发了人们对民族灵魂的深刻思考，并将这些思考带给读者，其影响将历久弥新。

在《白鹿原》获得荣誉和赞誉之后，陈忠实在谈到自己选择这一题材的原因时表达了深层次的个人感受与认识。他指出："我对《白鹿原》的选择，是因为我对我们这个民族在历史进程中的一些别人没有写到的东西有了自己的感受，或者说对民族精神中鲜见的部分有了重新的理解和认识。所以，我规定了《白鹿原》向秘史的方面发展，这自然也说明了我为什么喜欢巴尔扎克对小说的定义。"[①]《白鹿原》这部作品以一种独特的方式展现了陈忠实对民族秘密的深刻理解和描绘，它以"民族秘史"的形式，用细腻的笔触，展现了一个关于我们民族独特生命体验的故事。这个故事不仅写出了我们传统文化的魅力，也写出了传统文化的悖逆

---

① 远村，陈忠实：《〈白鹿原〉获茅盾文学奖后答问录》，《延安文学》，1997年第6期。

人性。它揭示了历史发展中文化的悲哀，同时也揭示了文化制约下历史的悲剧。不仅如此，它还表现了个体命运在历史长河中的微不足道，同时也说明了我们人类的历史本身就是充满悲剧的历史。通过这些深刻的描绘，陈忠实对于我们民族命运的重新理解和认识得以展现，这就是《白鹿原》的丰富内涵，这就是"秘史"真正的意义所在。

总之，在中国当代文学的辽阔天地中，《白鹿原》无疑占据了一席难以撼动的地位。陈忠实凭借其深邃的思考与非凡的文学造诣，创作出这部融合了深刻历史与文化洞察的杰作。作为对我们民族命运的深度反思与艺术再现，《白鹿原》以其独有的文本魅力，成为一种生命与艺术的双重体验。这部作品以它独树一帜的史诗氛围，坚实地确立了自己在现当代文学研究领域的峰顶位置。它不仅仅是一部小说，更是一次穿越时空的历史之旅，让读者能够深刻体会到历史、文化与人之间的三位一体的关系。一方面，历史的发展是人类与文化不断向前发展的必然趋势，另一方面，历史亦直接影响和制约着人类与文化的发展进步，这种联系具有某种必然性和规律性。

《白鹿原》中众多的角色——白嘉轩、田小娥、鹿冷氏、朱先生、黑娃以及白孝文，不仅作为独立的人物形象出现，他们的故事和命运也深刻反映了作者对于历史与文化背景的广泛思考与探索。白嘉轩，作为故事的重要人物，代表着旧时代的封建主义者，他的行为准则和生活方式反映了那个时代特定的文化传统和社会价值观。通过他的形象，读者可以洞察到传统家族观念与封建道德对个人生活的制约，以及这些传统如何在社会变革中逐渐失去控制力。田小娥以她不屈的身影，诉说着自己的坎坷与不幸，指控着传统男权社会所奉行的伦理道德的虚伪与戕人；从而把隐匿在她遭际中的个人与民族的畸形史昭示给人们，引发人们去思索。

而鹿冷氏，则是一个受父母和社会规范束缚，心甘情愿地履行着传统的贞洁之道的弱女子，却在理念与欲望之间痛苦地挣扎着。田小娥因不甘屈辱的境地，大胆追求欲望的满足而得罪传统礼教，惨死于公公之手；鹿冷氏在理与欲的矛盾挣扎中走向疯狂，惨死于亲生父亲之手。她们的悲惨命运，既揭示了传统礼教无法完全扼杀生命本能冲动和渴望的事实；又揭示男权社会对女性从肉体到灵魂无情地压迫和摧残，以及女性仍旧难以摆脱被物化和边缘化的命运。可见，重视他人生命的现代社会远未到来，女性的解放远未完成。田小娥和鹿冷氏的形象进一步深化了对女性命运的探讨。朱先生的角色则是对知识分子形象的塑造，反映了在动荡的社会变革期，知识分子在寻求个人道德立场和社会责任之间的挣扎与探索。而黑娃这个作品中的关键人物，他的经历和变化象征着底层人民的生存状态和抗争，展现了他们对于生活的希望和对未来的渴望。白孝文是《白鹿原》中刻画得最具有深度的人物，在他的身上承载着传统伦理和个人情欲之间的冲突，展现了人性的复杂性和社会环境对个体的影响。他由一个承载着家族的荣誉和责任，坚守和尊重传统价值观的白鹿村的族长，转变成了充满野心和权谋的利己主义者，甚至在追求自身利益的过程中不惜牺牲原则和道德底线。这一前后性格的巨大反差，对我们思考传统伦理道德教育的非人性、保守性和功利性带来深刻的启示，他的人生经历对于我们反思传统文化和现代人格建设具有重要意义。《白鹿原》通过这些丰富多彩的角色和他们之间错综复杂的关系，构建了一个生动的历史和文化画卷。通过对这些角色命运的叙述，作品不仅展示了个体生命的厚重感和历史深度，也反映了不同文化底蕴在社会历史发展中的影响。美国学者泰勒认为："一部文学作品并非一定要告诉我们关于人生实际存在方式的准确信息——虽然这也可以作为第二位的因素加以考虑，更重要的还是要引导我们通过生活经验有选择的直接描叙,去认识人类存在的真谛。"①《白鹿原》这部作品,不仅深刻描绘了人性的各种面貌,更重要的是,它向我们揭示了历史的深度、文化的思考以及人类存在的根本意义。朱寨先生在评论《白鹿原》时认为:"作者不是从党派政治观点、狭隘的阶级观点出发,对是非好坏进行简单评判,而是从单一视角中超出来,进入对历史和人、生活与人、文化与人的思考,对历史进行高层次的宏观鸟瞰。"②的确,该小说的精髓并不仅仅在于对阶级斗争的描述,而是更深入地探讨了人们为了生存所做出的种种努力,包括为了保持尊严而进行的奋斗,为了恢复名誉而不惜一切的斗争,以及在特定的历史和文化背景下,人性之间复杂而又微妙的冲突。

　　《白鹿原》所描述的历史阶段虽然已经成为过去,但它所探讨的文化意义和人类发展的道路仍在继续。这部作品通过对人物复杂的内心世界和人物之间的冲突进行细腻的描绘,不仅让读者看到了人物间表面的斗争,更让我们看到了背后深层次的文化反思和对人类生存状态的探索。在这些人物身上,我们能够看到不同社会阶层中个体如何在历史的洪流中寻找自己的位置,以及在挑战中寻找生存的真谛。

---

① 泰勒:《理解文学要素》,成都:四川文学出版社,1987年版,第171页。
② 李星整理:《一部可以称之为史诗的大作品——北京〈白鹿原〉讨论会纪要》,《〈白鹿原〉评论集》,北京:人民文学出版社,2000年版,第430页。

第三章　超越现实的艺术追求
——《白鹿原》之后的创作探讨

陈忠实，一位将文学视为生命追求的作家，其文学探索和创作的广度远远超越了《白鹿原》这一代表作。虽然有观点认为陈忠实之后的创作成就难以超越《白鹿原》，但他本人对此有着明确而自信的回应："如果走不出白鹿原，就写不出《白鹿原》。"[①] 这句话不仅体现了他对自己文学创作的坚持和自信，也反映了一位真正的艺术家对创新和突破的不懈追求。陈忠实《白鹿原》之后的创作情况可以说是在探索和尝试中前行，虽然没有再次达到《白鹿原》的高度，但他的作品仍然为中国当代文学做出了贡献，同时也为他个人的文学生涯增添了新的篇章。

事实上，在《白鹿原》之后，陈忠实并未停歇于已获得的荣誉和成就上。他的文学足迹继续扩展到散文领域，实现了散文创作的突破和喷发，展现了他在文学上的多样性和深度。2001年前后，陈忠实重新点燃了对短篇小说创作的热情，对短篇小说的持续探索和创作，再次证明了他作为一个作家不断向前的精神风貌。这一时期，他的散文作品和短篇小说以独特的视角、深邃的思考和精致的文笔，探讨了人性、社会以及生命的多重维度，展现了生活的丰富性和复杂性。

---

① 陈忠实:《网上夜话》,《陈忠实文集》第六卷，北京：人民文学出版社，2015年版，第330页。

第一节　走出《白鹿原》后的散文创作

　　陈忠实最初是通过散文这一形式踏入文学殿堂的，其散文创作是其文学创作的重要部分。1965 年，陈忠实在《西安日报》文艺副刊"红雨"发表了自己的首篇散文《夜过流沙河》，这是他真正文学意义上的处女作。而直到八年后的 1973 年，他才推出了第一篇小说作品《接班以后》。这位作家在文学创作的早期阶段，以散文为主要的写作形式，尽管与其小说相比，散文在数量上并不算很多。在陈忠实的文学生涯初期，无论是散文还是小说，都显得相对肤浅和空泛。然而，随着时间的推移，他在文学创作上不断积累经验，艺术造诣也日益深厚，特别是在代表作《白鹿原》问世之后，他的散文创作也开始展现出更深层次的艺术成就，作品更多地体现了以个人情感和生命体验为核心的艺术探索和深度表达。陈忠实后期的散文，透露出了一种深刻的个人情感和对生命本质的探求。这种转变不仅标志着他作为一个作家的成熟，也反映了他对文学的深刻理解和不懈追求。他的散文作品，虽然在数量上不及小说，但在艺术的深度和广度上，却有着不可忽视的价值和意义。

　　在《白鹿原》成功问世之后，陈忠实的创作焦点从小说领域渐渐转向了散文写作。关于散文这一文学体裁的定义，历来众说纷纭，难以达成共识形成定论。2015 年 10 月，人民文学出版社出版了 10 卷本《陈忠实文集》。这一文集主要按照小说、散文和言论三种体裁收录陈忠实的作品。其中，将报告文学、特写和随笔与散文放在一起收录，共收录了 238 篇；在《陈忠实文集》的第 6 卷（1995—2000）收录了 48 篇，第 7 卷（2001—2003）收录了 42 篇，第 8 卷（2004—2006）则收录了 50 篇，第 9 卷（2007—2009）收录了 30 篇，第 10 卷（2010—2012）收录了 30 篇；这五卷共收录了 1995 年至 2012 年，也就是陈忠实完成了《白鹿原》的创作之后发表的散文及随笔 200 篇。陈忠实曾经坦承，"《白鹿原》完成以后，我对小说写作的情绪调整不到最佳状态，也就是说，我好像对小说失去了某种激情。读者对我的期望值很高，我在没有充分创作激情的状态下，就不能轻易动笔，以免使读者失望。所以，我这几年连短篇都没有写，只是写了些随笔和散文，出了两本散文集。"① 陈忠实的这一转变，不仅反映了他对文学创作的严肃态度和对读者期待的重视，也展现了一个作家在创作道路上不断寻求新的自我突破与表达方式的努力。陈忠实顺应自己的创作情感波动，及时地调整了创作状态，以饱含深情的笔触，创作了一篇篇洋溢着高远淡然的人生智慧、展现了阅尽沧桑的宽容和仁义的散文杰作，直抵读者的内心世界，令人回味无穷。

陈忠实早期的散文是对生活表象化的实录和颂扬，尤其是他的纪实性特写和报告文学。如创作于 1978 年至 1982 年的《躯干》《分离》《山连着山》《面对这样一双眼睛》《可爱的乡村》《崛起》《万花山记》《延安日记》《春风吹绿灞河岸》，创作于 1983 年至 1984 年的《诗情不竭的庄稼汉》《鲁镇纪行》《一九八三年秋天在灞河》。在陈忠实早期的散文中，纪实性写作占据主导地位，大多数作品呈现出像新闻通讯一样的风格。这种风格在当时相当流行，被戏称为"轻骑兵"，以快速报道生活中的重大事件为特色。陈忠实在人民公社当过十年干部，长期的农村生活经历影响了他早期报告文学的倾向，作品通常以集体主义群体中的杰出代表为主角，主题是歌颂时代生活。他最早的一篇特写作品是 1979 年创作的《躯干》，主角是白鹿原上陈家坡的领袖人物陈广汉。在 1979 年平反后，

---

① 远村，陈忠实：《〈白鹿原〉获茅盾文学奖后答问录》，《延安文学》，1997 年第 6 期。

陈广汉回到了陈家坡，带领着这个因为十三年间的政治运动，而"就像一个被抽掉了脊梁骨的人体，再也支撑不起软瘫的躯体来"[①]的大队，创造了一个奇迹，使全年粮产量达到了解放前的最高水平。显而易见，这种歌颂的热情过于浓厚，而思想深度不足。同样，颂扬"当家人"的特写和报告文学《可爱的乡村》《崛起》，将"领导者的作风问题"作为解决问题的关键，虽然是当时流行的观念，但实际上显得苍白无力。陈忠实早期的纪实性散文对主题的歌颂显得空洞，缺乏新意，也缺乏内在的说服力，带有当时时代特有的弊端，艺术上也缺乏精妙之处。不过写于1985年至1986年的《大地的精灵》《迪斯科与老洞庙》和《访泰日记》，这三篇写"普通人"的纪实散文，开始在艺术上出现亮色。这类散文展现了普通人在生活中所遭遇的艰难经历以及他们顽强的奋斗精神。例如，陈忠实于20世纪80年代中期创作的《大地的精灵》，就生动地呈现了农村妇女陈秀珍在生活中所面对的各种曲折，展现了她坚韧不拔的生活意志和不屈不挠的奋斗精神。正是因为这些平凡的农民展现出的坚毅品质，陈忠实将他们称之为"大地的精灵"。这类散文往往文风朴实，情感真挚，但可惜数量较少，陈忠实早期的散文主要集中在外在生活事件的描述和赞美上，较少深入挖掘人物内心世界和个人情感的表达，这种写作风格缺乏以情感抒发为基础的作家精神境界，导致作品显得相对平淡乏味，缺乏真实的情感共鸣。

与早期的散文创作相比较，陈忠实《白鹿原》之后的散文作品不仅数量上可观，而且在探索外在的"生活体验"的同时，逐渐深入到人物内在的"生命体验"，最终实现了生活、生命和艺

[①] 陈忠实：《躯干》，《陈忠实文集》第1卷，北京：人民文学出版社，2015年版，第459页。

术这三重体验的和谐统一，可以说在艺术上达到了炉火纯青的境地。陈忠实继续关注中国农村的社会现实，但与早期的报告文学不同，他开始更多地关注个体命运和内心世界。他的散文作品中出现了更多的人物描写和情感表达，展现出了更加细腻的笔触和深刻的洞察力。同时，他也开始探索更广阔的题材和风格，涉足了更多的社会议题，探讨了更广泛的人生话题，同时也尝试了不同的写作风格，拓展了自己的创作领域。总体而言，陈忠实《白鹿原》之后的散文创作呈现出更丰富多彩的面貌，既延续了他对中国农村生活的关注，又展现出更深的情感和更广泛的创作探索。

一、对少年往事和早期生活的追忆

在中篇小说《初夏》的构思过程中，陈忠实已经遭遇了一种思想上的挑战："我首先感到的是自己的理论对于生活理解上的无能为力。加之慑于对于图解政策的农村题材的创作教训，我一度曾经想到写过去了的已有历史定论的生活，或者写点童年的回忆，躲避现实生活的困扰""这种想法是徒劳的。我无法背向现实，在生活的巨大的变革声浪中保持沉默，也无法从嘈杂的实际生活中超脱出来。"[①] 然而，陈忠实后来采纳了这种"逃离现实"的方式，创作出了长篇小说巨作《白鹿原》。与其说他在书写历史，不如说他通过小说融合了一种非凡的生命感悟。继《白鹿原》之后，陈忠实的写作触角再次延伸至儿时的往事与早年的经历，他所创作的一系列散文不仅丰富了他的文学世界，也以其精湛的艺术表现力获得了读者的广泛赞誉。

---

① 王汶石，陈忠实：《关于中篇小说〈初夏〉的通信》，《陈忠实研究资料》，济南：山东文艺出版社，2006年版，第73页。

(一)《第一次投稿》

创作于 1987 年 8 月的《第一次投稿》是陈忠实回顾少年生活的初作,这篇散文不仅表达了陈忠实文学创作的初心,也展示了他对生命早期经历的深刻反思。陈忠实描述了自己少年时代进城求学的经历,这段时期的他,饱受自卑、笨拙、屈辱与尴尬的困扰,文中写道:"在乡村读小学的时候,似乎与此并没有什么不大良好的感觉;现在面对穿着艳丽、别致的城市学生,我无法不'顾影自卑'。说实话由此引起的心理压抑,甚至比难以下咽的粗粮以及单薄的棉衣遮御不住的寒冷更使我难以忍受。""在这种处处使人感到困窘的生活里,我却喜欢文学了;而喜欢文学,在一般同学的眼睛里,往往是被看作极浪漫的人的极富浪漫色彩的事。"[①] 在陈忠实的早年生活中,一段关于误会与理解的经历,深刻地刻画了他成长过程中的一个转折点。他曾经满心期待地向老师展示自己的诗歌,却未曾想到作品会被误认为是抄袭的。这种打击突然间让他回想起自己平凡的外表和那些不尽如人意的尴尬瞬间,这种情绪驱使他以一种激烈的方式向老师表达了自己的不满和愤怒。但是,随着时间的推移,又一篇文章的完成使老师终于认识到了陈忠实的文学天赋。老师不仅亲自帮助他整理稿件,还将他的作品推荐给《延河》杂志。在这一刻,陈忠实感到了深深的愧疚,他意识到自己之前的行为太过冲动,对老师的误解和质疑很不公正。他心中充满了对老师的歉疚,于是不断思考如何通过自己的文学作品来弥补对老师的伤害,希望能够为老师带去一些慰藉。

《第一次投稿》不仅是陈忠实对自己早年经历的一次坦诚回

[①] 陈忠实:《第一次投稿》,《陈忠实文集》第 5 卷,北京:人民文学出版社,2015 年版,第 153 页。

顾,更是一次心灵的自我救赎和成长的见证。这篇作品以其真挚的情感,展示了一个少年在误解、自我反省和成长中逐渐找到自我价值和创作方向的过程。读者在这段旅程中不仅能感受到重重挑战带来的沉重,也能体会到陈忠实在文学道路上所追求的美好和甜蜜,以及那份由苦涩中提炼出的审美感受。

(二)《晶莹的泪珠》

《晶莹的泪珠》是陈忠实对少年时代因故休学经历的回忆。在十四岁那年,陈忠实遭遇了因家庭经济困难而不得不中断学业一年的艰难处境;等他的哥哥考入师范学校后,家庭财务状况有所改善时他才重新回到学校的书桌前。陈忠实以一种充满情感的笔触,细致地回忆了他的父亲为了支持他和哥哥在城市中学接受教育而不得不卖掉家中树木的往事。卖树过程打破了传统的"先大后小、先粗后细"的伐木原则,一切只能依买家的需求而定。树木一旦售出,他的父亲就会急匆匆地将树根挖出,作为劈柴贩卖,所得的每一分钱都被他和哥哥带到学校交纳。随着家中可卖的树木一棵接一棵地被砍伐,财路也随之断绝。这使得陈忠实周末回家的情绪复杂而矛盾:他既渴望能回家享受一碗热气腾腾、香味扑鼻的面条,又害怕面对父亲为筹集学费而显露出的沉重忧虑。二十五年后,在父亲生命的最后阶段,陈忠实听到了父亲让他心碎的遗憾:"我有一件事对不住你……""我不该让你休那一年学!"[①]这句话深深触动了陈忠实,也成为他心中永远的痛。

此外,文章中另一个动人心魄的细节是陈忠实被迫休学,走出校门时,那位女老师深情的目送,这段描写至今让人泪目——

---

① 陈忠实:《晶莹的泪珠》,《陈忠实文集》第5卷,北京:人民文学出版社,2015年版,第185页。

我抬头看她，猛然看见那双眼睫毛很长的眼眶里溢出泪水来，像雨雾中正在涨溢的湖水，泪珠在眼里打着旋儿，晶莹透亮。我瞬即垂下头避开目光。要是再在她的眼睛里多驻留一秒，我肯定就会号啕大哭。我低着头咬着嘴唇，脚下盲目地拨弄着一颗碎瓦片来抑制情绪，感觉到有一股热辣辣的酸流从鼻腔倒灌进喉咙里去。我后来的整个生命历程中发生过多少这种酸水倒流的事，而倒流的渠道却是从十四岁刚来到的这个生命年轮上第一次疏通的。第一次疏通的倒流的酸水的渠道肯定狭窄，承受不下那么多的酸水，因而还是有一小股从眼睛里冒出来，模糊了双眼，顺手就用袖头揩掉了。

我终于仰起头鼓起劲儿说："老师……我走咧……"

她的手轻轻搭上我的肩头："记住，明年的今天来报到复学。"

我看见两滴晶莹的泪珠从眼睫毛上滑落下来，掉在脸鼻之间的谷地上，缓缓流过一段就在鼻翼两边挂住。我再一次虔诚地深深鞠躬，然后就转过身走掉了。[①]

这位老师的默默支持和不舍，为陈忠实那段苦涩的记忆增添了一抹温柔的色彩。那些年里，无论是家庭的经济困难，还是个人的学业中断，都在陈忠实心中留下了深刻的烙印。但正是这些艰苦的经历，塑造了陈忠实坚韧不拔的品质，也让他在后来的岁月里更加珍惜每一次学习和成长的机会。

《晶莹的泪珠》不仅仅是对过往痛苦的回忆，更是一种对亲情深沉的致敬，对教育价值的肯定，以及对人生坎坷中不断前行的勇气的赞美。通过陈忠实的亲身经历，我们看到了家庭对子女

[①] 陈忠实:《晶莹的泪珠》,《陈忠实文集》第 5 卷,北京:人民文学出版社,2015 年版，第 184—185 页。

教育的无私奉献，以及教师对学生未来的深切关怀。这些情感的交织，构成了一幅幅动人心弦的画面，让人在阅读中既感受到了生活的艰辛，也看到了希望和前行的力量。

值得注意的是，陈忠实在他的作品中，没有直接抱怨或责怪生活的不公，而是选择了一种更加积极和深思熟虑的方式来表达自己的感受和思考。他通过描绘父亲卖树的艰苦与女教师对自己休学的同情和关心，展示了自己在逆境中的坚韧和乐观，同时也反映了人与人之间深厚的情感和相互支持的重要性。

（三）《汽笛·布鞋·红腰带》

在《汽笛·布鞋·红腰带》和《生命之雨》中，陈忠实以一种第三人称的叙述方式，讲述了自己早年的生活经验和深刻的情感体验。这些作品中充满了象征意义的元素，不仅展现了他个人的经历，更触及了普遍的人性和生命的意义。

作者已步入人生的知天命之年，但他仍能清晰回忆起第一次听到火车汽笛声的那个瞬间。那时，他刚刚佩戴上了人生中的第一条红腰带。在他的家乡，红腰带被视为驱邪求福的吉祥物，每当本命年来临之际，不分男女老少、地位高低，都会在新年的第一天佩戴上它。这条红腰带，是母亲用自己纺制的棉线，通过复杂的过程编织而成的。她将棉线合成一股，然后进行浆洗，用鲜艳的大红色染色，并最后用蜂蜡打磨，使之光滑耐用。在编织过程中，母亲总是不断地念叨："娃的本命年快到了，得织一条红腰带。"[①] 在腊月之前，母亲已将红腰带织好，仅让他试穿一次，随即收入木柜，直至除夕夜才取出，嘱咐他在新年第一天穿新衣时

---

① 陈忠实:《汽笛·布鞋·红腰带》,《陈忠实文集》第5卷，北京：人民文学出版社，2015年版，第171页。

佩戴。当时的他，对于这条红腰带的新奇之情远超过了对生命新阶段的认识。然而，随着时间流逝，半年过后，曾经鲜艳的红腰带已经褪成紫黑色，被汗水、污垢和颜色褪去的黑裤所染。尽管如此，他仍旧将这条腰带视为护身符，随身携带，直到最终离开了小镇的小学，踏上了前往灞桥这座历史名镇的旅程，寻求更高的学问。这条红腰带不仅是母亲为他的本命年亲手制作的礼物，它更深层的含义在于它是母爱和祝福的象征，是他人生道路上勇敢前行的精神支撑。这份母亲的爱与祝福像一股无形的力量，伴随着他穿越人生的起起落落。

　　离开了家乡的熟悉环境，作者踏上了一段向往已久的旅程，目的地是三十里外的历史名镇——灞桥，去参加中学的入学考试。这次旅行的带队者是一位四十余岁的班主任，姓杜，同行的还有二十余名小学的同窗。这批学生中，有的已经步入婚姻，得益于新中国成立，他们才有机会接触到书本的知识。这不仅仅是一场简单的旅行，更是一次真正的生命历程的启航。他们从小学后门出发，踏上了前往灞桥的道路，那是一条连接西安至湖北省内的国道，沿途跟随着灞河穿越秦岭山脉，蜿蜒曲折。这次出行，对作者来说，是人生中第一次远离家门三公里之外的经历。前一夜，兴奋与恐慌交织，让他几乎未能合眼。肩上挂着的书包里，装着课本、毛笔和墨盒，还有学生灶发放的面馍馍，以及一块母亲亲手织制的布巾，而口袋里却空无一文。旅途初启，老师和同学们一路欢声笑语，心情愉悦，由于大多数同学都是第一次离家这么远，所以大家都显得格外兴奋。然而，随着旅程的进行，欢乐逐渐被痛苦取代。陈忠实发现脚后跟开始疼痛，这才注意到鞋底已磨破，脚后跟的皮肤因摩擦而破裂出血。这一切的痛苦，最初他归咎于那些粗糙的国道砂石，直到发现原来问题出在那双早已磨薄的旧布鞋上。在未意识到鞋底破损之前，他还能强忍着疼痛前行，但一旦看到血迹斑斑的伤口，他的勇气开始动摇，步伐也随之放缓。这段经历不仅是一次身体上的挑战，更是心灵的一次洗礼。它让作者深刻体会到，生活中的旅程并非总是平坦顺遂，但正是这些艰难险阻，造就了人生旅途中的意义和价值。"布鞋"象征着人生的艰辛与考验，虽然布鞋在坚硬的路途中易于磨损，但正是这些不断的磨砺，磨练了陈忠实坚强不屈的意志。

　　陈忠实依旧穿着一双破旧的布鞋，在粗粝的小路上艰难前行。他的双脚已经痛得难以忍受，心中对未来的迷茫加剧了这股疼痛。他考虑过放弃，想象自己回到家乡，与田间的草木为伴也许并非坏事。然而，就在他几乎要放弃所有希望之际，一声火车的长鸣打破了他的沉思，仿佛是对他人生的一次唤醒。那一刻，他的整个世界仿佛被重新定义。他从土地上惊跳而起，心跳加速，耳边回响着那持续不断的汽笛声。他感到前所未有的震撼，胸腔里充满了难以名状的激动。在混乱与惊恐中，他目睹了一列疾驰而过的火车，那是他生平第一次亲眼见到这样的奇景。对他来说，火车不仅仅是一种交通工具，它也是一种全新的世界观的启示。在那一瞬间，他意识到了自己的局限性和无知。他想象着那些乘坐火车穿梭于城乡之间的人们，而自己却还在用破旧的布鞋走着漫长而艰辛的路。这一切让他心中涌起了一股强烈的不甘和愤怒，他不愿意再被限制在这狭小的世界里。他清理了鞋子里的残留物，咬紧牙关，在崎岖的路上重新迈开了步伐。尽管脚后跟仍在滴血，仍旧疼痛，但随着时间的流逝，疼痛竟奇迹般地消失了。这种痛楚仿佛不属于他，而是属于那个曾经的自己——那个曾经满是畏惧与自卑的自己。在距离考场还有一段距离时，他终于追上了老师和同学们，但他仍然小心翼翼地隐藏着自己的双脚，不让人看见那受伤的部分。在那之后的日子里，他遇到了不少挑战和困难，

第三章　超越现实的艺术追求——《白鹿原》之后的创作探讨

每当感到绝望和想要放弃的时候,那次火车长鸣的记忆总会重新点燃他的斗志。

"汽笛",对他而言,成了一种特殊的符号,代表着召唤与启示。在他生命的低谷,当他几乎要失去希望时,汽笛的声音如同一束光芒,照亮了他对于文学和生活的热爱与追求。这份对生活的热爱和不断前行的决心,最终成为他一生中不可或缺的力量。

通过这三个象征物,《汽笛·布鞋·红腰带》向我们传递了一种深刻的生存哲理:"无论往后的生命历程中遇到怎样的挫折怎样的委屈怎样的龌龊,不要动摇也不必辩解,走你认定了的路吧!因为任何动摇包括辩解,都会耗费心力耗费时间耗费生命,不要耽搁了自己的行程。"①

陈忠实通过他的文字,不仅讲述了自己的故事,更是向我们展示了一种面对生活挑战时的正确态度和方法。他的作品鼓励我们,在面对生命中的困难和挑战时,保持不屈的精神,勇敢地前行。他的作品不仅具有了文学上的价值,更成为指导读者人生的灯塔。

(四)《生命之雨》

在《生命之雨》这篇散文中,陈忠实巧妙地运用了朦胧而富有哲理的笔触,向我们展示了他对生命深沉的思考与感悟。《生命之雨》与《汽笛·布鞋·红腰带》一样,也采用了第三人称的叙述方式。文章细腻地描绘了四幅生动的画面:与"他"年龄相仿的雨中的牧羊女;因生在三伏天"他"全身潮起了痱子,母亲对雨的渴盼,和"他"对父亲死亡的回忆;"他"在河边与十岁女

---

① 陈忠实:《汽笛·布鞋·红腰带》,《陈忠实文集》第 5 卷,北京:人民文学出版社,2015 年版,第 176 页。

孩的相遇，以及女孩长大后关于婚姻家庭问题与"他"的对话；打谷场上夫妻的辛勤劳作与孩子追逐打闹的情景。每一幅画面似乎都被饱含深意的蒙蒙细雨所笼罩，从而引发读者对"生命之雨"的深刻反思。

尤其是那一对年轻夫妇，在"文化大革命"时期分别投身于对立的阵营。妻子向自己所在的派系的领袖举报了丈夫，导致丈夫被抓去打断了一条腿。如今这位行动不便的丈夫，仍选择与那位告密的妻子共度余生；更令人感慨的是，他"居然投靠那个抓他施刑的造反队头儿的门庭挣钱去了"。① 正如文中所写，"你不可能解除所有痛苦着的心灵的痛苦，也不可能拯救所有沉沦的灵魂。"② 这就是生命之雨！陈忠实用充满宽容与温情的笔调描绘了人与人、人与自然、人与历史之间的和谐共生。他这样描写父亲的死，"那具庞大的躯体日渐一日萎缩成一株干枯的死树……哦！生命中的雨啊！"③ 每一种生命的存在都值得珍视，无论其呈现何种形态。这不仅是人道主义情怀的体现，也是融入了天地间的至深道义。在每个人的人生旅途中，都会经历各种各样的挑战和折磨，如同身处一场无声的生命之雨。在我们的生命中，要怀着感恩之心珍视每一刻，使内心永远充满温暖和宽容。唯有如此，我们才能在生命的雨中体会到人间大爱的美好。

《生命之雨》不仅是一篇充满哲思的散文，它更像是一首洋溢着朦胧美的诗歌，悠悠地唱着对生命的赞歌。陈忠实在文中以

---

① 陈忠实:《生命之雨》,《陈忠实文集》第 5 卷，北京：人民文学出版社，2015 年版，第 210 页。

② 陈忠实:《生命之雨》,《陈忠实文集》第 5 卷，北京：人民文学出版社，2015 年版，第 211 页。

③ 陈忠实:《生命之雨》,《陈忠实文集》第 5 卷，北京：人民文学出版社，2015 年版，第 209 页。

"生命之雨"为象征，借以表达对于生命中的苦难、懊悔、误解、伤害，以及关爱、保护、交流等种种经历的感悟。无论是快乐还是悲伤，都像是天空洒下的雨滴，滋润着我们的心灵，促使我们成长。他通过细腻地观察和深刻地内省，让我们看到了生命中的爱、宽容和保护——这些都是构成生命之雨的珍贵元素。正如陈忠实所描绘的，这些生命的雨丝在我们的心田里悄悄滋润，帮助我们理解和接受生活中的种种经历。

  陈忠实用他的笔，绘制出一幅幅生活的景象，每一幅画面都充满了情感和深意；这些景象让读者在享受审美的愉悦的同时，也能深刻体会到生命之雨带给我们的思考与感悟。即在充满苦难、冲突和缺陷的人生境况中，我们常常会陷入尴尬的处境。因此，相互之间的抚慰、关爱、谅解和保护，是我们生存和成长所必需的，这就是"生命之雨"。生命中的每一次经历，无论喜悲，都是宝贵的，都值得我们去珍惜和感悟；正如雨水对大地的滋润一样，生活中的每一个瞬间都在以它独有的方式丰富着我们的生命体验，让我们在人生的旅途中不断前行、探索和成长。这就是《生命之雨》所蕴含的无比深刻的寓意。文章已经超越了对个人情感的表达，涉及到对世事和人生的诗意哲理探讨，拓展出一个博大而深远的意义世界。

  在陈忠实所著的《序》中，他以诗意般的语言阐释了自己对散文的深刻见解："就我自己而言，散文就是一种心灵的独白，心灵对于现实对于历史的一种感悟，需要抒发，需要强辩，需要呜咽，有时候也需要无言的抽泣。感天感地感时感世感人感物，总而言之在于一个感，有感触有感想有感慨有感悟而需要独白，需要交流,需要……于是就想写散文了。"①陈忠实的这段话,不仅深刻揭示了散文创作的本质,也映射了他个人对于散文写作的独特看法——散文的创作不仅仅是个人情感的抒发,它更是一种心灵的对话,一种对现实和历史的深度反思。正是这种深层次的交流与探索,让散文成为一种独特的艺术形式,能够触及人心最柔软的部分,激发读者内心的共鸣。

正是源自生活的深刻而灵动的生命体验,使得陈忠实的散文散发出生命与人性的美好光辉。通过陈忠实对少年时光的怀念和对过去生活的回顾,让我们得以窥见他真实而深邃的心灵风景。这些作品展现了他对家庭、乡村、人情世故的深刻理解,呈现出了朴素而真挚的生活哲学,通过对个人经历的追忆,反映了中国农村社会的变迁和个体命运的起伏,展现出对时代变迁和人生百态的思考和感悟。读者能够从中感受他深刻的情感体验,与之产生共鸣,并从中汲取生活的智慧和人生的启示。

二、寄情树木虫鸟自然景物

陈忠实始终将情感的表达作为作品的核心。在他的散文作品中,常常通过寄情树木虫鸟等自然元素,来讴歌顽强的生命力,来传达他对生活、人性和社会的思考与感悟。陈忠实在平凡的生活中,寻找着永恒的生命力。生命之歌在他的笔下进行着丰富的变奏,而唯一不变的是那种于一切困境之中,永不丧失的顽强的自然生命力和作家对这些顽强生命力的热情讴歌。他将人类的生存与自然的相互依存展现得淋漓尽致,呈现出一种人与自然和谐共处的理想境界。

---

① 陈忠实:《心灵独白》,《陈忠实文集》第6卷,北京:人民文学出版社,2015年版,第281页。

（一）《我的树》系列

或许是源于童年时期父亲为了供养他及其兄弟接受教育，而不得不卖掉树木的艰辛记忆，陈忠实对于树木抱有一份无比深刻的情感。这种情感促使他创作了一系列以"我的树"为名的散文，作品包括《拥有一方绿荫——〈我的树〉之一》《绿蜘蛛，褐蜘蛛——〈我的树〉之二》和《绿风——〈我的树〉之三》等。在这些作品中，他倾注了自己对树木的爱恋与思考。

在《拥有一方绿荫——〈我的树〉之一》中，陈忠实深情地描述了他与一棵法国梧桐树之间的特殊纽带。每当他回到故乡，首先映入眼帘的便是那棵自己亲手栽种的法国梧桐。看到它，心中便充满了一种名为"我的树"的温暖与自豪。这棵树最初只是一株细小的幼苗，随着时间的流逝，它曾一度枯萎成褐色的干枝，就在陈忠实打算放弃它的时刻，却惊喜地发现树干底部有嫩黄色的新芽冒出。这份意外的惊喜使他更加用心地呵护这棵树，见证了它由嫩黄转为嫩绿，直到展开新的绿叶。随着时间的推移，当这棵法国梧桐长到与他手臂般粗壮时，陈忠实终于能够在它茂密的绿荫下寻得一丝凉意。他惊讶地发现，有个孩子在树干上刻下了他的名字，这个名字伴随着树木一同成长，更加深了他对这棵法国梧桐的情感。通过这棵树，陈忠实感受到了生命的坚韧与伟大，他的思绪也随之飞扬，将对父亲的怀念、对故乡的眷恋以及对生命的坚守巧妙地融进了自己的文字之中。这不仅是对一棵树的纪念，更是一则关于生命与成长的寓言，体现了陈忠实深邃的人文关怀和生命哲学。通过对树木的描绘，他传达了对生命力的赞美，同时也倾诉了对亲情、土地以及生命本身的深沉情感。

陈忠实在其散文《绿蜘蛛，褐蜘蛛——〈我的树〉之二》中，将梨树及其周遭的生态作为抒情的焦点。梨树，以其洁白的花朵、优雅的姿态和纯洁的精神，被赋予了超凡脱俗的美感，宛若一位身披白衣、气质冰清玉洁的天女，充满了诗意。然而，这份诗意却因为绿色和褐色的蜘蛛的侵害而受到威胁，这些蜘蛛以伤害梨树为生，使得宁静的画面添上了一抹阴霾。陈忠实描述了他与这些蜘蛛之间的激烈对抗，这场战争不仅是对梨树的保护，也是作者在写作之余的一种精神斗争。在这场与蜘蛛的较量中，作者不时走出写作的孤寂，投入到院子里的捕杀行动中，这种间歇性的斗争既让他的神经紧绷，又使他在完成战斗后更加平静地投入到创作中。在作者的精心照料下，梨树不仅绽放了花朵，还结出了香甜可口的大梨。这篇散文被某些评论家解读为是一篇富有象征主义的作品，"以梨树的生长，象征人的精神的发展和生命的成长，以阴冷鬼祟的绿色及褐色蜘蛛，象征伤害、侵凌生命的破坏性力量，让人联想到人的世界中存在的那些像绿蜘蛛那种专门以伤害、妨碍别人成长为职业的人。总之，这篇散文，宣豁风抱，由物及人，以小喻大，既富情味，亦饶理趣，令人击节。"[①]

在《绿风——〈我的树〉之三》这篇作品中，作者以洋槐树作为叙事的核心，讲述了一段关于生命和生存的深刻故事。故事的起点是一片因滑坡而变得荒芜的后院，"我"为了改变这一景象，决定在山坡上挖掘野生的洋槐树苗进行栽种。尽管栽种的过程看似随意，但"我"对洋槐的生命力充满了信心。随着时间的流逝，这些洋槐树慢慢长出了嫩绿的叶子，这个画面触发了我对家族历史和个人经历的回忆。洋槐树的生长，虽然处在同一片土地上，却因位置不同而展现出不同的命运。尤其是位于坡顶的那棵洋槐，因为生长条件恶劣，几乎枯萎。在它濒临枯竭的时刻，

---

① 李建军：《宁静的丰收——陈忠实论》，北京：华夏出版社，2000年版，第128页。

"我"给予了它最为关键的支持——半桶水。这个行为虽然让"我"感到疲惫,但也体会到了生命的不屈和生存的坚强。岁月流转,这些曾经孱弱的洋槐树逐渐长成了一片茂密的林子。每到五月,洋槐的花朵如同雪花般盛开,然而坡顶的那棵洋槐却始终没有开花,对于这棵树来说,能够存活已经是极大的胜利。然而在一个春天,"我"回到家乡,惊喜地发现,那棵坚强的洋槐终于在枝头挂上了两朵白花。这一刻,"我"为之动容,因为这不仅仅是花的开放,更是生命历经苦难后的完满体现。陈忠实以细腻而深情的笔触描绘了洋槐花的独特魅力,在他笔下,洋槐花不仅仅是一种简单的植物,而是一种拥有改变人心境、引导情感转换的神奇力量。陈忠实写道:"我发觉这种美好的洋槐花的香气可以改变人的心境,使人从一种烦躁进入平和,从一种浮躁进入沉静,从一种黑暗进入光明,从一种龌龊进入洁净,从一种小肚鸡肠的醋意妒气引发的不平衡而进入一种绿野绿山清流的和谐和微笑……尤其是我每每想到这槐香是我栽植培育出来的。"[①]陈忠实的这段描述不仅展示了洋槐花的美丽与香气,更深层次地反映了作者对于自然美的深刻理解和感悟。他认为,大自然的每一份赠予,无论是一朵洋槐花还是一阵轻风,都蕴含着治愈与安抚人心的力量。正是这种细腻的观察和深切的情感投入,使得他的文字能够触动读者的心弦,引发读者对于大自然之美的无限遐想。此外,陈忠实在表达自己的情感和思想时,巧妙地将个人情感与自然景象紧密联系起来,通过自己的亲身体验和感受来强化洋槐花象征意义的传达。他不仅仅是在描述一个简单的自然现象,而是在借助这一现象表达更深层次的人文关怀和哲理思考。他的文字,

---

① 陈忠实:《绿风》,《陈忠实文集》第 5 卷,北京:人民文学出版社,2015 年版,第 229 页。

为读者带来了视觉与嗅觉上的美感享受，更重要的是，唤起了人们对生命本质和人性美好的思考。通过对洋槐花的细腻描绘，陈忠实成功地将自然之美、人性之光和生命之意义紧密相连，让读者在阅读过程中，能够体验到美的享受。陈忠实在这篇作品中不仅仅是通过洋槐树来表达情感，更是通过它来抒发在艰难困苦中坚持生存，永不放弃的精神。

《我的树》系列散文，无论是描绘哪一种树木，都是在探索一种特有的精神世界，这种精神与他早年的坎坷经历，以及与他自身生命历程紧密联系、息息相关。这是一种坚韧的生命意志，一种在逆境中生存并不断成长的不屈精神，始终坚守着希望与生命的活力。《一株柳》和《骆驼刺》更是以艺术的手法将这种生生不息的自然生命力在艰难中推向了顶峰。《一株柳》述说了我在贫瘠苍茫的青海高原上偶遇的一抹绿意，一株孤独的柳树，在荒凉中傲然生长。这株树"经历了多少次虐杀生灵的高原风雪，冻死过多少次又复苏过来；经历过多少场铺天盖地的雷殛电轰，被劈断了枝干而又重新抽出了新条；它无疑经受过一次摧毁又一次摧毁，却能够一回又一回起死回生"，最终"以超乎想象的毅力和韧劲生存下来发展起来壮大起来"，陈忠实说"命运给予它的几乎是九十九条死亡之路，它却在一线希望之中成就了一片绿阴。"[①] 这篇散文虽不长，却饱含着勇敢无畏、昂扬奋斗的生命意识，令人心驰神往。《骆驼刺》歌颂了在柴达木盆地中，面对干旱和寒冷的严酷挑战，一切绿色的生命望而却步，而骆驼刺依然顽强生存的精神；陈忠实将矮小的骆驼刺塑造成"接受了严酷，承受

---

① 陈忠实:《一株柳》,《陈忠实文集》第 6 卷，北京：人民文学出版社，2015 年版，第 46 页。

了严酷,适应了严酷""骄傲于所有的严酷"的沙漠斗士形象。①可见,陈忠实笔下的树木成为了自然生命坚韧求存的象征,在它们身上,他发现了永不衰竭的生命暗流,对它们的歌颂实质上就是对顽强不息的生存力量和生命觉悟的赞美,也是对人类在逆境中表现出的坚韧品质的歌颂。

(二)《告别白鸽》

《告别白鸽》是一篇触动心弦的散文力作。在作家与一对白鸽的情感互动中,体现了对生命的深刻思考;既有对生命诞生之赞美,也有对生命死亡之悲叹。通过描述作者与白鸽相伴相随的生活片段,深情而含蓄地呈现了美丽白鸽曾经为作者心灵创造的美好,以及美好被摧残所带来的伤痛。作者通过生动的情节,揭示了美的脆弱与不能永存,正是因为美的易逝,才赋予其更高贵和圣洁的意义。

作者已在乡下的故园读书写作了七八年,尽管这使他得以远离城市的喧嚣;但作者"对那种纯粹的乡村情调和朴质到近乎平庸的生活,早已生出寂寞",②而那对白鸽的到来,则为作者寂寞的心灵增添了一抹生命的色彩。幼鸽清脆的鸣叫触动了作者内心深处的情感,于写作间隙,他时常投入欣赏鸽子"温暖的觅食"和"欢乐的鸣声",而后又心平气和地回归到创作的世界里。当雪白的幼鸽出现在墙头时,他这样写道:"从脑袋到尾巴,一色纯白,没有一根杂毛,牛乳似的柔嫩的白色,像是天宫降临的仙女。是的,那种对世界对自然对人类的陌生和新奇而表现出的胆怯和

---

① 陈忠实:《骆驼刺》,《陈忠实文集》第6卷,北京:人民文学出版社,2015年版,第138页。

② 陈忠实:《告别白鸽》,《陈忠实文集》第6卷,北京:人民文学出版社,2015年版,第37页。

羞涩，使人顿时生出诸多的联想：刚刚绽开的荷花，含珠带露的梨花，养在深山人未识的俏妹子……最美好最纯净最圣洁的比喻仍然不过是比喻，仍然不及幼鸽自身的本真之美。这种美如此生动，直教我心灵震颤，甚至畏怯。"① 陈忠实对两只幼鸽的描绘，展现出了一幅极其纯净与美丽的画面。他以其独特的文学笔触，将白鸽的纯美描绘得淋漓尽致，不仅仅是其外在的美，更深入地表现了白鸽身上散发的一种天然、纯粹之美。这种美，超越了语言的描述，触动了人心最深处的情感，引发读者对美好与纯洁的无限向往。白鸽不仅是自然界的一个生灵，更是一种美好与神圣的象征，它们的存在让我们对这个世界保持着一份敬畏与赞美。

　　站在原坡上，目睹着幼鸽的第一次飞翔，作者感受到生命的拍翅声在耳畔回响，眼前展现的是白鸽划过天际的优美弧线。这一景象如此感人，以至于让作者在夜晚无法入眠，"脑海里总是有两只白色的精灵在飞翔"②。作者以原上最美的季节来衬托他心中所钟爱的白鸽，白鸽在晚霞的映衬下，沐浴在橘红的光芒中，飞越那"如烟如带的杨柳"，飞越那"吐絮扬花的麦田"，飞越那"骊山的南麓"，飞越那"气象万千的山岭"。眼前这景象如同生命的赞歌，自然之美、生命之美以及作者情感的美在此交融融合，使作者情不自禁地感叹："世界对我来说就是白鸽。"③"直到惨烈的

---

① 陈忠实：《告别白鸽》，《陈忠实文集》第 6 卷，北京：人民文学出版社，2015 年版，第 40 页。
② 陈忠实：《告别白鸽》，《陈忠实文集》第 6 卷，北京：人民文学出版社，2015 年版，第 41 页。
③ 陈忠实：《告别白鸽》，《陈忠实文集》第 6 卷，北京：人民文学出版社，2015 年版，第 41 页。

那一瞬"①，黑色的幽灵突然袭击了一只白鸽，惨烈地留下了两根血染的白色羽毛飘落而下。作者不忍心看着剩下的另一只白鸽形单影孤，把它送给了邻家，与一大群杂色信鸽合群。可是突然有一天，这只已经接受了惨烈的一幕和痛苦的现实、很合群的白鸽，在生命垂危之际又回到了作者的后院。作者用颤抖的双手捧起这只惊恐的白鸽，突然发现，折磨那只孤单的白鸽的不是那黑色的鹞子，而是人的脏手。当白鸽告别了作者，作者也告别了白鸽，他的笔墨停滞了下来；但他与白鸽的情感已经紧紧相连。失去至爱的痛苦如同失去生命的一部分，令人刻骨铭心。

我们不禁被陈忠实所营造的美好氛围与抒发的纯洁情感所打动，他将喜悦与伤感融于笔墨之间，呈现出一种深刻的人生思考。这种喜悦与伤感源自美好的心灵体验与白鸽的存在。陈忠实通过调动自身的心灵与情感，使读者在不知不觉中受到作品情感的驱使和影响，与他共同体验喜悦与悲伤，为美丽的白鸽而欢喜，为失去美丽的白鸽而伤感。追求美、欣赏美往往伴随着心灵的创伤，这正是陈忠实力图表现的一种独特心灵感受。可以说，《告别白鸽》之所以如此打动人心，是因为它叙述了追求、拥有和失去美的独特心灵历程与体验，并从中进行了深刻的哲学思考。正如陈忠实所言，拥有美好时应做好失去的心理准备，因为失去美好会带来沉重的心灵代价，不只是因为白鸽而引发的，更是源于丰富的人生经历、强烈的心灵震撼和深刻的人生思考。

（三）《难忘一种鸟叫声》

陈忠实写于2012年7月的《难忘一种鸟叫声》，既是一篇生

---

① 陈忠实：《告别白鸽》，《陈忠实文集》第6卷，北京：人民文学出版社，2015年版，第42页。

活写实的散文，又是一篇充满情感抒发和艺术魅力的作品。通过对生活的观察和对情感的表达，陈忠实向读者展现了自己对家乡、对食物和对劳动的独特理解和感悟。《难忘一种鸟叫声》，乍一看标题可能会让读者误以为作者要谈论鸟叫声的消失或减少，从而批评人类文明对自然环境的破坏。但实际上，鸟叫声只是文章中的一个引子，它并不是作者要讨论的重点，其实是难忘那一段艰苦岁月。作者并非着眼于鸟叫声的减少或消失，而是以这种声音作为情感的催化剂，将读者引入他对家乡、生活和劳动的深情回忆之中。通过描绘鸟叫声、乡村生活、劳动与食物，作者表达了对这些元素的深深热爱和对生活的深刻思考。几十年前，中华大地饱受贫困与饥饿之苦，百姓的日子过得紧巴巴的，填饱肚子成为最大的奢望。然而，在这片贫瘠土地上，"算黄算割"的每一声鸟叫都像是一缕温暖的春风，撩动着作者的情感，传递着小麦即将成熟的欣喜，寄托着农民对改善生活的期盼。陈忠实自幼生活在乡村，对那段艰苦的日子刻骨铭心，他用细腻的笔触真实地描绘了那个时代农民的苦涩生活，呈现了农村生存的艰辛状况。陈忠实以自己的经历为素材，生动地描述了乡村生活中与麦子收割相关的情景，包括麦子成熟时"算黄算割"的鸟叫声、磨面做食物的过程、麦田里拾捡麦穗的辛苦等。这些细节充分展现了他对乡村生活的熟悉和真实感受，使读者能够身临其境地感受到乡村生活的酸甜苦辣。陈忠实描述自己童年时对食物的渴望和家乡的记忆，勾勒出了一个普通庄稼人家的生活画面，触动了读者对家乡、对童年的情感共鸣。他对麦子成熟的期盼、对面食的向往，以及对母亲烙制食物的记忆，都展现了对家乡和亲人的深厚感情。

  这篇散文以鸟叫声为媒介，而实质上，它带领读者踏入了作者内心深处的世界，探寻着那段曾经的艰辛生活。鸟叫声只是一个触发点，引发了作者对童年时期的生活、劳动和食物的深刻回忆和情感体验。普通百姓生活在一片贫困和饥饿的阴影下，他们生计艰难，生活紧张。在那个时代，割麦的盼望和拾麦的辛劳，伴随着每一声鸟叫，都在作者心中迸发出独特的情感。这篇以苦难为主题的散文，呈现了人们在黄土地上辛劳劳作的真实景象。它不仅是对生存状态的真实揭示，更是对人性的深刻探索和反思。通过对劳动者背负炎热天光、踏足炎热土地的生活场景的描述，作者展现了生活的艰辛和人性的坚韧，引发读者对生活、劳动和食物的深刻思考和感悟。通过对收割麦子的艰辛和唐诗的引用，陈忠实表达了"粒粒皆辛苦"的生活哲理，强调了劳动的价值和食物的珍贵。他通过自己的经历和感悟，向读者传递了对劳动者的尊重和对生活的感恩之情。

陈忠实以自己的亲身经历和感受为基础，通过细腻的描写和真挚的情感表达，将自己的内心世界展现得淋漓尽致。他对家乡、对食物、对劳动的热爱和感慨，通过文字传递给读者，引起了共鸣和思考。文中通过对具体情景和人物形象的描写，使得读者能够清晰地感受到作者的所见所闻。比如，描述麦田中劳动的场景，描绘母亲烙制锅盔的情景，以及通过看到一幅画引发的联想，都展现了作者丰富的想象力和文字表现力。陈忠实通过对乡村生活的描写，营造了一种朴实而又富有诗意的意境，他通过对细节的处理和对情感的抒发，使得整个散文充满了生活的气息和艺术的韵味，给人以深深的思考和感悟。文章以第一人称叙述，采用了朴素而真实的白描手法，将生活的本真呈现在读者面前。作者的情感真挚而深沉，没有矫揉造作，而是通过平静的叙述，表达了内心深处的忧思和感慨，使读者在平静之中感受到了生活的深度和广度，尽管文字间流淌着沉重的情感，却也带来了一种独特的诗意美感，让我们在阅读中感受到了生命的坚韧和希望的芬芳。

任何生命的存在都是自然的造化，都有其自身的价值；正如莎士比亚所言，"人是宇宙的精华万物的灵长"，人类对其他生灵的尊重就是对自身生命的礼赞，如同大地对天空的渴望，是一种内在的情感共振，是心灵深处的和谐之音。陈忠实对动植物的关注和呵护，不仅彰显了他独特的性情和追求，更体现了对生命自由和尊严的深切敬畏。他的文字中透露着对造物主的敬畏和对生命存在的珍视，这种尊重不仅是对其他生命形态的体贴，更是对自身生命存在的尊崇。陈忠实在1992创作的散文《又见鹭鸶》中写道："鹭鸶对人类的信赖毕竟是可以重新建立的。"① 在2001创作的散文《家有斑鸠》中又写道："然而实际想来，实现这样人鸟人兽共存共荣的和谐景象，恐怕也不是短时间的事。"② 作家对人与动物和谐相处的美好遐想跃然纸上。陈忠实在2002年7月9日写于原下的散文《遇合燕子，还有麻雀》中，通过观察"鸟客们"的垒窝、孵卵、育雏等生活，表现出对"鸟客"发自内心的喜爱，把与鸟相知当作他生活的一大乐趣。这些描摹人与鸟类交往的散文奔涌着作家真挚而深婉的情感溪流。正如刘勰在《文心雕龙·物色》里所感慨的"情往似赠，兴来如作"，人类将丰富的感情馈赠与世间万物，将会得到所触发的意兴的酬答，这是一幅情感共鸣的美妙画卷。

　　陈忠实在对万物生命的观照与感悟中不断地张扬着生命意识，他对树木花鸟的描摹，并非为了展示文人墨客的小情小调，而是重在表达一种生命发展的历程，一种生命个体在困厄的境遇中发现、锤炼直至升华自己的心路历程。无论描摹鸟类的生命形态，还是描述植物的生机活力，他都凝聚了自己深厚的情感。他

---

① 陈忠实：《又见鹭鸶》，《陈忠实文集》第5卷，北京：人民文学出版社，2015年版，第169页。

② 陈忠实：《家有斑鸠》，《陈忠实文集》第7卷，北京：人民文学出版社，2015年版，第100页。

笔下的每一棵梧桐、洋槐、枣树和柳树等乡间最普通不过的树木，都充溢着作家亲近生命、敬畏生命的深厚情怀。1986年，在一次谈及创作心得的交流中，陈忠实分享了他对文学创作的深刻认识："文以情动人。现在才更深一步理解到这个最普遍的道理，该是创作中的一种返璞归真现象吧？搞了十几年创作，发了一批作品，转了那么一个大圈子，现在又回到'以情动人'这个最根本的命题上来，真是有趣。"① 这番话不仅表现了陈忠实对于文学创作的深刻洞察，也反映出他对于情感表达的高度重视。陈忠实《白鹿原》之后的散文作品，更是将这一创作理念贯彻得淋漓尽致。在他的笔下，自然界的每一物都被赋予了生命力和情感，他不仅描绘自然之美，更通过这些描写传达出对自然的热爱与怀念。这种对生活的真挚感悟和对自然的深刻情感，使得他的散文不仅令人赏心悦目，更触及心灵，引人深思。通过对自然美的描绘和情感的真挚表达，他的作品不仅美化了读者的精神世界，也引发了人们对生活本质的思考。这种以情动人的创作理念，让陈忠实的散文同他的《白鹿原》一样深具内涵与魅力，从而具有了不朽的价值，成为文学领域中的一笔宝贵财富。

三、对家乡"原上原下"的深情眷恋

陈忠实在他的散文中，以脉脉温情抒写着自己的"生命之原"。"生命之原"的彰显实际上就是他生命的延伸，是他生命不息的绵延流淌，是只有在那里生活过的人才会有的血脉情怀。陈忠实所生活的"霸陵原，雄踞于关中腹部，横亘于灞水与终南山之间，原体高平而谷岸耸立，显得浑厚而见气势，确实是一个巨大的存在。但在陈忠实的笔下，它并非单纯的自然物象，而更多是一种

---

① 陈忠实：《创作感受谈》，《文学家》，1986年第4期。

文化的和历史的象征。陈忠实像他所描写的那些人物一样，世世代代生于斯，长于斯，当他把自己半个世纪的人生体验对象化到白鹿原的巨大象征之中的时候，他也同时带进了对这一块土地的爱，带进了悠悠的乡心和乡情。"① 人民文学出版社 2015 年出版的 10 卷本《陈忠实文集》中，散文标题中直接带"原"字的有八篇，依次是：

2003 年 12 月 11 日写的《原下的日子》（第 7 卷第 232 页）；

2005 年 6 月 28 日写的《白鹿回到白鹿原》（第 8 卷第 106 页）；

2006 年 5 月 14 日写的《陪一个人上原》（第 8 卷第 147 页）；

2007 年 7 月 21 日写的《在原下感受关中》（第 9 卷第 41 页）；

2009 年 11 月 30 日写的《原或塬，是耶非耶》（第 9 卷第 118 页）；

2011 年 5 月 30 日写的《原上原下樱桃红》（第 10 卷第 67 页）；

2012 年 9 月 27 日写的《愿白鹿长驻此原》（第 10 卷第 161 页）；

2012 年 12 月 17 日写的《儿时的原》（第 10 卷第 168 页）。

此外，《一九八三年秋天在灞河》（第 2 卷第 471 页）；

2006 年 4 月 12 日的《关于一条河的记忆和想象》（第 8 卷第 134 页）；

2009 年 3 月 2 日的《难忘一渠清流》（第 9 卷第 106 页）；

2011 年 9 月 6 日的《我们村的关老爷》（第 10 卷第 101 页）；

2012 年 4 月 6 日的《年年柳色》（第 10 卷第 133 页）；

2012 年 8 月 14 日的《接通地脉，只因乡村情感》（第 10 卷第 157 页），也都是陈忠实写自己家乡原上原下的散文。

陈忠实对家乡怀有宗教般的虔诚，他曾深情地描述家乡对自

---

① 何西来：《文学鉴赏中的地域文化因素》，《文艺研究》1999 年第 3 期。

己的影响:"灞桥是我家乡,生我,养我,培育滋润了我。"[1]陈忠实将家乡的"原"视作生命的源泉,他的散文通过对"原上原下"温暖而细腻的书写,既体现了作者对家乡的深情眷恋,也透露着对生命、对自然的敬畏。同时,也展示了他对人类生命、生存诸多方面的思考,让读者在阅读中感受到了生命的深邃和自然的力量。

(一)《原下的日子》

散文《原下的日子》以凝重的笔调,写出了陈忠实在新世纪到来的第一个春节过后,回到祖居老屋的种种回望和沉思;标志着他苍劲挺拔、淡泊睿智散文风格的成熟。

白鹿原的旧宅老屋是陈忠实文学写作和精神生命中的一个原点,因为《白鹿原》这部"民族秘史",这部可以为他"垫棺作枕"的扛鼎之作就是在这旧宅老屋完成的。对这个宅院、对这个精神原点的深情眷恋自然而然地成为作家生命中难以割舍的情感。"我的这个屋院,曾经是父亲和两位堂弟三分天下的'三国',最鼎盛的年月,有祖孙三代十五六口人进进出出在七八个或宽或窄的门洞里。在我尚属朦胧混沌的生命区段里,看着村人把装着奶奶和被叫做厦屋爷的黑色棺材,先后抬出这个屋院,再在街门外用粗大的抬杠捆绑起来,在儿孙们此起彼伏的哭号声浪里抬出村子,抬上原坡,沉入刚刚挖好的墓坑。我后来也沿袭这种大致相同的仪程,亲手操办我的父亲和母亲从屋院到墓地这个最后驿站的归结过程。许多年来,无论有怎样紧要的事项,我都没有缺席由堂弟们操办的两位叔父一位婶娘最终走出屋院走出村子走进原坡某

---

[1] 陈忠实:《故乡,心灵中最温馨的一隅》,《陈忠实文集》第5卷,北京:人民文学出版社,2015年版,第398页。

个角落里的墓坑的过程。"①作者以虔敬的姿态回顾着个人的生命历程和家族的变迁，我们从中可以窥探到，千百年来关中平原甚或中国农村，村民们不懈努力的生命之旅以及以支撑着中国、传承着历史的顽强生命力。作者超越个人家族，融合社会历史的变迁来深刻思考着人生的意义。

"现在，我的兄弟姊妹和堂弟堂妹及我的儿女，相继走出这个屋院，或在天之一方，或在村子的另一个角落，以各自的方式过着自己的日子。眼下的景象是，这个给我留下拥挤也留下热闹印象的祖居的小院，只有我一个人站在院子里。原坡上漫下来寒冷的风。从未有过的空旷。从未有过的空落。从未有过的空洞。"②农村由人丁鼎盛逐渐走向令人忧郁的寥落境地，不禁引发读者对那种儿女子孙呼天抢地送别亲人的场面、那些延续了几千年的土葬民俗仪式，以及对现代化冲击农村的深刻思考。作者超越了个人情感，从民俗文化的角度记录"乡土关中"，进而展现"乡土中国"，使得散文的书写具有了人类学的意义。陈忠实用细腻的笔触描绘了原下老屋这一家园，却未能给人回归家园的归属感和安全感；暗含家园已逝，即便回归也已不复当年复杂而微妙的失落感，充溢着作家追缅往昔的怀旧情绪。

"我的脚下是祖宗们反复踩踏过的土地。我现在又站在这方小小的留着许多代人脚印的小院里。我不会问自己也不会向谁解释为了什么又为了什么重新回来，因为这已经是行为之前的决计了。丰富的汉语言文字里有一个词儿叫龌龊。我在一段时日里充

---

① 陈忠实：《原下的日子》，《陈忠实文集》第7卷，北京：人民文学出版社，2015年版，第232—233页。

② 陈忠实：《原下的日子》，《陈忠实文集》第7卷，北京：人民文学出版社，2015年版，第233页。

分地体味到这个词儿的不尽的内蕴。"[1]陈忠实通过描述自己站在原上祖居小院里复杂沉郁的心情,既彰显了对家族情感的珍视和尊重,也流露出对现实生活中种种瑕疵和不完美之处的觉察和体味。尤其是用"龌龊"一词表明对一段时日里现实生活的体味含蓄深远,可能涉及作者对家乡变迁、社会现实的观察和思考,也可能是对不尽如人意的现实生活的鞭挞,对个人内心世界的反思等等。这一意犹未尽的体味,为作品增添了深刻的思考和内省。

陈忠实在《原下的日子》里,为我们营造了一种在人性和生命意义双重视域下的冥思氛围,一个无限开放的思索空间。"这是我的家乡那条曾为无数诗家墨客提供柳枝,却总也寄托不尽情思离愁的灞河河滩。此刻,三十公里外的西安城里的霓虹灯,与灞河两岸或大或小村庄里隐现的窗户亮光;豪华或普通轿车壅塞的街道,与田间小道上悠悠移动的架子车;出入大饭店小酒吧的俊男倩女打蜡的头发涂红(或紫)的嘴唇,与拽着牛羊缰绳背着柴火的乡村男女;全自动或半自动化的生产流水线,与那个在沙坑在罗筛前挑战贫穷的男子……构成当代社会的大坐标。我知道我不会再回到挖沙筛石这一极中去,却在这个坐标中找到了心理平衡的支点,也无法从这一极上移开眼睛。"[2]作者面对今昔对比的乡土变迁和城乡的巨大差异、巨大悬殊而思绪万千,他努力地在内心的矛盾中寻求着平衡点;然而却发现无论家乡如何变化,他的心永远受着那片土地源源不断的哺育。陈忠实的回忆中,蕴含着他对生命本质和生命走向的深刻思考,以及对生活、生命的持续关注和审视。作者在复杂矛盾的心理斗争中回望故乡,一方

---

[1] 陈忠实:《原下的日子》,《陈忠实文集》第7卷,北京:人民文学出版社,2015年版,第233页。
[2] 陈忠实:《原下的日子》,《陈忠实文集》第7卷,人民文学出版社,2015年版,第235页。

面怀念原下原有的生活样貌,另一方面又开始在忧虑中逐渐适应与接受乡土的变化。

陈忠实对自然与人的融合情有独钟。他用温馨而饱含深意的笔调描写原坡,却又在不经意间触动人的心灵。他的散文因融入了他丰富的生命体验而意蕴深刻并色彩斑斓。最终他这样描写他在原下的日子,"夏日一把躺椅冬天一抱火炉。傍晚到灞河沙滩或原坡草地去散步。一觉睡到自来醒。当然,每有一个短篇小说或一篇散文写成,那种愉悦,相信比白居易纵马原上的心境差不了多少。正是原下这两年的日子,是近八年以来写作字数最多的年份,且不说优劣。""我愈加固执一点,在原下进入写作,便进入我生命运动的最佳气场。"① 只有在原下,陈忠实才得以如云卷云舒般沉浸在自由创作的境界之中,他凭借着丰富的生活经历,以独特的视角描述着当下生活,深入剖析并剥离内心深处的情感,并将自己独特的精神和情怀完美地呈现在散文之中。

在陈忠实的笔下,民风淳朴的乡村是令人向往的生命乐场,他眷恋着他的生命之原。在他着眼于对美好生活的回忆或是对历史的追忆时,他总是推崇一种更人性的自然表达。陈忠实在他的散文作品中,总是以独特的眼光寻绎着美好。这种美好的情结寄寓作品中,表述着他对生活的深刻领悟和品味,也增加了他作品的灵动与风骨。

(二)"灞河""樱桃""柳色"

陈忠实选取家乡原上栩栩如生的灞河、樱桃和柳色等丰富的意象,或探寻家乡的历史文化遗迹,或描摹五彩斑斓的乡村美

---

① 陈忠实:《原下的日子》,《陈忠实文集》第7卷,人民文学出版社,2015年版,第238页。

景；从字里行间浸透着作者对家乡深邃的缅怀之情和永恒的悠悠眷念。

《关于一条河的记忆和想象》写家乡的灞河。作者在文尾用点睛之笔告诉读者"这是我家门前流过的一条小河。""小河名字叫灞河。"[①]在开篇就道出了这条河在自己心中的分量："在我写过的或长或短的小说、散文中，记不清有多少回写到过这条河，就是从我家门前自东向西倒流着的灞河。或着意重笔描绘，或者不经意间随笔捎带提及，虽然不无我的情感渗透，着力点还是把握在作品人物彼时彼境的心理情绪状态之中，尤其是小说。散文里提到这条河，自然就是个人情感的直接投注和舒展了，多是河川里四时景致的转换和变化，还有系结在沙滩上杨柳下的记忆……"[②]灞河是陈忠实家门前流过的一条小河，他没有浓淡适宜地勾勒这条小河潺潺流过的美妙风景；而是用厚重的笔调诉说它悠久的历史、文化的传承以及在"我"内心深刻的含义。灞河流域是中华文明的圣地，"从公王岭顺灞河而下到50公里处，即是灞河的较大支流浐河边上的半坡氏族村落遗址。从公王岭的蓝田猿人进化到半坡人，整整走过了一百多万年。用一百多万年的时间，才去掉了那个'猿'字，成为真正意义上的人，真是太漫长太艰难了。我更为感慨乃至惊诧的是，不过百余公里的灞河川道，竟然给现代人提供了一个完整的从猿进化到人的实证；一百多万年的进化史，在地图上无法标识的一条小河上完成了。还有华胥氏和她的儿女伏羲女娲的美妙浪漫的神话，在这条小河边创造出来，传播开去，写进史书典籍，传播在一个有五千年文明史的民

[①] 陈忠实:《关于一条河的记忆和想象》，《陈忠实文集》第8卷，人民文学出版社，2015年版，第143页。

[②] 陈忠实:《关于一条河的记忆和想象》，《陈忠实文集》第8卷，人民文学出版社，2015年版，第134页。

族的口头上。这是怎样的一条河啊！"①陈忠实自豪地展示了灞河流域的远古文化遗存，真实而完整地证明了我国百万年的人类史、一万年的文化史、五千多年的文明史。灞河为陈忠实提供了源源不断的创作灵感，曾经贫困与落后的乡村，摇身成为城市人向往的世外桃源和精神归属。他详细记述了故乡拥有的炎黄始祖华胥氏的历史传说，津津乐道于半坡遗址陶器上人面鱼纹图案与伏羲女娲"蛇身人首"神话之间的关系，惊叹于公主岭蓝田猿人头骨的发现过程。他融合文献、考古、传说与亲身经历于一炉，通过华胥氏、《山海经》《史记》等历史典故去追寻这条河流的前世今生，不仅描绘了一条河的历史，也勾勒了一个民族的命运；彰显出作者深厚的历史文化底蕴，以及强烈的文化寻根意识。对灞河的人生记忆与历史的灞河给陈忠实留下的想象，互相交织互相融合；陈忠实在这记忆与历史的交织融合中，表现了对生我养我的这条河流的深邃感情，这感情是历史的流逝注入到血液里的文化传承。生于斯长于斯，回忆过往，陈忠实对这条河流的点点滴滴都充满了眷恋与自豪之感。

陈忠实在散文《在原下感受关中》继续写到了灞河，表达着原下故土给他的新的感受。故土的"原上原下"是他写作灵感的源泉，这里的一景一物，这里的血脉人情，是他永不枯竭的写作素材。"我家后院就是白鹿原的北坡坡跟，我从小就厌烦这道坡，跟着父亲上坡去劳动特别费劲；只有在不依赖这坡地吃饭穿衣的时候，我才有文人的雅兴生出来，欣赏原坡上的四时景致，也才发生了探问这个原的生活演进的隐秘。夹在灞河和浐河之间的这一方土地，我在其间奔走了整整五十年，咀嚼了五十年，写下了

---

① 陈忠实：《关于一条河的记忆与想象》，《陈忠实文集》第8卷，人民文学出版社，2015年版，第142—143页。

一篇篇或长或短的小说和散文。"① 陈忠实以动情的笔触展现了他在乡村生活过的这片"狭窄的天地",与他的创作之间不可割舍的千丝万缕的关系。作者慢慢发现,自己看社会的角度大都发生在脚下这块土地上,自己选取的写作对象也大都发生在脚下这块土地上。脚下的这片土地孕育着无数个鲜活的生命,而生活在这块土地上的许多人成为他作品的主角,他们的生活和经历正是陈忠实想要歌颂的。而灞河更是深深地影响着陈忠实的创作灵感,因为作者在那里生活过、工作过。因此,作家陈忠实对家乡"原上原下",每一寸故土的描绘,每一个生灵的刻画,都是一种无意识的选择,都是自自然然发生且持续发生着的事情。他品咂着家乡的"原"这片土地传承给他以及关中人的血脉和人情,为其辉煌的历史倍感骄傲;骄傲中涌动的深深的眷恋跃然纸上,也沁人心脾。

《原上原下樱桃红》展现了当下的白鹿原上,樱桃种植生机勃勃"红红火火"的景象。陈忠实通过对自己"难以化释"的樱桃情结的叙述,通过今昔对比,抒发了作家对当今原上原下樱桃盛世以及美好生活的由衷赞叹和欣喜之情。白鹿原上的樱桃种植由来已久。陈忠实早在1965年就在《西安晚报》上发表过一篇《樱桃红了》的散文,歌颂一位带领青年团员栽植樱桃树,立志建设新农村的模范青年。那是他初学写作发表的第二篇散文,虽稚嫩却铸就了樱桃情结。而加深加重作家这一樱桃情结的是穷困,文中写道:"我在白鹿原地区生活和工作大半生,沉积在心底的记忆便是穷困的种种世相。不单是我和我的家庭,整个白鹿原的乡民,

---

① 陈忠实:《在原下感受关中》,《陈忠实文集》(第9卷),人民文学出版社,2015年版,第42—43页。

从年头到年尾都纠结在碗里吃食的稀了稠了有了空了。"① 由于极端的农村政策,这时期樱桃树处于自生自灭的状态,有幸存留的樱桃换回的有限钱款,便是给发生疫情的牲畜作医疗费。在改革开放"天时"和白鹿原"地利"条件下,通过樱桃种植来脱贫致富,白鹿原得以扭转那种"穷酸"的生活面貌。几十年来,灞桥的领导不断调换,但都一如既往地发展樱桃园的建设。终于,樱桃园形成气候,逐渐发展成为产业化的规模,给原上的人们带来了良好的经济效益。原上的"难熬"的岁月,因为"樱桃"的种植迎来了可喜的新局面。这片原上的劳苦人民日子越来越好,更成为"城里人"观光散步的好去处。陈忠实也为白鹿原如今生机勃勃的气象而欣喜:"有朋友要约见,我便顺口说,如果事由不急,最好五月来,或清明前后来,或摘樱桃或赏花,坐在农家屋院或果园里说话,我会有最佳的情绪;相信南方北方来的朋友,也会感应而生诗性的灵气。"②

《年年柳色》通过陈忠实对家乡灞河岸边曾经独成一景的柳色的追忆,以及李白"年年柳色,灞陵伤别"的感悟,表达了对岁月流逝的思考、对乡村美好生活的浓浓情意,抒发了对家乡年年柳色的深深眷恋之情。陈忠实对家乡灞桥附近的柳色情有独钟,初春路边柳枝上泛出的一片鹅黄的嫩叶,打开了他尘封的记忆。在他看来,那承载着国人浓郁情感的如烟柳色,唯美浪漫又诗意盎然。于是,数十年来,灞河两岸柳色的盛衰变化在笔端氤氲徜徉思绪万千。初中时代,柳色绵延不绝,令人赏心悦目;高中饥荒时代,争相捋取柳枝嫩叶充饥,柳叶变食物,失却浪漫的痛切

---

① 陈忠实:《原上原下樱桃红》,《陈忠实文集》第10卷,北京:人民文学出版社,2015年版,第68页。

② 陈忠实:《原上原下樱桃红》,《陈忠实文集》第10卷,北京:人民文学出版社,2015年版,第72页。

记忆；20世纪80年代，作者刚回到灞桥古镇，令人陶醉的柳树大量死亡，柳树被砍、柳色消失，环境恶化；如今灞河两岸，满目翠绿，柳色重现。时代的变迁，岁月的沧桑；个人的经历，变化的柳色，如同翻阅历史的画卷，令人感叹万千，唏嘘不已。李白"年年柳色，灞陵伤别"的吟唱令人怅惘。在中国文人的眼中，"灞陵柳色"始终是一个泪水溴漫离情伤别的文化意象。这种伤感从汉文帝的陵墓、从《史记》中的"灞上"缓缓走来，有依依不舍的挥手告别，有撕心裂肺的生死离别。"可以想见几百年的王朝更迭中，灞河的河水里、石桥上、柳荫下落过多少泪水。"①从汉唐至今，灞桥在历史的长河中总是上演着生离死别，在这里留下了无数人伤别的泪水。无论时光如何流转，古人与现代人的离别伤感之情是相通的，来到灞河便不免会想起李白的"年年柳色，灞陵伤别"。作者感伤于历史变迁时空流转，但也释怀于人类情感的共鸣，进而抒发对昔日柳色及"诗性浪漫"环境的怀念之情。灞河岸边的柳色几经现代工业的污染而默默消逝，如今这里已经被打造成供人游览的灞河湿地公园。作者虽一时难以从印象里的灞河转换为眼前的景致，但或连片或单株的野生柳树，还是让作者找到了记忆中缺失的柳色。作者由衷地感慨："这里已经没有伤别，依旧着年年柳色。"②"豪华落尽见真淳"，散文《年年柳色》感情真挚而深切，细细品读，仿佛在聆听一位老者娓娓道来；虽略显沉重却感人肺腑。作者引用诗词、化用文史资料，彰显出深厚的文化底蕴。

散文《愿白鹿长驻此原》虽然也展示了今昔对比，更多的则

---

① 陈忠实:《年年柳色》,《陈忠实文集》第10卷,北京：人民文学出版社,2015年版,第136页。
② 陈忠实:《年年柳色》,《陈忠实文集》第10卷,北京：人民文学出版社,2015年版,第137页。

是通过描述如今白鹿原上创办颇具规模的民办大学思源学院，以及原的西部种植樱桃、葡萄等成果喜人的景象，体现了陈忠实对家乡这片土地新生活的真诚祝愿。陈忠实曾陪《白鹿原》剧组踏访原上村庄寻找外景，失望而归。"上世纪的白鹿村的影像荡然无存。""我不为剧组的失望而失望，倒为原上的乡党而庆幸，他们终于获得了安逸富足的生活，既不为锅里缺米缺面而熬煎，也不为屋漏而愁肠百结了。"[①]陈忠实发现作品《白鹿原》所描述的白鹿村已经不复存在，或许拍摄剧组会感到失望；但他心中反而充满了对乡亲们幸福生活的祝福之情。因为作者生活过的故土不再是贫瘠荒凉的景象，作者所关心的乡亲们也不再为贫困而忧心忡忡，而是终于享受到了安逸富足的生活。这片乡土曾经长年贫瘠，但面对时代的发展，如今焕然一新的面貌来得如此迅速。作者深刻地体验到了时代天翻地覆的变化。白鹿原因象征着吉祥安泰的白鹿而得名，陈忠实在欣喜之余，表达了"愿白鹿长驻此原"的美好祝福，抒发了对家乡白鹿原的深厚眷恋之情。

《儿时的原》再次通过追忆旧事，抒发陈忠实对白鹿原的眷恋之情。陈忠实通过此"原"与"塬"之辩，引发白鹿原的历史以及白鹿原名称的来历。通过回忆"割草·搂麦""祭祖""卖菜"和"木板·秧歌"等童年印象深刻的几件事，回望儿时在原上的生活。陈忠实以平缓的笔调，透过几个微小的片段将童年时光连接成一幅生动的画卷，流露出内心深处朴素的情感。散文《儿时的原》并无宏大的主题，却通过对怀念情绪的抒发，将作者小时候与"原"相伴的点点滴滴写得生动有趣、情真意切。

散文以独抒性灵见长，是最具个性化的一种文学体裁，最适

[①] 陈忠实：《愿白鹿长驻此原》，《陈忠实文集》第10卷，北京：人民文学出版社，2015年版，第163页。

于直接表露作家的情思品性。陈忠实书写"原上原下"的散文，以潺潺的语言娓娓而谈地描述了家乡灞河原上原下的历史变革、人文景观、乡土风物以及作家乡村生活的审美体验，既展示了家乡独特的风土魅力，又表现出作家对家乡灞河原上原下的深深眷恋。

四、西安的城与人

城市与乡村都是人类生存之地与栖居之所，对于作家陈忠实来说，灞河原上原下和西安的城与人都是他散文表现的丰富内容。陈忠实于1942年8月3日出生于西安灞河南岸、白鹿原北坡的西蒋村，2016年4月29日在西安逝世。作家陈忠实具有鲜明的"农裔城籍"的身份特征。高中毕业后他回到乡村任教，担任公社干部，四十岁时调入中国作家协会西安分会从事专业写作，直至担任陕西作家协会主席和中国作家协会副主席。陕西中部，包括西安、咸阳、宝鸡、渭南、铜川和杨陵六座城市在内，号称"八百里秦川"的关中地区是陈忠实一生的栖息之地。无论是生活在乡间还是后来进城工作，他的一生都没有离开关中这片土地。

陈忠实的作品虽多为农村题材，但城乡问题一直是他关注的焦点。正如作家自己所说："我没有拒绝现代文明生活的矫情。"[①]他一生穿梭于乡村和城市之间，面对城乡二元对立的格局，既没有"进城"后的焦灼也没有"还乡"时的不适。他犹如一条具有良好水性和富有生命力的鱼儿，能够适应不同水域的生活，自由地游弋于关中大地的城市与乡村之间，惬意地捕捉创作的灵感、

---

① 陈忠实:《娲氏庄杏黄》,《陈忠实文集》第8卷,北京：人民文学出版社,2015年版,第204页。

采撷生活的诗意。他宛如一只灵动的蝴蝶，轻盈地在城市和乡村之间翩翩起舞，无拘无束地吸纳着斑斓的美景与情感。

关中平原美丽的自然景观、社会风情和人文传统，构成了陈忠实的散文世界，丰富的乡村生活经历，是他散文创作的不竭源泉。古都西安曾有的盛世繁华、古代帝王的文治武功，同样是陈忠实散文创作的思想灵感；但他并没有津津乐道地沉浸于其中，而是不断地思索西安在现代及未来的发展。如果说陈忠实对乡村"原上原下"的深情眷恋，是其散文创作的"感性审美"，那么，他以当代知识分子的身份，对古城"西安"历史文化、社会人生以及未来发展的辩证，就是其散文创作的"理性沉思"。这种"感性审美"和"理性沉思"共同编织了陈忠实深蕴艺术魅力的散文世界，从而成为一道风格独异的文学风景。

（一）《俏了西安》

陈忠实在他的散文中，自由地书写着由生命体验而涌动的丰富情感和深刻思想。吴组缃说："散文仍然是随心所欲自由地写自己思想感情和见闻的文体。"[①] 对于现代作家而言，将自己的人生经验和情感经历转化为笔下的散文，这才是现代散文最可贵的审美呈现。在人与自然万物的交流互动中，情感的涌动往往是以不自觉的方式呈现出来的。在常人眼中极为普通的事物，之所以能够产生丰富的情感，主要是由于这些事物在人们心中记忆的沉淀或者文化内涵的积累，自然而然迸发出来心灵悸动和思考。

陈忠实在散文《俏了西安》中，观察品咂着古城西安三十多年的巨大变化，沉吟着古都修筑的历史，渴望昔日辉煌的再现：

---

① 吴组缃：《中国新文学大系 1927—1937 散文集一·序言》，上海：上海文艺出版社，1986 年出版，第 2 页。

"我也同时期望着,这座曾经在国家和民族的漫长的历史长河中的独有的辉煌,在现代西安人的手里得以重现。"①他仿佛一位站在十字路口的老者,以守望者的姿态凝视着西安。西安是一座拥有着深厚的历史文化底蕴的城市,在他的身后是悠悠三千年文明留给西安的繁华往事;而且西安也在发展之中,急骤的变化仅仅是二三十年间的事,呈现在他眼前的是这座城市三十多年间迅速变换的历史画卷。"正在发展的生活和已经逝去的历史才是透视一切的镜子。"②古都西安在带着历史性韵味的感叹中,抖落身上的尘土,迈开发展的步伐,在经济社会中完成传统与现代的融合。

陈忠实不仅在挖掘关中的历史文化资源中渴望再造昔日的辉煌,还委婉地批评了一些人对西安的城与人的偏见和误解。对西安端直的"井"字形大街的偏见,他调侃"以西安端直的街路而判定西安人属端直思维的人,其思维的简单和端直正好应该和西安的街道一样"。③对说西安的城墙是西安人思想保守、封闭,观念落后的象征,陈忠实反诘:"在开放的中国和中国的西安,在即将进入二十一世纪的临界线上,一座明代的古城墙怎么能封闭现代西安人的思维和西安人的观念?现代高科技现代网络信息现代新的知识,难道依靠马车和云梯翻越城墙闯入城门洞么?"④西安是一座拥有着悠久的历史和文化传统的城市,这种传统会不自觉

---

① 陈忠实:《俏了西安》,《陈忠实文集》第6卷,北京:人民文学出版社,2015年版,第130页。

② 陈忠实:《俏了西安》,《陈忠实文集》第6卷,北京:人民文学出版社,2015年版,第128页。

③ 陈忠实:《俏了西安》,《陈忠实文集》第6卷,北京:人民文学出版社,2015年版,第129页。

④ 陈忠实:《俏了西安》,《陈忠实文集》第6卷,北京:人民文学出版社,2015年版,第130页。

地、无意识地深深植根于人们的心中。对于生活在这座城市的普通市民来说，在这种无意识的思维条件下，他们如何感受和体验这座城市的历史文化非常值得深思。

在散文《俏了西安》中，面对西安的日渐变化，陈忠实表现出复杂而矛盾的情绪，进一步激发了他对西安在时代浪潮推动下，不得不改变的深深焦虑与忧思，以及对重振辉煌的期待。这种乡土情感的产生源于感性，但通过作者的理性思考，却达到了对家乡的一种深深眷恋的高度。

（二）《活在西安》

陈忠实在另一篇散文《活在西安》中，同样以古今对比，表现了他从思想源头对重振盛世的思考，以及对西部能够重振"汉唐雄风"的期待。唐朝是中国历史上一个繁荣昌盛的时代，被誉为"盛世"；西安作为唐朝的都城，见证了这个伟大时代的辉煌。陈忠实被一部历史题材的电视剧《大明宫词》所触动，引发了他对西安，这座历史上辉煌灿烂的唐朝的都城的无尽遐想："简直不可想象也不可思议，西安曾经在千余年前那么风光那么神气过？"[1]一座城市能够凝聚作者如此多的情感，不仅仅因为它是作者的故乡，而是因为它承载了中华民族历史上最辉煌的时代——汉唐盛世，它饱含着千年文明的底蕴。"那个时代的唐都长安的繁荣和文明，我是无法想象的。据说包括日本等周边邻国和以卷发深眼美髯为特征的波斯人，求学经商学佛取经以及朝拜者无以计数……高度的文明和超级的繁荣产生吸引力，也拥有自信、雍

---

[1] 陈忠实：《活在西安》，《陈忠实文集》第6卷，北京：人民文学出版社，2015年版，第175页。

容大度和巨大的包容性，对外可以容纳整个世界的外宾……"① 在这座古城中，每一寸土地都沉淀着历史的繁荣与辉煌，每一处景致都在述说着千年岁月的沧桑变迁。"千余年来，这个长安一步一步萎缩下来，明洪武年间重新整修的保存至今的这一圈城墙，尽管在全国属于独一无二的规模最大最完整的古城墙，其实仅仅只是唐长安城的七分之一……真是无可奈何花落去……"② 对于陈忠实而言，他对西安的情感就如同很多中国人对西安的感触一样，这里始终跳动着中华民族的脉搏。在这些历史的光影中，作者感受到了自己与中华民族共同的血脉、共同的荣耀，以及对这片土地深沉的眷恋和情感的凝聚。对于这座城市的眷念就等同于对历史岁月、对传统文化的眷念。

在散文《活在西安》里，陈忠实并不是一味地沉溺于古城西安的繁华盛世，而是对西安在唐朝以后的日渐萎顿，以及当下外来西安的某些人的误解和偏见进行理性的沉思。"最可怕的萎缩在心理和精神上，自信不起来，雍容大度也流失一空了，落后陈旧所酿制的过时的腐气和霉气挥斥不去。""甚至连落后地区的本地人也常常自我嘲讽和自轻自贱。"③ 与散文《俏了西安》一样，针对西安城墙的方正造成了西安人思维的封闭、西安端正的"井"字形街道造成西安人思维的简单的偏见，陈忠实再次进行委婉地反驳："如果这话可靠这个诊断准确，我真想建议省和市的领导拆除城墙，同时把'井'字街道改造成曲里拐弯的形状来，起码让

---

① 陈忠实：《活在西安》，《陈忠实文集》第 6 卷，北京：人民文学出版社，2015 年版，第 175 页。

② 陈忠实：《活在西安》，《陈忠实文集》第 6 卷，北京：人民文学出版社，2015 年版，第 175—176 页。

③ 陈忠实：《活在西安》，《陈忠实文集》第 6 卷，北京：人民文学出版社，2015 年版，第 176 页。

后世子孙从学步就开始走弯路动脑筋形成复杂思维。只怕未来的子孙嘲笑提出这个观点和实施这个药方的人同样犯下简单思维的幼稚病。没有办法,活在西安的我,现在还得忍受诸如这种简单到轻薄的思维的轻视。"①在反驳的同时,作家也抒发了自己无可奈何的心情。

显而易见,作为生活在西安的本地人,陈忠实对这座城市有着深沉的热,正如艾青的诗句"为什么我的眼里常含泪水?因为我对这土地爱得深沉……"②对他来说,小到一条街道、一堵墙,都是发自真心的热爱,这是西安人精神能量的源泉,激发着西安人的热情和归属感。尽管西安这座城市正处于不断的发展中,西安人正生活在传统与现代交融的环境中;但陈忠实认为发展与传统不是对立的。相反,传统在西安人心中根深蒂固,是一种内在的核心力量,与城市的发展相辅相成,为他们提供着持久的情感依托。西安的历史记忆与想象总是让人们不由得想到"长安",用对长安的一种想象的眼光去观照现代化进程中的西安。而在古都身份之外,现在的西安正在稳步高速的发展之中。在西安生活一段时间,就会深刻体会到"传统"与"现代"交织成了生活的常态。这座城市以历史传承下来的包容和理解为基石,使得历史没有在现代化进程中消失,同时也确保现代化不因为过度凝视历史而停滞不前。陈忠实在想象唐代自信、雍容大度、包容性的品格和时代精神的同时,也寄希望于能够重振汉唐雄风。"近年间,省和市的党政领导不断更替,然而一个决心却一脉延续下来,这就是:重振汉唐雄风……作为古长安和广而大之的三秦地域的当

---

① 陈忠实:《活在西安》,《陈忠实文集》第6卷,北京:人民文学出版社,2015年版,第176页。

② 艾青:《我爱这土地》,《名家析名著丛书艾青名作欣赏》,北京:中国和平出版社,1993年版,第180页。

代领导人，以如此的雄心和使命感去奋斗那个汉唐雄风的目标，确是令人鼓舞的。"①"汉唐雄风，一个遥远的梦。当今中国的发展方略能够产生这样的梦，也能实现这个美梦……"②

（三）关中西安的辩证

陈忠实是关中这片土地的子民，是一位具有浓郁地方色彩的作家。他的一生都在感受着西安、关中乃至陕西的民情和风俗，都经受着这里延绵不断的历史和文化精神的熏陶。他的血液中始终流淌着关中地域精神，关中西安的汉唐风韵、古都遗风，更是深深地融入他的血液里的文化情怀。

陈忠实的"关中辩证"系列散文，展现出了其散文创作的另一大特色。这类散文不同于他对关中之地风景人情的书写与对故土眷恋之情的抒发；而是对涉及关中人和关中之地，带有争议性或者偏激的观点，进行更深层次的哲理性思考。这类散文以理性辩证的视角，深入探讨关中大地的文化和习俗，展现出陈忠实的思辨性态度和对关中之地的自豪感。这种辩证思考带有很强的理性精神，内容充实且有条理，体现了陈忠实对关中乡土整体、理性的思考过程。陈忠实的"关中辩证"系列散文共有七篇，依次为：《为城墙洗唾》《黏面的滑稽》《遥远的猜想》《孔雀该飞何处》《乡谚一例》《也说乡土情结》和《两个蒲城人》，其中围绕西安的辩证有以下四篇。

在《为城墙洗唾——关中辩证之一》中，是对因为西安的古城墙给关中人乃至陕西人贴上"封闭"标签的辩证。针对多年来

---

① 陈忠实：《活在西安》，《陈忠实文集》第6卷，北京：人民文学出版社，2015年版，第176页。
② 陈忠实：《活在西安》，《陈忠实文集》第6卷，北京：人民文学出版社，2015年版，第177页。

关中人乃至陕西人被贴上了"封闭"的标签，陈忠实通过辛亥革命和西安事变等历史事件，反驳了将西安保存完好的古城墙看作封闭的象征物这种随意的、不合理的说法。同时，他也提出了对研究关中和陕西人地域性特质，应该具备的科学严谨的态度："在现代化进程中强化其优势，减弱以至排除其劣势，是一个科学而又严肃的课题，对陕西走向繁荣和文明具有切实的意义。而图省力气的简单索象图解式的随意性，可能反而帮了倒忙，更不要说朝城墙上吐唾沫的撒气卖彩式言辞了。"[①] 这种态度不仅能够解开现象背后的隐秘，更能够为我们揭示出这片土地上独特而富有魅力的精神面貌。

《遥远的猜想——关中辩证之三》是对于有关陕西人"中心情结"这一说法的辩证。有一种说法认为，陕西人尤其是西安人，对西安作为历史上十三朝古都的地位情有独钟，并且形成了一种无法磨灭的"中心情结"；但也因无法重拾失去的辉煌便走向心理负面，产生了心灵的"失落感"。陈忠实对这一"中心情结"的说法，从两个方面进行了辩证。一方面，唐王朝的瓦解已经一千余年，陕西人尤其西安人还被"中心情结"苦苦纠缠，这种说法未免太玄乎；另一方面，在二十世纪四十年代，村民眼里的西安也只不过是"大堡子"，也就是比自己生活的地方大一点，由此看来"中心情结"当是文化人遥远的猜想罢了。通过这两个方面的辩证，引起了作家对文化更深一层的思考："文化既可以是深邃的视镜，也是文化人可以自信可以自恃的一杖。眼见的事象，文化已变成了一只时兴的'热狗'，爱吃不爱吃都想品咂一下味道；文化可以成为唬人的巫词咒语，还能变异为包治百病包兴百业的

[①] 陈忠实：《为城墙洗唾——关中辩证之一》，《陈忠实文集》第 7 卷，北京：人民文学出版社，2015 年版，第 222 页。

膏药……只是在面对一方地域性群体性人群的心理秩序把脉时，切忌不着边际的联想，遥不相及的推理，不仅于心理秩序的实际相去甚远，也会把文化这根颇为神圣的'杖'弄得轻薄了。"[1]这种感慨体现了陈忠实对关中长久以来历史、文化传承的深沉思索，对"中心情结"文化失落的说法作了有理有据的"正名"；同时，作家对更深层次历史文化的正视问题也表现出了某种忧虑。

《孔雀该飞何处——关中辩证之四》是对西安大批人才流到沿海城市，被称作"孔雀东南飞"这种现象的辩证。所谓"孔雀东南飞"是全国，甚至全世界都在发生的现象，而并非西安独有。陈忠实首先从这一角度对西安进行辩证，然后解释这一现象产生的原因："一是寻求能充分发挥自己智慧和能量的物质条件，比如先进的实验设备和较为充裕的资金。二是和谐和单纯的心理空间，不至于把智慧和创造力消磨在蝇营狗苟的龌龊之中，而能使智慧和心劲专注地投入到发现和创造中去。"[2]陈忠实认为，全国人民皆有为追求更高的生活质量或价值，选择离开故乡、飞向更好的地方的现象，而不是仅仅西安人特有的现象，不应给西安蒙上地区色彩。他进一步强调"孔雀该飞何处，该栖哪条之上，这个自主权在孔雀们自己权衡与斟酌。"[3]在新时期以来，中国经济飞速发展的进程中，陈忠实对中西部人才"飞"往东部沿海的现象，持理解与宽容的态度，充分展现了他更加开放的心胸和豁达的眼界。

---

[1] 陈忠实：《遥远的猜想——关中辩证之三》，《陈忠实文集》第7卷，北京：人民文学出版社，2015年版，第229页。

[2] 陈忠实：《孔雀该飞何处——关中辩证之四》，《陈忠实文集》第7卷，北京：人民文学出版社，2015年版，第231页。

[3] 陈忠实：《孔雀该飞何处——关中辩证之四》，《陈忠实文集》第7卷，北京：人民文学出版社，2015年版，第231页。

《也说乡土情结——关中辨证之六》是对太过文人渲染的移民难以割舍的乡土情结的辩证。陈忠实指出，争相移民寻求更好的发展空间是世界性现象，离愁的眼泪是阻挡不了这种现象的。他批驳了在关于陕西或西安人的话题讨论中那些浮于表面的论调："在中国，常常听别人说关中人抱着一碗干面不离家，乡土情结最重了，因而保守，因而僵化，因而不图创新，甚至因而成为陕西发展滞后的一个重要原因。"① 他结合一些大城市的移民情况，批评一些文人过多渲染移民的"故土难离"。"文人情怀驱使下对移民泪眼的热闹渲染，却无心关注移民们开始鼓胀的腰包和明亮的楼房里已经获得的舒悦。"②

陈忠实的"关中辩证"系列散文，所表现出的对家乡之爱、尤其对古城西安的深厚感情是通过充满理性的思辨完成的。他以其独特的笔触，对关中地区一些肤浅和不负责任的评价进行了深入的哲学式思考，同时严肃地批判了那些漫无边际的联想和过于遥远的推理。作者对乡土之地表现出了更加宽容的态度，不论是对乡土的怀念、乡土所展现的贫瘠，还是对乡土发展前景的忧虑。作者经过沉思后都能发现这片土地的博大精深，并最终回归到关中大地，继续在希望中前行。系列散文"关中之辩"充分展现了关中地区和关中人独特的性格特质，这种特质是不容被误解的。这种乡土的特有坚毅品质具有深厚的历史积淀，可供作家陈忠实不断地挖掘，完成他从生活体验到生命体验的文学创作过程。

陈忠实在书写古城西安的散文中，由城及人、由人及城地评述了历史，审视了现实，展现了他对文化与人之间关系的多元思

---

① 陈忠实：《也说乡土情结——关中辨证之六》，《陈忠实文集》第7卷，北京：人民文学出版社，2015年版，第242页。

② 陈忠实：《也说乡土情结——关中辨证之六》，《陈忠实文集》第7卷，北京：人民文学出版社，2015年版，第243页。

考。文化在他笔下成为了一面深邃的镜子，他将对文化的关注与对西部人精神生态的关注融为一体，在对城乡文化的品味中探究人的性格，同时也在审视人的性格中反思文化的品格，使得他的散文呈现出独特的乡土文化情感。陈忠实通过品味西安这座城市去感知生活在这里的人，又通过对这些人的把握去体察这座城市的精神气质。这一过程不仅是作家对关中西安发展现实的审视，也是对历史发展勇于担当的表现。

五、乡关之外的国际视野

陈忠实也有几次走出国门的机会。从"原上原下"到古城西安再到关中大地，陈忠实的散文视野越来越开阔，尤其是他走出关中大地、走出国门后撰写的游记散文，融入了丰富的跨文化的视角和情感。这类游记散文主要有《访泰日记》，意大利散记两篇《中国餐与地摊族》和《贞节带与斗兽场》，美、加散记四篇《那边的世界静悄悄》《北桥，北桥》《感受文盲》和《口红与坦克》，俄罗斯散记两篇《地铁口脚步爆响的声浪》和《林中那块阳光明媚的草地》。在这些游记中，陈忠实并没有仅仅停留或沉迷于对所到之处所见所闻的浮泛描述，而是借此地点引发深入的思考，从而在平缓的叙述中，广泛地、由浅入深地，为读者展示个体生命深刻的体验，以及刻骨铭心的感悟。散文游记之地看似是乡土之外的"它地"，实则与乡土有着千丝万缕的联系。在异国景点，陈忠实以生命与人类共同情感为纽带，跨越时间与空间，记录下了异国他乡的历史遗迹；并通过这些历史联想到家乡、民族，从中寻找二者的异同，揭示苦难与人性，引领读者在历史中评判人性与真情，进行哲理性的思考。这种思考过程让作者从早期的人物与乡土之地的生活体验，逐渐跨越到对文化、战争、生命等主题的深刻思考，实现了从生活体验到生命体验的蝶变。陈忠实国际视野的散文创作并非以卖弄知识为主，而是呈现沉静且深刻的哲思，因而别具匠心，蕴含着独特的美学韵味。

（一）《贞节带与斗兽场——意大利散记之二》

1993年10月，陈忠实随中国作家代表团踏上了意大利之旅，参观了西西里、威尼斯、佛罗伦萨、罗马等名胜古迹。他没有像首次出访泰国那样撰写日记，而是把最触动心灵的故事凝结为两篇散文：《中国餐与地摊族——意大利散记之一》和《贞洁带与斗兽场——意大利散记之二》。

《贞节带与斗兽场——意大利散记之二》是对人性、妇女问题和世界和平的沉思。在意大利国家博物馆的墙上，陈忠实目睹了一件匠心独运的作品——贞节带，始料不及地与关中民间"酸黄菜"式笑话里的放心带不期而遇。这种钢铁制作的带有尖刺的贞节带，是罗马将士外出作战时给留守的妻子戴的；从将士们出征的那一天起，贞节带就被锁戴在妻子的阴部，而钥匙却被远征的丈夫带走。陈忠实为束缚在贞节带之下，忍受着心理和生理上巨大屈辱和痛苦的欧洲中世纪妇女深感痛心，如果某个将士战死沙场，他的妻子就要被这贞节带箍勒到死了。"腰际和阴部戴着这种钢铁锁链的女人如何睡觉怎么行走？如何日复一日无时无刻不在承受肉体的折磨和心灵的屈辱？漫长的人生之路对她们来说将意味着什么？"[1] 这是作家发自内心庄严的责问。那一刻，田小娥的形象闪现在作家眼前，"这个女人惹得某些脸孔一本正经而臀部还残留着'忠'字的当代中国人老大不顺眼"。[2] 罗曼的贞节

---

[1] 陈忠实：《贞节带与斗兽场——意大利散记之二》，《陈忠实文集》第6卷，北京：人民文学出版社，2015年版，第24页。

[2] 陈忠实：《贞节带与斗兽场——意大利散记之二》，《陈忠实文集》第6卷，北京：人民文学出版社，2015年版，第24页。

带与中国关中县志上的贞妇列女卷和贞节牌坊,有着"异曲同工之妙"。在扼杀女人的灵与性上,欧洲人用钢铁强行封锁,中国人用伦理纲常教化;枷锁容易打破,而伦理教化对思想的影响却是深远的。

我们从陈忠实之前的中短篇小说中,尤其是长篇小说《白鹿原》中,都不难看到他对妇女问题的重视和关切。在《贞节带与斗兽场——意大利散记之二》中,他聚焦于"贞节"问题,深入探讨女性遭受的性凌辱与剥夺。陈忠实在意大利看到贞节带时,心灵的悸颤程度,绝不亚于他在蓝田读《贞妇烈女》卷时的感受。如果丈夫战死,妻子的性自由将永远被剥夺,等同于她们作为女性的另一种生命形式也随之消失。在这种残酷现实中,陈忠实看到了人性的残忍和无情,看到了施加于女性的野蛮和暴力;而这一切都是源于爱的匮乏和人性的昏暴。

站在古罗马斗兽场上,陈忠实看到了人性昏暴的另一种形式。罗马的奴隶所承受的凌辱、虐杀和痛苦,绝不少于那些不幸的妇女,而这些人性之恶在当时却被视为合理甚至被尊崇。陈忠实再一次陷入冷寂的沉思,那些奴隶和妇女的不幸,都源自人类内在的野蛮本性。他联想到希特勒、墨索里尼……深刻指出,种种的灾难虽已过去,种种的罪恶也被钉上了耻辱柱;然而,事实上人们钉住的都不过是一张风干了的破皮。"幽灵呢?破皮风干之前原有的幽灵还有没有呢?会不会在某天早晨以一种更具蛊惑力量的装饰,重新向这个世界挥舞贞节带?"[1]这样的忧虑和诘问,绝非杞人忧天的庸人自扰。与贞节带类似的禁锢锁禁人的精神、束缚人的自由灵魂,甚至束缚人的身体,这些形形色色的禁锢并未

---

[1] 陈忠实:《贞节带与斗兽场——意大利散记之二》,《陈忠实文集》第6卷,北京:人民文学出版社,2015年版,第27页。

消失，过去的手段与今天的比起来，也只不过显得粗糙、蠢笨了一些而已。妇女的命运和遭遇，正如人类整体的自由与解放一般，是永恒而沉重的课题。

陈忠实在《贞节带与斗兽场——意大利散记之二》中用一种更广阔的视野去观察历史、体验历史。他像一个勘探者，引领我们穿越历史去寻绎精神的脊梁。这篇游记散文，融合人性的苦难、生命的救赎，带给我们深深的震撼，真切地表达了陈忠实对人类历史的理性沉思。

（二）《北桥，北桥——美、加散记之二》

《北桥，北桥——美、加散记之二》写陈忠实游览美国"独立战争"发端之地北桥，引发对历史发生事件的思考；尤其是通过一块铭刻侵略者入侵行径的碑文激发读者反思：应该以怎样的心境去对待历史遗留给人们的伤痛。

波士顿郊外的康克尔镇有一座小桥——北桥，二百二十年前，也就是1775年4月19日夜，北桥桥头打响了美国独立战争的第一枪；北桥从此便成为现代美国历史的启明星，成为美国最负盛名的桥。北桥现在是美国国家公园，至今依然保存着那场战争发生时的样子。河还是当年那条泥河，河岸上依然蔓草丛生、野苇摇曳。一座用粗刨的原木架构的小桥横跨其上，未经涂漆的栏杆经游人抚摸磨损得咪溜光滑，木纹清晰可见，仿佛诉说着岁月的故事。梭形鸟儿成群结队地掠过游人的头顶，从一片树林喧嚣着飞往另一片树林，留下清风拂过树叶的微响。这里，没有丝毫人工雕琢的痕迹，唯有自然的韵律在静谧中跳跃流淌。

桥头有一块纪念碑静静地述说着这里发生的故事，一尊民兵雕塑伫立在其中，仿佛在告诉游人"我就是故事里的主人公"。桥的另一端，是偷袭北桥而战死的英国士兵的墓碑，碑文大意是：

"这些年轻人跑了三千多英里从英国来到北桥,死在这里;此刻,他们的母亲还在梦里想念儿子哩!"[①] 轻风拂过墓碑,仿佛在为英魂吟唱一曲永恒的挽歌,唤起人们对逝者的惋惜与怜悯。在这沉静的桥头,历史的回响与自然的天籁交织成一幅令人遐想的画面。在这里没有骄傲,有的只是惋惜与怜悯;在这里没有诅咒也没有仇恨,诅咒与仇恨化作了宽广的胸怀和深沉的泛爱。当年,北桥侵略者的母亲怀念自己儿子时,不正是十年后诸多美国母亲在梦中怀念自己在越南战死的儿子吗?心境如此相通。然而,发动朝鲜战争、越南战争的美国早已迷失了那种人情人性,战争成为历史的疮疤,成为美国普通公民内心抹不去的伤痛。这块无仇恨的碑文,表达了用人性的宽容与人道主义的情怀对待战争、对待历史的态度。历史的对立与战争一样残酷,北桥人民对战争、对历史超越时空的通透,孕育了也将永远滋养这座纪念碑。用这种没有仇恨的纪念碑文、这样动人的惋惜和怜悯的口吻、这种人性和人道泛爱的胸襟,来对死亡的敌手表示哀悼,可能是对殖民者又是失败者最深刻也最深沉的心灵和良知的谴责。战争是人类的灾难,是人们心底永不磨灭的阴影,当硝烟散去,留给世人的是无尽的思考。北桥人民,以其宽厚悲悯之情怀,超越了尘世的俗念,彰显着大爱的精神。

作家陈忠实通过《北桥,北桥——美、加散记之二》这篇游记散文,提出了人类应该如何对待历史的伤痛来重塑未来,应该选择何种途径救赎自己和国人的思考。在历史的长河中,有人选择科学,有人选择教育,有人寻找爱,有人追逐美……这是一段漫长而孤独的旅程,充满着挣扎和痛苦,需要持续不断的探索。

---

① 陈忠实:《北桥,北桥——美、加散记之二》,《陈忠实文集》第6卷,北京:人民文学出版社,2015年版,第34—35页。

(三)《口红与坦克——美、加散记之四》

《口红与坦克——美、加散记之四》与《北桥，北桥——美、加散记之二》一样，都表现出了无尽的人间大爱，美国一尊雕塑引起了作者的情思，文中充满深情和极致的人间大爱，让人心生敬意。

1995年4月，陈忠实前往美国和加拿大访问，他惊叹于华盛顿街头的一尊现代派雕塑。这尊雕塑是一辆涂抹成铁黑色的实战坦克，坦克的炮管不是火炮，而是一支口红，口红的长短粗细恰如战场上的炮管。"我在第一眼瞅见它时，不仅没有丝毫焊接的感觉，而且有一种心灵深处的震撼，这震撼的余波一直储存到现在而不能完全消弭。"[①] 正是这尊雕塑的强烈印象，激发了作家的创作灵感，于是写作了《口红与坦克——美、加散记之四》这篇游记散文。

陈忠实以华盛顿街头的这尊雕塑为引子，描述了一辆坦克上安放着一支口红的场景，通过对口红和坦克这两个看似毫不相关的事物进行对比和联想，将口红和坦克这两种符号巧妙地融合在一起，唤起读者对社会现象和文化意义的深刻思考。他通过对坦克的描绘，突出了其作为战争形象所具有的杀伤力和威慑力，而将口红与坦克相融合，则呈现出一种对和平与美好的渴望与向往。奇特的造型和精妙的构思是特定时代的产物，陈忠实认为美国华盛顿街头的这尊雕塑反映了世界人民共同的生存理念和理想。他惊异于这座雕塑，能够在繁忙的华盛顿街头与川流不息的各色车辆和谐相处，并且成为城市中一道独特的风景。这让他不禁思考人类应该如何面对历史、面对战争，是以虔诚的态度忏悔？还是

[①] 陈忠实:《口红与坦克——美、加散记之四》,《陈忠实文集》第6卷,北京:人民文学出版社,2015年版,第52页。

进行深刻的反思？抑或是不断地遮蔽？《口红与坦克——美、加散记之四》与《北桥，北桥——美、加散记之二》一样，依然是对战争的反思，然而，这种反思并没有纠结于战争本身，更注重的是后来对战争的态度。作家陈忠实将德国战后与日本战后对待被侵略方的方式进行了对比，德国跪出了国家的大气和诚意，彰显了对历史真诚的反思态度；而日本则在靖国神社门口凸显了其灵魂的"小"。文中写道："那个靖国神社的门前广场，倒是应该有这样一尊坦克驮载口红的雕塑，让那些死去的罪恶的灵魂继续反省，也使那些活着的虚伪的灵魂反省出一个'小'来。"①

陈忠实通过散文《口红与坦克——美、加散记之四》揭示了战争与和平、暴力与美好之间的对立和冲突，反映了当代社会的价值观念和人性困境，最终通过对口红和坦克这两种截然不同的事物进行对比和联想，展现了艺术创作的力量和影响，表达了对和平与美好的向往和祈愿。在历史面前，我们不过都是沧海一粟、长河一掬，然而在历史长河中真正令人唏嘘的不是历史的成败功过、是非对错，而是这长河中的生与死，情与爱。正是源于对生命的本能的爱，才让生命绽放出耀眼的光芒。只有爱才能更体现人的完整性。在陈忠实的散文中处处闪烁着爱的光辉，亦蕴藏着一种参透人生的豁达。陈忠实丰富的人生阅历，让他的创作深度和广度都得到了延宕。

（四）俄罗斯散记两篇

2006年8月，陈忠实出访俄罗斯，撰写了《地铁口脚步爆响

---

① 陈忠实：《口红与坦克——美、加散记之四》，《陈忠实文集》第6卷，北京：人民文学出版社，2015年版，第53页。

的声浪——俄罗斯散记之一》和《林中那块阳光明媚的草地——俄罗斯散记之二》两篇游记散文。

《地铁口脚步爆响的声浪——俄罗斯散记之一》开篇先介绍了陈忠实他们到达俄罗斯所下榻的宇宙宾馆，这座建筑是上世纪80年代苏联为举办夏季奥运会而建造的。通过回顾苏联解体和奥运会的一些事件，展现了宇宙宾馆的历史感，表达了一缕世事兴亡历史沧桑的思绪。陈忠实没有选择莫斯科红场人们写烂了的风景，而是描写号称世界最深的莫斯科"地铁"；他介绍了莫斯科地铁的建设背景，包括其在斯大林时代的建造，以及建设过程中的一些故事，比如选择最终方案的经过。字里行间透露出敬佩赞赏之情："这是迄今为止世界上最深的一条地铁，建成近70年了，一直运行到现在，还是属于莫斯科载客量最大也最便捷的公共交通设施。"[1] 这篇散文以生动地描写莫斯科地铁站的场景为主，展现了作家对俄罗斯人民生活状态和城市活力的观察和思考。陈忠实形象地描绘了在地铁站看到的人流景象，特别是在早晨高峰时刻。"整个进站口里外是一片高跟鞋钉敲击地板的震耳的声响，唯独听不到一句说话的声音，更不要说吵闹、呼喊或喧哗了。我被眼前的景象和耳际的响声震惊了。"[2] 通过形容人们匆忙的步伐、快速的行进节奏以及充满自信的姿态，展现了莫斯科人的生活状态和城市的活力。他在散文中对一些关于俄罗斯人的传闻进行了质疑，"在这一时刻，我把一些有关俄罗斯人的传闻推翻了。人说俄罗斯人很懒。懒人怎么会有这样迫不及待的行进节奏和如同

---

[1] 陈忠实:《地铁口脚步爆响的声浪——俄罗斯散记之一》,《陈忠实文集》第8卷, 北京: 人民文学出版社, 2015年版, 第214页。

[2] 陈忠实:《地铁口脚步爆响的声浪——俄罗斯散记之一》,《陈忠实文集》第8卷, 北京: 人民文学出版社, 2015年版, 第214—215页。

征程上的脚底的脆响！"①关于俄罗斯人懒惰和酗酒的不准确传闻被推翻了，俄罗斯人展现出的是奋发向上和努力工作的态度。陈忠实特别关注了莫斯科和彼得堡年轻女性的时尚穿着，以及她们在清晨的阳光里，匆匆奔向地铁，赶往工作岗位时所展现出来的自信和活力。陈忠实通过莫斯科地铁口脚步爆响的声浪，感受到了俄罗斯人内在的劳动激情和创造力，这种独特的体验改变了他对"俄罗斯人很懒""俄罗斯遍地酒鬼"的偏见。他认为，这种劳动激情和创造力将推动俄罗斯人创造出更加美好的未来。作家陈忠实通过对莫斯科地铁朴实而贴切地描述，从日常生活中观察俄罗斯这一民族的精神状态；从而洞察一个民族的未来，展现了他敏锐的洞察力和对民族精神的深刻反思。

在《林中那块阳光明媚的草地——俄罗斯散记之二》这篇游记散文中，陈忠实感知着作家托尔斯泰伟大灵魂的神圣灵性。托尔斯泰所展现出的博爱、高贵和温暖，以及他的平民意识和自由精神；犹如草地上柔媚的阳光一样永恒不朽，这种灵性慰藉着每一个走过这片草地的人，温暖着每一位徜徉在他奇妙文字中的读者。陈忠实震撼于托翁院子里一棵挂着一只铜钟的枯树，"曾经有多少穷人贫民踏进这座庄园走到这棵树下，憋着一肚子酸楚和一缕温暖的希望攥住那根绳子，敲响了这只铜钟，然后走进了小楼会客厅，然后对着胡须垂到胸膛的这位作家倾诉，然后得到托尔斯泰的救助脱离困境"。②托尔斯泰属于贵族，是久负盛名的作家，却愿热情而慷慨地帮扶那些求助的贫苦人。竟然有那么多穷人带着内心的酸楚和温暖的希望来找托尔斯泰倾诉，这棵树把托

---

① 陈忠实：《地铁口脚步爆响的声浪——俄罗斯散记之一》，《陈忠实文集》第8卷，北京：人民文学出版社，2015年版，第215页。

② 陈忠实：《林中那块阳光明媚的草地——俄罗斯散记之二》，《陈忠实文集》第8卷，北京：人民文学出版社，2015年版，第221页。

尔斯泰与穷人平民联系在了一起。托翁晚年执意要亲手打造一双皮靴,当他把这双精心制作的皮靴送给一位评论家朋友时,"这位评论家惊讶不已,反复欣赏之后,郑重地把这双皮靴摆到书架上,紧挨着托尔斯泰之前送给他的十二卷文集排列着,然后说:这是你的第十三卷作品"。① 可见托尔斯泰晚年对贵族生活的背离,以及向平民阶层的转向;他亲手制作的靴子像他的其他的文学作品一样都表现出他的精神追求。在托尔斯泰的庄园,陈忠实的心灵获得了宁静。"我沉浸在野草野花和阳光里,心头萦绕着托翁为自己的庄园所作的命名,'林中那块阳光明媚的草地',真是恰切不过的诗意之地,又确凿是现实主义的具象。"② 在这里,托尔斯泰伟大的灵魂和高尚的人格无处不在,明媚的阳光和自由生长的草地象征着他的仁慈和平民精神。陈忠实将这一场景视为"现实主义的具象",他向往"高贵的灵魂",看到了托尔斯泰为人的"终极状态"——纯粹。走在托尔斯泰"林中那块阳光明媚的草地"上,陈忠实仿佛感受到了托尔斯泰的精神力量,体味到了文学的神圣和永恒,他未来的创作将与托尔斯泰的精神相呼应。"林中那块阳光明媚的草地"是托尔斯泰给自己庄园的命名,陈忠实的这篇游记也以此为题表达了他对托翁的赞美和景仰之情。

陈忠实的国外游记散文展现了一种独特的风格。他不是以旁观者的姿态审视外部世界,而是常常将自己融入所体验的环境之中。在与景物、文化的交流中,他不断反观自己,同时也审视自己所属的民族和文化。这种思想上的洞察力,使得旅行的时空被深刻地切割,凸显出其真实而丰富的内涵。作者展现出了广阔而

---

① 陈忠实:《林中那块阳光明媚的草地——俄罗斯散记之二》,《陈忠实文集》第 8 卷,北京:人民文学出版社,2015 年版,第 222 页。
② 陈忠实:《林中那块阳光明媚的草地——俄罗斯散记之二》,《陈忠实文集》第 8 卷,北京:人民文学出版社,2015 年版,第 224 页。

深远的精神境界，给人一种俯瞰地面的感觉，仿佛穿越历史与现实之间，在主客体的精神联系中徜徉游走。

陈忠实的散文视野开阔、有感而发，他将真诚的情感和理性的反思倾注于一篇篇信手拈来的"散文"中，书写着对于生命体验以及艺术体验执着的追求，展现着对于生命之旅和艺术之美的不懈探寻。他的系列化散文，更是展现了对生命、社会以及人性的深刻洞察。其中，"歪看足球"系列散文以其独特的角度吸引了众多读者的目光。陈忠实通过对足球这一全球性体育运动的非传统观察，引发了人们对于竞技精神和人生哲学的思考。他不仅仅将足球比赛看作是运动员之间的竞技，更进一步地将其与战争相比较，提出了在生活中避免犯规的思考，这不仅限于足球场，更扩展至社会的各个领域。他的这种独到见解，使人们在享受足球比赛的同时，也能够反思个人行为与社会规范之间的关系。另一系列值得一提的是"生命历程中的第一次"。通过一系列"第一次"的经历，陈忠实描绘了人生旅程中那些难忘的瞬间，每一个"第一次"都是对生命不同阶段的记录与思考。无论是第一次与外国人共进晚餐时的紧张和滑稽，还是第一次面对尴尬时意识到的生命教训，抑或第一次翻阅《贞妇烈女》感受到的悲哀与沉重，这些都极大地丰富了他的内心世界，并在他后续的创作中都产生了不可忽视的影响。陈忠实笔下，那些细腻描绘"关中民间食谱"的散文，深情地挥洒出对于那遥远且充满温情的贫困生活的怀念与眷恋。而那些关于陕西文化人的散文，更是展现了他在文学艺术道路上，多个层面的丰富与深入的艺术体验。陈忠实的散文，无论是对民间食谱的细腻描述，还是对地域性评价的深度剖析，都显示出他对文化细节的敏锐洞察和深刻理解。他能够从平凡的日常生活中，提炼出深刻的文化和哲学意义，这正是他文学作品的独特魅力。通过他的文字，我们仿佛能够穿越时空，亲身体验那些遥远的场景和情感，深入理解那些被时间淡忘的文化价值。

陈忠实通过他的散文，为我们展现了一个既深邃又广阔的世界。他的文字没有刻意追求形式上的华丽，没有陷入琐碎的细节描述中，更没有故作深沉的书卷气。相反，他的散文以一种小说家的宽广胸襟，深刻揭示了生活的本质和美，他让我们看到，即便是生活中最厚重、最平凡的部分，也能透露出一种非凡的美感。这种美，既是对生活深层次理解的反映，也是对存在本质深度探索的结果。在陈忠实的散文中，读者能感受到一种强烈的生命力和深邃的哲思。历览陈忠实的散文，无论是歌颂自然草木的顽强生命力，还是抒写朋辈师长昂扬向上的人生精神；无论是叙述对有限生命的深沉思索，还是表达对弱势生命的心灵关怀，其文字之中始终蕴含着一种强烈的生命意识，这种生命意识不仅彰显和宣抒着作家高昂的奋斗精神和内心涌动着的不竭的生命暗流，而且构成了陈忠实散文独特的精神符号。他的作品不仅仅是对现实生活的再现，更是对生活意义的深刻思考。通过平实而不失深度的语言，陈忠实成功地将我们引入了一个既真实又理想化的世界。

陈忠实的散文无论是描写、叙事和讴歌，还是沉思、议论和抒情，都始终表现出他独特的审美追求，即对生活真实和情感真诚的要求，对思想深度的追寻，对语言朴素的执着以及对独特生命体验的探索。陈忠实写出的这些"属于自己的最真切也最牢靠的关于生命和艺术的体验"[①]的当代散文珍品，构成了陈忠实的一部心灵史，正如他自己所说："到五十岁时还捅破了一层纸，创作实际上也不过是一种体验的展示。""体验包括生命体验和艺术体

[①] 陈忠实：《兴趣与体验——〈陈忠实小说自选集〉序》，《陈忠实文集》第6卷，北京：人民文学出版社，2015年版，第218页。

验而形成的一种独特体验。"①作家深知，生活体验成为他生命体验的必要途径，生命体验是从生活体验中发展而来的，而他的独特体验则包括了生命和艺术两方面。通过对艺术的持续学习、体验和追求，他的散文于生活的厚重中透露出"体验"所带来的空灵美。

陈忠实以一部《白鹿原》享誉中国当代文坛，其小说作品备受评论界关注。然而，纵观陈忠实的创作历程，会发现散文同样是他创作中的重要形式之一。早在小说问世之前，他就开始涉足散文创作，而且作品数量颇丰，特别是在《白鹿原》成名之后，陈忠实几乎将全部心力都倾注在散文创作之上，最终使得他的散文作品达到了更加成熟的艺术境界。

第二节　短篇小说的新探索

在完成了脍炙人口的《白鹿原》之后，陈忠实原本期待着以初次尝试长篇小说的热情继续他的创作之路。然而，事与愿违，他发现自己对小说创作的热情不仅没有增加，反而陷入了前所未有的低迷。这种状态一直持续到了2001年左右。就在那个时候，陈忠实的创作热情似乎重新被点燃，他的兴趣转向了短篇小说的领域。从此，他开始了对短篇小说的新探索，并陆续创作出了几部聚焦现实题材的新作品。长篇小说和短篇小说在创作上有着本质的不同，前者需要作者有更为宏大的构思和更细致的情节安排，而后者则更注重对一个瞬间或一个场景的深刻捕捉。陈忠实的这种转变，不仅显示了他作为一个作家的多样性和灵活性，也体现

---

① 陈忠实：《兴趣与体验——〈陈忠实小说自选集〉序》，《陈忠实文集》第6卷，北京：人民文学出版社，2015年版，第219页。

了他对文学创作不断探索和挑战的精神。在这一时期，陈忠实的短篇小说作品不仅数量上有所增加，而且在质量上也得到了广泛的认可。他的这些作品往往聚焦于社会现实，通过对普通人生活的细致描绘，展现了当代社会的复杂性和多样性。这些作品不仅丰富了陈忠实的文学世界，也为我们提供了一个观察和思考社会现实的新视角。

一、小说创作意识及状态的变化

在1993年的春天，陈忠实在一次充满深意的谈话中，向世界展示了他对接下来十年创作生涯的重要规划与展望。此时的他，正处在人生的黄金阶段——从五十岁迈向六十岁。在这个关键的十年里，陈忠实决定把创作的重点放在长篇小说上。这一决定，不仅基于对个人艺术追求的转变，更是经过深思熟虑后的选择。对陈忠实而言，选择将长篇小说作为创作的重心并非偶然，他的写作生涯跨越了短篇、中篇，直至长篇小说的多个阶段，每一次的转变都伴随着对新形式的热情探索和艺术上的自我挑战，尤其在完成了他的首部长篇小说之后，对于长篇小说这一艺术形式的兴趣和热情达到了前所未有的高度。陈忠实深信，长篇小说不仅考验着作家的写作技巧，更重要的是，它能深度探讨人生、社会、历史等多重复杂性，表达出更为深邃和广泛的人性思考。在他的文学探索旅程中，对于中篇小说的创作，陈忠实也积累了丰富的经验，并对其结构和艺术有着深刻的理解。这一切都为他后续转向长篇小说的创作奠定了坚实的基础。此外，陈忠实认为："未来——起码截止到六十岁这十年里，我将以长篇写作为主。原因有二，我刚刚试写了第一部长篇，对这种艺术形式兴趣正浓，我在出过一本短篇集之后便转入中篇写作，后来以中篇为主写了几年，写了九部中篇出了三本中篇集子，对中篇的结构艺术进行了一些探索。现在写成头一部长篇，心情颇类似当初写成头一部中篇的情景，对长篇的结构艺术进行各种探索的兴趣颇盛；在五十到六十岁这一年龄区段里，如若身体不发生大的病变，我的精力还是可以做长篇小说创作的寄托的，所以得充分利用这个年龄区段间的十年，这无疑是我生命历程中所可寄托的最有效的也最珍贵的十年了。所以打算在这十年里以写长篇为主。"[1] 然而，现实往往与理想有所偏差。生活中的各种经历和体验，让陈忠实在一段时间内对小说写作的兴趣急剧下降，甚至一度陷入了职业生涯的低谷。但这段艰难时期，并未能够打倒他，相反，它激发了他对散文写作的极大兴趣。正是这种转变，让陈忠实在艺术探索的道路上，展现出了不屈不挠的精神和难能可贵的适应能力。

大约在2001年，陈忠实的创作兴趣再次回归到短篇小说领域。他开始重新审视这种文学形式，显露出对短篇小说深沉的情感和兴趣。2003年4月5日，陈忠实在与武汉大学的李遇春博士进行深入交谈时表达了自己的思考和感受。他提及："一直到前年开始，我好像对短篇小说这种形式又重新发生兴趣了，写了包括《日子》在内的几个短篇，我觉得短篇这种艺术形式还是有很多值得重新探索的地方的。"[2] 2002年8月12日，他发表了一篇颇具深意的文章《文学的信念与理解》，在其中，他细致地叙述了自己对于短篇小说创作的新一轮探索。陈忠实在文章中坦诚分享了自己对文学创作的不变原则，即"未有体验不谋篇"。他指出："我的创作原则没有变，'未有体验不谋篇'。尽管这一个时期没有写小说，但是写了很多的散文，对于文学的思考自觉不自觉地从来没有间

---

[1] 李星，陈忠实：《关于〈白鹿原〉与李星的对话》，《小说评论》，1993年第3期。

[2] 李遇春，陈忠实：《在自我反省中寻求艺术突破》，《陈忠实文集》柒，广州：广州出版社，2004年版，第429页。

断过。就我而言，70年代末到80年代中期的写作，我感觉还是不断接近文学本身的过程，直到完成《白鹿原》，这个过程当为一个阶段的完成，也就是说完全接近文学的本身。"①陈忠实强调，新的创作欲望的涌现，对他来说，似乎是对创作理解的一种自然过渡。他的文学生涯始于短篇小说的习作，如今重新回到这一领域，他感受到了一种难以言喻的新鲜感。对陈忠实而言，自20世纪70年代末至80年代中期的创作历程，始终是一场与文学本质不断接近的旅程，尤其是《白鹿原》的完成，标志着这一旅程达到了一个重要的阶段，即彻底触及了文学的本身。

陈忠实在探讨短篇小说创作的过程中，表达了自己浓厚的兴趣和对这一文学形式的深刻理解。他认为，短篇小说的创作领域是宽广而无限的，这一领域为作家们提供了广阔的天地来展示他们的才华。他指出："现在我对短篇写作探索兴趣很大，短篇题材天地非常广阔，作家怎么写都探索不尽，尽管前人（中国人和外国人）创造了无以计数的短篇，仍然留给我们很大的创造余地，谁也不挤（影响）谁。"②他的这种看法，不仅展现了对短篇小说创作无限潜力的坚定信念，也反映了他对文学多样性和创新价值的高度重视。陈忠实深知，文学是一个不断进化和刷新的领域，每个时代的作家都能在这个领域中找到自己的位置，并为之增添新的光彩。他鼓励作家们勇于探索和尝试，不受前人作品的局限，创造出属于自己的独特声音。陈忠实在其文学创作的路上，始终对关中地区的现实生活保持着深刻的关注和敏感的触觉，这种关注程度甚至超过了他对历史题材的兴趣。他说："我过去一直关注

---

① 陈忠实：《文学的信念与理想》，《陈忠实文集》第7卷，北京：人民文学出版社，2015年版，第337—338页。

② 陈忠实：《文学的信念与理想》，《陈忠实文集》第7卷，北京：人民文学出版社，2015年版，第338页。

的都是现实题材,却突然写了一个《白鹿原》这样的历史题材,现在又重新面对我最容易触发心灵和神经敏感的现实生活,包括阅读报纸和感受运动着的生活。最近的五六个短篇都是这种题材的作品。"①

通过陈忠实的这番言论,我们可以看到,尽管历史题材能够为文学创作提供丰富的素材和宽广的视野,但对于陈忠实来说,现实生活的描绘不仅是他文学探索的核心,也是激发他创作热情的主要来源。陈忠实的这种偏好揭示了他对文学创作深层次的理解——文学不仅是对过去的回顾,更是对现实的深刻反映和思考。

自《白鹿原》问世以来,陈忠实陆续发表了17篇短篇小说。其中,在2001年之前,他共创作了8篇短篇小说,包括:《兔老汉》《山洪》《窝囊》《石狮子》《轱辘子客》《害羞》《两个朋友》《舔碗》,这些作品大多诞生于20世纪80年代末期。2001年后,陈忠实又相继创作了9篇短篇小说,分别是《日子》《作家和他的弟弟》《一个虚脱症患者的发言片断》《腊月的故事》《猫与鼠,也缠绵》《关于沙娜》《娃的心 娃的胆——三秦人物摹写之一》《一个人的生命体验——三秦人物摹写之二》《李十三推磨》。本书将对这些作品进行深入探讨。

二、现实变革中的生存境遇

经历了《白鹿原》创作的沉淀与积累,陈忠实在21世纪初的文学创作中再次焕发出生机。他将目光转向了短篇小说领域,敞开心扉毫不逃避地拉近与现实生活的距离,尽管小说作品数量有限,但其深刻反映了作者对时代进步及社会现状的深度关注。

---

① 陈忠实:《文学的信念与理想》,《陈忠实文集》第7卷,北京:人民文学出版社,2015年版,第338页。

他关注普通人最真实朴素的生存状态，直入现代文明与城市生活，思考并剖析现代生活的方方面面。在这些为数不多的短篇小说中，他一如既往地探讨着人的精神困境，以及在现实变革中所面临的生存境遇。《日子》《腊月的故事》传递出陈忠实对世俗中普通人的生活状态与生存方式的深切思考与价值判断；在平淡中透露着生活中那些不为人知的凄凉与艰辛。

（一）《日子》

《日子》完成于 2001 年 5 月 12 日，是陈忠实继《白鹿原》之后创作的第一篇小说，通过这部作品，他荣获了首届蒲松龄短篇小说奖，这是对他文学成就的高度认可。陈忠实在一次采访中分享了创作《日子》的初衷与灵感来源："那些与我同在一片土地上生活的人们，他们的生活态度和精神风貌令我深感敬意。虽然我无法为他们每一个人撰写传记，但他们生命中那些重要而感人的瞬间、那些充满个性和灵魂之光的细节，总是不断触动我的心灵。我想通过捕捉这些瞬间，以我的笔记录下他们精神上的不朽和崇高，作为对他们的纪念和敬仰。"短篇小说《日子》，就是一篇描写底层农民的境遇和心情的作品。

《日子》讲述了一对农民夫妇在滋水河河滩上艰苦挖沙的生活。他们每天重复着劳累而简单的工作，不梦想通过这项工作发家致富，而是希望维持家庭生活的基本平稳。然而，当他们高中一年级的女儿在分班考试中表现不佳时，父亲突然病倒了，三天三夜仅仅饮水，既不进食也难以入眠，只是默默地叹息，不发一言。这位平时在河滩辛劳时还能开怀大笑的男子，为何会落得如此境地？原因无他，只因他将所有的希望都寄托在了女儿的身上。陈忠实并没有简单化地叙述故事情节，而是采用了接近散文的笔法，通过"我"的视角，细腻地描绘了目睹的一幕幕，间接地传达了对社会的深刻批判。

小说中的"男人"是妻子眼里的"硬熊"，是一个很有个性的农民。他有着极强的自尊心，很难适应城里的打工生活，"有的干了不给钱，白干了。有的把人当狗使，呼来喝去没个正性。受不了啊！"① 于是，他就在农村跟妻子一起在河道里挖沙和淘沙，干着一种非常枯燥的活儿。

这个"男人"深知农民的艰辛生活和城市居民迥然不同的生存状态，但他并没有太多的牢骚。他接受了自己是农民这个身份，顺从着命运的安排。然而，他对于官员的腐败却极度不满，深恶痛绝。他在跟小说中的"我"聊天的时候，讲述了自己听到的关于腐败的种种新闻，"我给你说一件吧。县里开三级干部会，讨论落实全县五年发展规划。书记做报告。报告完了分组讨论，让村、乡、县各部门头头脑脑落实五年计划。书记做完报告没吃饭就坐汽车走了，说是要谈'引资'去了。村上的头头脑脑乡上的头头脑脑县上各部局的头头脑脑都在讨论书记五年计划的报告。谁也没料到，书记钻进城里一家三星宾馆，打麻将，打了三天三夜。第三天后晌回到县里三干会上来做总结报告，眼睛都红了肿了，说是跟外商谈'引资'急得睡不着觉……"② 官员的道德堕落和权力腐败，已经到了匪夷所思的程度，"男人"对于官员的腐败抱有极大的不满和愤懑。"你以为我还指望那号书记领咱奔'小康'吗？哈！他能把人领到麻将场里去。""我早都清白，石头才

---

① 陈忠实:《日子》,《陈忠实文集》第7卷，北京：人民文学出版社，2015年版，第5页。

② 陈忠实:《日子》,《陈忠实文集》第7卷，北京：人民文学出版社，2015年版，第7页。

是咱爷。"①男人流露出了彻底的失望和不满,就连最普通的农民,也失去了对腐败官员的信任。

这篇小说蕴藏着更为深刻的情感,那就是主人公对女儿深深的爱,以及对女儿未来生活的希望和焦虑。显然,这个"男人"对农村的前景毫无信心,因此他不愿意女儿再过上自己这样的生活,重蹈自己的覆辙。他将所有期望都寄托在女儿的考试上,当他得知女儿高一分班考试没能考好时,"硬熊"的心理就崩溃了,他因为这个实际上并不严重的打击而病倒了。"我"作为小说中的观察者和叙述者,"我也经历过孩子念书的事。我也能掂出重点班的分量,但我还是没有估计到这样严重的心理挫败"。"男人"对女儿的爱,是他内心最柔软、最温暖的一抹阳光;同时也使我们看见了农村底层人生活的艰辛。

这篇小说的叙事节奏如同一曲凝重而深沉的小调,蕴含着令人沉重和辛酸的情感内容:"我坐在沙梁上,心里有点酸酸的。许久,他都不说话。镢头刨挖沙层在石头上撞击出刺耳的噪声,偶尔迸出一粒火星。许久,他直起腰来,平静地说:'大不了给女子在这沙滩上再撑一架罗网喀!'我的心里猛然一颤。我看见女人缓缓地丢弃了铁锨。我看着她软软地瘫坐在湿漉漉的沙坑里。我看见她双手捂住眼睛垂下头。我听见一声压抑着的抽泣。我的眼睛模糊了。"②真正的痛楚往往是无以言说的,"他"心头的忧愁也难以述说。然而,透过作者的叙述和描绘,读者能够深切地感受到人物内心沉重的烦扰和焦虑。

在《日子》中,农村的凋敝与城市的繁荣,底层农民艰辛的

---

① 陈忠实:《日子》,《陈忠实文集》第7卷,北京:人民文学出版社,2015年版,第8页。
② 陈忠实:《日子》,《陈忠实文集》第7卷,北京:人民文学出版社,2015年版,第12页。

"日子"与官员腐败的"生活",大自然平静绚丽的景色与现实中喧嚣毁废的场景,对底层人的同情与对腐败官员的讽刺,"男人"对自己命运的坦然接受与他对女儿未来的忧心如焚等等这一切都形成了鲜明的对比。陈忠实以平静而尖锐的笔触,通过对比揭示了农民生活的艰辛和沉重,透露出作者对民生之艰的深刻忧虑,也反映了他对所处时代的认真思考和对社会现实的深切关切。通过具体的生活细节和人物命运,陈忠实展现了普通人面对生活挑战时的坚韧与希望,同时,也表达了作者对这些生活中平凡却伟大灵魂的敬仰之情。

写于新世纪伊始的《日子》还较早提到了农民工工资问题。男主人公宁愿长年在河滩辛苦捞沙、筛石,也不愿进城打工挣钱;城市的"干了活不给钱"让他望而却步。女儿的考试失败,他想着"给女子在这沙滩上再撑一架罗网",这就是农民对"日子"朴素的追求。他们在沙滩上捞挖石头,日复一日、年复一年,单调重复的劳作与沉重苦涩的人生,交织成了这对农民夫妻平淡无奇的日常生活。《日子》以朴实无华的语言,毫不留情地打破了人们对乡村生活的田园幻想,表达了对农民生存状态的深切关怀,它展示了短篇小说在艺术上的广阔性和深刻性,也见证了陈忠实不断超越自我的努力,以及对短篇小说创作本身深刻的思考。在《白鹿原》之后的小说创作中,陈忠实写得最出色的当属《日子》。

(二)《腊月的故事》

陈忠实的小说《腊月的故事》完成于2002年3月8日,如果说,《日子》反映的是农民困窘的生活,那《腊月的故事》则述说了城市中国营工厂工人同样压抑和艰难的生存境遇。甚至在《腊月的故事》的叙事中,透露着更为沉重和荒诞的意味。

在《腊月的故事》中,我们被带入了一个充满冲突与人性考量的北方乡村，通过郭振谋老汉一家的经历展现了时代的变迁与社会现实的复杂性。故事开始于寒冷的腊月早晨，郭老汉惊觉家中珍贵的耕牛在夜间被窃，尽管他急于寻找并报案，他的儿子秤砣却对此漠不关心，认为耕牛已经无法追回，而且警方也不会过于重视。这种代际间的看法差异凸显了乡村社会中传统观念与现实挑战之间的碰撞。随着故事的进展，焦点转移到秤砣身上。他宰杀了一只羊，并将羊肉送给了他在城里的两位好友，其中一个是在公安局工作的铁蛋，另一个是下岗工人小卫。在铁蛋家中，秤砣受到了热情的接待，然而在小卫家中，他目睹了一场表面慰问实则暗含利益交换的情景。小卫向秤砣吐露了他对这些行为的不满和无力感，表现出社会中底层人民面临的困境和无助。当铁蛋告诉秤砣小卫涉嫌偷窃，甚至偷了他家的耕牛，秤砣感到极度震惊和难以接受，但在考虑到旧日同学之间的情谊和小卫家的困难情况后，他选择了原谅。

在《腊月的故事》中，秤砣是农民子弟，而小卫则是工人子弟，两人曾是同班同学。秤砣曾见过工厂的热闹景象，而且对那里的生活心生羡慕。工厂里欢乐的声浪，曾经把秤砣弄得不知所措，因为与他从小生活的乡村相比，差异太大了。然而，谁能想到工厂昔日的繁荣很快就沦为往事，成为如今的唏嘘。"秤砣骑车通过偌大的厂区时，忍不住咋舌了，曾经令他眼热心也热过的景象，已经无可挽回地败落了，曾经在这儿体验过几个美好夜晚的乡村农民秤砣，现在发觉自己竟然对这儿有某些牵挂，忍不住连连咂着嘴，表示着含蓄的痛心。"[①] 在岁末迎新的时候，像小卫这样的工人，只能依靠工会的救济领取一袋面粉和两百块钱勉强度过春

---

① 陈忠实：《腊月的故事》，《陈忠实文集》第 7 卷，北京：人民文学出版社，2015 年版，第 41 页。

节。而与此同时,国营工厂的领导却成为了腰缠万贯的暴发户。小卫怀着愤怒和不平之情,向秤砣述说着这一不公的现实:"那个刘厂长,还是劳模,当着这个厂子的厂长,在外边给自己还办一个厂,凡是利润大的订单都转到他的小厂去生产。至于把本厂的外购材料弄到他的小厂有多少,谁也说不清。""再说今日来的送温暖的局长吧,说是更新产品,进口设备,贷款几千万,结果产品没出厂就捂死了。结论是市场变化神秘莫测,就完了。周游了欧洲,几千万买个'死洋马',反而从厂长升成主管局的局长了。""国家养了这么一竿子货,咱们小工人还能指靠这一袋米一块肉过年吗?哈哈!咱靠咱自个过日子。"[①]在《腊月的故事》中,陈忠实揭露了公饱私囊的腐败现象,同时也展示了工人阶层生活的悲惨和无助,在尖锐对照下,给人以强烈的震撼力。其实,在这个故事中,最令人震惊的并非权力阶层的腐败和道德沦丧,而是工人阶层在生活上的困窘,以及困窘之下的铤而走险。失去生活保障的小卫,竟然沦落到靠偷窃来维持生计的地步,他偷了农民的牲畜,甚至连好朋友秤砣家的牛也不放过。最终,小为被警察逮捕,从小康坠入困顿,工人阶层所承受的痛苦和失望,或许比自己的农民同胞更加强烈和深刻。

《腊月的故事》敏锐地捕捉了时代变迁中的社会问题,展现了民生困境的多维度。陈忠实通过这个故事,反映了善与恶之间的复杂人性冲突,并非简单的二元对立所能概括的现实。这部作品不仅反映了作者对时代脉动的敏感洞察,也体现了他对社会现实的关注和思考,具有不可小觑的文学价值和深远的社会意义。

《日子》和《腊月的故事》都以极其细腻和沉着的笔触,展

[①] 陈忠实:《腊月的故事》,《陈忠实文集》第7卷,北京:人民文学出版社,2015年版,第45页。

现出了强烈的时代感和真实性；同时也表达了对现实的焦虑，内蕴着同情甚至不满。但在主题深度上略显不足，缺乏更深刻的思考和更尖锐的反讽，以唤起读者内心深处的共鸣和反思。

三、对现实的柔性反讽

陈忠实在 21 世纪伊始所创作的短篇小说，触及社会生活的多个侧面，他以冷静理性的态度，捕捉历史或现实生活中典型微妙的细节，传达对传统道德价值或现代文明新的思考与感悟，呈现出一种自然平实和沉静雍容的气度。正如李建军博士所评价的："陈忠实并不是一个尖锐的反讽型作家。反讽需要与现实保持距离感，需要一种理性的怀疑意识和成熟的批判意识，但陈忠实与现实的距离太近，内心也缺乏那种犀利的锋芒和冷峻的态度。他晚年所写的小说里，固然也有反讽，但那是一种极为柔和的反讽，内里虽然含着讽意，却并不那么尖锐，力量也不那么强大。他的讽刺性修辞，仍然未脱'柔性反讽'的范围。"[1] 陈忠实在《作家和他的弟弟》《一个虚脱症患者的发言片断》《猫与鼠，也缠绵》和《关于沙娜》这几篇小说中，以轻松幽默、富有反讽意味的叙事方式，对人物进行批判和讽刺，同时也流露出无奈的怜悯与同情。

（一）《作家和他的弟弟》

《作家和他的弟弟》的创作完成于 2001 年 8 月 20 日。值得注意的是，《作家和他的弟弟》《一个虚脱症患者的发言片段》《关于沙娜》与《日子》一样，作家在作品中都扮演着核心的角色。

《作家和他的弟弟》这篇小说揭示了名声的双刃剑效应。故

---

[1] 李建军：《同情与反讽——论陈忠实晚期阶段的小说写作》，《当代作家评论》，2018 年，第 1 期。

事讲述了一位弟弟如何利用自己哥哥"知名作家"的身份,从银行获得贷款开办公司并最终以失败告终,反映了依靠他人成就而忽视个人努力的短视行为,以及社会对名人身份的盲目追捧现象。

权力的腐败不仅损害社会的公平正义和信任基础,也将会削弱个体的道德底线和社会责任感,对整个社会产生严重的负面影响,从而引发人性的普遍败坏。在《作家和他的弟弟》中,弟弟就是这样一个未能幸免、在不知不觉中染上了腐败病毒的底层人。陈忠实以轻松诙谐和讽刺的笔调,描述了一个挖空心思地去占公家便宜的"伟大的农民弟弟"。作家"我"的这个弟弟人不笨爱吹牛,好高骛远华而不实,但由于他脾气好,整天嘻嘻哈哈的,因此并不招人厌。他经常借助作家哥哥的影响力来占公家的便宜。比如他借用哥哥的名义,得到了刘县长的自行车,却把刘县长新自行车的零件与自己的旧自行车零件来了个大拆换,"车铃摘掉了。车头把手换了一副生锈的。前轮后轮都被换掉了。后轮外胎上还扎绑着一节皮绳。只剩下三角架还是原装货。真正是'凤凰'落架不如鸡了……作家'噢'地叫了一声,把攥在手里的酒杯甩了出来,笑得趴在桌子上直不起腰来:'我的多么……富于心计的……伟大的农民弟弟呀!'"[1] 然而,作家的弟弟不仅不感到惭愧,他还振振有词地为自己不正当的行为辩护:"'噢哟哟哟!'弟弟恍然大悟似的倒叹起来,'这算个屁事嘛!也不是刘县长自己掏钱买的,公家给他配发的嘛!公家给他再买一辆就成了嘛!公家干部一年光吃饭不知能吃几百几千辆自行车哩!我掏摸几个自行车零件倒算个屁事!'"[2] 这样试图证明自己道德合法性的狡辩,真

---

[1] 陈忠实:《作家和他的弟弟》,《陈忠实文集》第7卷,北京:人民文学出版社,2015年版,第19页。

[2] 陈忠实:《作家和他的弟弟》,《陈忠实文集》第7卷,北京:人民文学出版社,2015年版,第20—21页。

是让人哭笑不得。小说中的作家面对弟弟所信奉的"扭曲"的处世原则以及他的玩世不恭,深感无奈而又无计可施。小说中作家的知识分子立场陷入尴尬,这看似是人的异化,实质是社会生活规则的变异,是在规则变异的夹缝中诞生了投机者。

可见,权力腐败如同一股道德污染的洪流,渗透着整个社会;它会扭曲普通公民的道德观念,从而引发全民腐败的恶果。这篇小说结尾的对话更是给读者留下了不得不深思的空间,小说中的作家说:"我现在给你二百元,你去买新车子。你明日就把人家的零件送回去。"弟弟却世故地说"你这么认真反倒会把事弄糟了。"而且又嘻嘻哈哈起来,"刘县长根本没把这事当事……权当'扶贫'哩咯……"① 弟弟的话发人深省,经济与社会的变迁带来了一定程度上传统道德与价值观念的溃退,腐败如潮水般成为社会道德的玷污源,底层百姓身处其中难以幸免。尽管小说尚未深入到制度或人性层面加以阐释或批判,但其中所蕴含的文化意蕴却值得读者反思。小说中作家知识分子的立场表现出了尴尬,"作家瞅着嘻嘻哈哈的弟弟,想说什么也说不出来了,就走出了窑院。晚炊的柴烟在村巷里弥漫起来,散发出一种豆秆儿谷秆儿焚烧之后混合的熟悉的气味。作家还是忍不住在心里呻吟起来,我的亲人们哪……"② 腐败表面上看似乎是个人行为,认为解决个人的道德问题似乎可以克服腐败。但实际上,腐败与普遍的人性弱点息息相关,几乎可以视作一种特殊的心理现象。因此,揭露腐败需要从制度和人性两个层面进行批判。如果只从一个层面出发,就难以深入实质,不能完整地理解和解决腐败问题。

---

① 陈忠实:《作家和他的弟弟》,《陈忠实文集》第 7 卷,北京:人民文学出版社,2015 年版,第 21 页。

② 陈忠实:《作家和他的弟弟》,《陈忠实文集》第 7 卷,北京:人民文学出版社,2015 年版,第 21 页。

（二）《一个虚脱症患者的发言片断》

《一个虚脱症患者的发言片段》的创作紧接着《作家和他的弟弟》，也完成于2001年。相比较而言，这篇小说的讽刺显得尤为辛辣而尖锐，堪称陈忠实这几篇讽刺小说中的上佳之作。或许是长期身处作家群中，陈忠实对这类人的人格缺陷和道德弱点认识深刻，因此他的这篇小说写得细致真切，游刃有余且富有深意。陈忠实在该小说中，巧妙地塑造了一个自负且擅长夸大其词的"作家"形象。这位作家在公开场合不断自我吹嘘，毫不脸红心跳地编织谎言。小说构思巧妙，叙事干净利落。通过作家自吹自擂、夸大其辞、自我标榜的发言，与晚报记者的寻求真相的实证话语相对照，发现作家的发言与记者的实证调查相差甚远；从而揭示了作家自恋型的病态人格与精神上的"虚脱症"病象，讽刺了知识分子的虚伪品格。此篇小说以其细腻的讽刺手法，揭露了那些沽名钓誉、缺乏真才实学的文人的虚伪面貌，创造出了喜剧意味盎然的讽刺效果。

我们常常把高度自负，以自我为中心，过高地估计自己的能力，无视他人感受，夸大或者谎称自己成就，从而期待特别关注和崇拜的表现称为"自恋狂"。小说《一个虚脱症患者的发言片段》中的作家，可谓是典型的"自恋狂"。他自我轻贱，缺乏健全的人格意识和最基本的尊严。他无自我认知与价值评估的能力，也缺乏自信。他将自己想象成高尚成功的作家，而他所提供的细节和叙述，却是虚假和靠不住的，因此，他对自我的认知和想象几乎是扭曲的。他这样解释自己去菜市场的目的："最最重要的，我要体验人间烟火，菜市场是人间烟火最浓郁最旺盛的场合。感受买者和卖者的心态，我正是要在这里感受生活感受社会，与人民保持一种平等的关系。只有平等才能准确感受。因为进入菜市场，我在他们眼里就是一个消费者，一个普通市民，可以平等交换；在平等的交换中感受到的时代脉搏才是准确的。"① 然而，他缺乏最起码的平等意识。在一通自吹自擂的发言中，他反复以充满深情的口吻称呼"尊敬的首长和领导"，显得十分别扭，充满了讽刺意味。他似乎是只为那些地位高于他、权力大于他的人而活着。文学对他而言，只不过是一种狩猎名利的手段而已，他更在乎那些"尊敬的首长和领导"们的眼光，他将自己的价值和尊严建立在这些人对他的看法上。这个所谓"作家"，是许多人格扭曲和精神畸形的作家的象征。

《一个虚脱症患者的发言片段》揭示了对自我认知与评价扭曲的畸形病态人格，暗含了作者对传统文明道德与价值体系的呼唤与怀念。尽管陈忠实在作品中鲜少明确表达对传统儒家文化或伦理道德的评判，但他通过潜在的文化自觉意识，将这些道德观念与价值判断融入文本之中，以现实问题为切入点，引导读者自行挖掘内在的文化意蕴，呼唤传统道德的复兴与回归。从某种程度上，小说也存在批判力度与深度略显不足的问题。正如当代文学评论家李建军所说："陈忠实晚年的这几篇反讽性短篇小说，质量虽属中品，但锋芒和深度，仍然有所欠缺。其实，这也不是陈忠实一个人的问题，而是中国文学普遍存在的问题。我们缺乏第一流的讽刺作家和讽刺作品。我们的反讽要么流于轻飘飘的感叹，要么流于恶狠狠的调侃，缺乏真正意义上的幽默感，缺乏对人性同情的理解，缺乏对生活深刻的洞察。我们应该认识到，只有当一个时代作家的反讽意识充分自觉的时候，只有当一个时代的反讽文学足够成熟的时候，这个时代文学的整体成就，才会达到理

---

① 陈忠实：《一个虚脱症患者的发言片段》，《陈忠实文集》第 7 卷，北京：人民文学出版社，2015 年版，第 23 页。

想的水平。"① 一部小说所具有的批判性和讽刺性的深度,更能体现作家对当代社会现实关注和思考的深度,这是作家的期待也是读者的期待。

(三)《猫与鼠,也缠绵》

2002年7月27日陈忠实完成《猫与鼠,也缠绵》的创作。这篇小说讲述了一个农民小偷和公安局长之间的故事,小说情节简单,但却充满了讽刺意味。一公安局长因一个农村小伙多次盗取其放在办公室的钱,最终被"双规";也就是一个体制外的小偷将一个体制内的"大偷"给曝光了,并将他送上了审判台。而极具讽刺意义的是,在这个公安局长被抓的当天,报纸上还在刊登颂扬他勤政廉洁的文章。"缠绵"二字,蕴含幽默、讽刺的味道,主要体现在公安局长审讯小偷的过程中,两者心理的转换和较量。鼠一刹那间成了猫,猫一瞬间沦为鼠,彼此地位的转换非常迅速又令人啼笑皆非。猫即鼠,鼠即猫,彼此之间的界线是模糊的,这种"缠绵"的关系蕴含着幽默和讽刺,也道出了其中的深意。

在《猫与鼠,也缠绵》这篇小说中,因为小偷的盗窃行为揭露了公安局长的贪污受贿,这两个看似毫不相干的群体,却引发了出人意料的情节转折。看起来有些荒诞,却使小说充满了悬疑。小伙子是一个在公安局的锅炉房烧了十几年锅炉的农民工,或许是因为天天与警察在一起的缘故,他的内心并没有对他们产生神秘或恐惧的感觉,他仿佛对这里的每个人都了如指掌,知晓他们那些不可告人的秘密。他将目标锁定在了公安局长身上,连续多次潜入他的办公室偷窃。这可真是老鼠居然钻到猫窝里偷食了!

---

① 李建军:《同情与反讽——论陈忠实晚期阶段的小说写作》,《当代作家评论》,2018年,第1期。

终于，他被当场捉住。然而，在接受审讯时，他竟然要求"见局长"。这就是小说一开篇所描述的："'我要见局长。'小偷说。'你说啥？我没听清楚你再说一遍。'李警察猛乍从椅子上跳到地上，大声反问。"① 小说开场第一句话就充满了悬念。这个机智孤胆的小偷，其实是想利用自己手中的证据将公安局长逼入困境，拿捏住他以求自救。局长竟然答应了亲自来审他。局长审讯小偷这一段，陈忠实写得极为精彩：局长先采取怀柔政策，试图感化小偷；见他不为所动，便"啪"地拍响了桌子："我把你狗东西毙了！""明天这事儿一传开，看看这些干警把你砸死！""你们村子的农民知道你竟敢偷公安局，看看谁还会把你当人看。你爸你妈你媳妇，谁在村里还能抬起头来？"② 小偷这才丢出蓄意已久的暗器："局长，我偷过你。"他告诉局长，他偷局长的次数最多，其中两次的金额还相当可观，达到了五位数。就在局长试图从心理上制服小偷时，小偷却从局长关于"零用钱"的谈话中，从局长"最后一瞥的目光"中，窥见了他的罪恶，看透了他内心的虚弱和恐惧。小偷终于明白了："他和我一样其实都是鼠哇！"③ 三天之后，局长被"双规"了。"小偷交代说，他偷过局长十二次，累计偷得六位数的赃款。他偷第一次时，局长还是办公室副主任。局长升主任时，他偷过。局长升副局长时，他也偷过。局长升成局长时，他仍然偷。无论偷多偷少，局长都没报过案。局长在'双规'期

---

① 陈忠实：《猫与鼠，也缠绵》，《陈忠实文集》第7卷，北京：人民文学出版社，2015年版，第51页。

② 陈忠实：《猫与鼠，也缠绵》，《陈忠实文集》第7卷，北京：人民文学出版社，2015年版，第60页。

③ 陈忠实：《猫与鼠，也缠绵》，《陈忠实文集》第7卷，北京：人民文学出版社，2015年版，第64页。

间交代,这些被偷的钱都是赃款……"①陈忠实通过对立场转换和荒诞情节的描写,以及局长的黄绿色帆布挎包作为象征物的反复描述,表达了辛辣的讽刺。这个过时的物品与局长的标志性警衣相呼应,曾赋予人们对他的敬畏与仰慕,只不过从今以后,这只黄绿色帆布包里装的不再是仰慕敬重,而是"老鼠和蛤蟆以及浸淫的耻辱和肮脏了"。②一只破旧的帆布包,成为了讽刺与耻辱的象征。

小说展现了陈忠实对人物故事的完美掌控,融合了黑色幽默与对现实的反讽。人物对话简洁而富有张力,交锋之中,悬疑感不断攀升,反转频出,引领读者一路追寻,直至恍然大悟。这荒诞故事的结局,将我们拉回现实,回到开篇陈警官的疑问。这小偷为什么吃了雄心豹子胆敢偷警察局?既是因为前有局长被盗后的隐忍不发,后有猫鼠同谋的致命筹码,给读者留下了思考的空间。

(四)《关于沙娜》

《关于沙娜》是陈忠实写于2003年2月12日的短篇小说。在陈忠实的笔下,《关于沙娜》这篇小说以其独特的叙事视角和深刻的人物塑造,勾勒出了一个立体且生动的农村女干部——沙娜的形象。小说一开始就叙述了作家秦也被沙娜所吸引,并承诺向书记推荐她成为乡长。书记的反应暗示着他对沙娜的了解早已深入,他对沙娜的性格和为人显然有着清晰的认识。因此,沙娜口中所谓的诬陷与"还臭我"恐怕并非毫无根据。在接下来的情

---

① 陈忠实:《猫与鼠,也缠绵》,《陈忠实文集》第7卷,北京:人民文学出版社,2015年版,第66页。

② 陈忠实:《猫与鼠,也缠绵》,《陈忠实文集》第7卷,北京:人民文学出版社,2015年版,第65页。

节中，石副县长的话恰好佐证了对沙娜性格的判断，可以说将沙娜的品行暴露得一览无余。文章末尾通过将"拐的"、旗袍和烤红薯与沙娜联系起来，深刻展示了她的形象：烤红薯的香气引人垂涎，而她穿着暴露的旗袍性感迷人，所谓的"拐的"是否有轻贱之说？这三个象征物进一步突显了沙娜的真实面目：她不惜一切为了谋取某个职位而巴结上级领导，不择手段地拉拢关系，甚至以不正当的男女关系来谋求自己的事业发展。文章结尾描述了沙娜被提拔为乡长，但并非在原来的三岔沟乡，而是被调派到五里坡乡担任乡长，也隐含着对沙娜不堪品性的展示。

《关于沙娜》描绘了官场中人与人之间微妙的心理和看不见的博弈。沙娜是一个性格外向而豪爽的乡镇女干部，她敢在饭桌上讲黄段子，能办成别人办不成的事。她所描述的自己，是一个虽然豪爽但绝不放浪的人。但是，在她的上级领导的眼里，却是一个"这人你甭再提""女人一般都不问这人"的有难言之隐的女人。小说中的作家秦业应沙娜的请求，向县领导推荐提拔沙娜为乡长，但却遭到了一致的拒绝，似乎所有领导都远离她，不愿与她扯上关系。据秦业所听到的传闻，沙娜就是一个很成问题的人，被提拔的可能性几乎为零。然而，一个月后，当秦业出国访问归来时，却惊讶地发现沙娜已经被提拔为乡长。生活和人性的复杂，让秦业这个专门研究人的作家也困惑起来。"秦业的眼睛凝固在那页简短的文字上，沙娜两个字在纸页上舞蹈，沙字蹦起来娜字落下去，娜字弹起来沙字落下去，沙字娜字一起弹蹦起来又一起落下去又并头弹蹦起来了，那页白纸像杂技场上的弹床，秦业被那两个弹蹦着的字弄得眼睛都花了，头也有点眩晕，就把眼睛移开，发现拿在左手里的烤红薯已经攥成一把泥，从手指间从后掌下流出来……"①小说中作家秦业的疑惑也是读者的疑惑，陈忠实是借助这篇小说评判、讽刺、抨击现实生活中为求官职攀高位的不当作风？还是另有寓意？其实是不太明确的。通过《关于沙娜》这一作品，陈忠实展现了自己对于社会现实的深刻洞察和文学创作的独到见解。

值得注意的是，在《日子》《作家和他的弟弟》《一个虚脱症患者的发言片段》以及《关于沙娜》这四篇小说中，都有一个"作家"的形象。小说通过对"作家"角色的多维度展现，不仅呈现了个体的心理斗争和社会的复杂关系，还反映了作者对当代文化、道德价值观的深刻洞察。这些作品之所以能够成为现代文学中的佳作，正是因为它们能够触及读者内心深处的共鸣，引发人们对于生活、道德和人性的深思。

四、对关中文化的执着探寻

作为关中大地的子民，陈忠实一生崇仰关中文化。在《白鹿原》之后的短篇小说中，他继续深掘陕西关中特有的民族文化和精神，并通过塑造英雄人物来传承和弘扬关中人民的精神文化气质和道德精神，使得这些英雄人物都充满了浓郁的地域特色。在一次访谈中，他说道："这些与我在同一片土地上生活过的人，令我心生敬仰，虽无力为他们立传，却又淡漠不了他们辐射到我心里的精神之光，便想到一个捷径，抓取他们人生中最重要的时刻，最富个性、最感动人的一二细节，写出他们灵魂不朽、精神高蹈的一抹气象来，算作我的祭奠之词，以及我的崇拜之意。"②陈忠实在

---

① 陈忠实：《关于沙娜》，《陈忠实文集》第 7 卷，北京：人民文学出版社，2015 年出版，第 80 页。
② 马平川：《精神维度：短篇小说的空间拓展——陇上对话陈忠实》，《文学理论与批评》，2008 年第 5 期。

后期创作的小说中，始终强调对人性的思考，始终关注人的生命成长历程及其生命体验。他聚焦于陕西的历史变迁，探讨了处于不断变革中的陕西以及永恒不变的陕西精神，同时也对陕西人民的群体心理结构所发生的转变进行了分析。他于 2005 年创作的两个短篇小说《娃的心娃的胆——三秦人物摹写之一》和《一个人的生命体验——三秦人物摹写之二》，就是选取了具有价值的和具有充分阐释空间的历史细节和片段，重点探讨了陕西独特的地域文化和精神特质。这些叙述帮助他重新审视了关中地区兴盛与衰落的历史演变，为读者提供了精神、观念、心理和文化上的支持，增强了文化自信。他深入关中生活审视自己的理解与判断，挖掘关中地区传统的精神财富；以生命经验来雕塑那些坚守并传承关中文明的陕西人形象。通过这些人物形象，他不仅抒发了对关中文明的浓厚情感，也表达了对民族文化信仰的强烈呼唤，引导人们重新审视和反思生命的意义和价值。陈忠实尤其痴迷秦腔，对于身处拥有千年文化底蕴的关中感到自豪无比。他在创作《白鹿原》时，在故土老宅里每天都要按时聆听一段秦腔，仿佛是在与历史的交响中沉醉。他笃定而真挚，以故土名人的轶事为灵感，创作了《李十三推磨》，歌颂了关中文化所孕育的儒士风范。尤其是对于剧作家李十三，他那投入戏剧的狂热与愉悦，足以让他忽略现实的痛苦和困扰，因为对他而言，保护原始的戏剧本比生命更为珍贵。

在《娃的心娃的胆——三秦人物摹写之一》《一个人的生命体验——三秦人物摹写之二》和《李十三推磨》这三篇小说中，陈忠实着重选取有代表性的细节来凸显英雄人物身上所具有的不同情怀。三篇小说皆围绕"死亡"这一核心情节展开论述，但与之前的作品不同，这里的"死亡"并非简单地描述生活的窘迫或生存的艰难，而是强调生命永恒的价值和死亡所带来的壮烈和激情。这三篇小说都具有独特的地域文化氛围，完全以陕西文化为创作基石。陈忠实以陕西历史中具有代表性的英雄人物为蓝本，并以启蒙性的叙事方式，超越当下，深入审视现实。他融合了纪实与虚构，从真实的历史事件和人物入手，挖掘民族灵魂的历史文化渊源，以此直面当代社会的道德困境和精神迷失。

（一）《娃的心娃的胆——三秦人物摹写之一》

陈忠实的短篇小说《娃的心娃的胆——三秦人物摹写之一》的创作时间是2005年3月9日，小说的故事情节主要集中在两个方面：一个是八百个抵抗日军的陕西籍娃娃兵，在被日军包围、弹尽粮绝的生命最后关头，毅然决然全部从山顶纵身跳入黄河以身殉国；二是孙蔚如将军代表中国军队，接受日军投降的令人荡气回肠的场面。前者将抗战的残酷呈现得淋漓尽致，而后者则闪耀着胜利的光芒。这些场景与事件，凸显了陕西人民坚毅的性格，以及他们为抗战胜利所作出的巨大贡献。陈忠实透过悲痛的历史叙述，深入思考并审视着现实生活。表现出个体生命在历史的洪流中所呈现出的微弱力量，以及这种微弱力量所迸发出的强大的精神能量，重申对古老悠久并融于民族血脉的文化精魂的悠思与向往。

陈忠实在《娃的心娃的胆——三秦人物摹写之一》中展示了他眼中的陕西人性格，就像小说中孙蔚如司令面对着所有陕西新兵所说的那样："咱们关中及至整个陕西人，自己都说自己是'冷娃'，什么'关中冷娃''陕西冷娃'。关中娃陕西娃，何止一个'冷'字哇！听见这个灞桥小老乡唱的他婆教给他的口曲了吗？心——高，脚——远，眼——宽，胆——大。这才是关中娃陕西娃的本色。"① 这些冷娃以鲜血和生命挡住了日本侵略者的前进步伐。小说中的一个细节描写尤为震撼人心——"司令跪下去了。""司令跪倒在黄河滩上。司令跪倒在黄河水和沙滩相接的水边。""司令跪下去之前，在水边的沙滩上伫立了一瞬，用左手系好粗壮脖颈上的风纪扣，双手轻轻地弹拶好戎装的前襟和后摆，几近一米九的雄壮巍峨的身躯就折腰屈膝跪倒了。他的身后，十余位师长团长营长和随员也都相继跪倒了。"② 这场景肯定了英雄群体的伟大，展现了八百个关中娃娃兵刚毅的性格。同时，也充分表现了陕西人民为抗战胜利所付出的沉重代价和巨大贡献。

　　陈忠实将陕西人置身于残酷的战争中，生动地描绘了他们的英勇顽强和视死如归的勇气，字里行间透露着陈忠实对陕西人的崇敬，以及身为陕西人的自豪，使小说充满了令人心潮澎湃的感染力。通过这种方式，他深刻强调了人性中的勇敢和坚韧，以及在战火中闪耀出的民族精神光芒。他这样描写日军投降签字仪式上的陕西人孙蔚如将军："孙蔚如司令坐在受降官席位上，一派凛然，显然不单是他近一米九的魁梧的身躯，更是他对曾经不可一世的疯狂野兽沉重一击的一身正气。在立马中条山的三年时间里，这个以杂牌军为主的第六战区，死守着陕西和西北的东大门潼关，使日军不仅过不了这个关口，而且死伤惨重，成为中国各大战区里日军死亡数字超过中国军队死亡数字的唯一战区。也许有整个世界反法西斯战争胜利的背景，也许美国扔到广岛和长崎的两颗原子弹的威力，然而，孙蔚如巍峨生威的躯体里所展现的是自信和自尊，在中条山在我军队的面前，你早已是死伤惨重

---

① 陈忠实：《娃的心娃的胆——三秦人物摹写之一》，《陈忠实文集》第8卷，北京：人民文学出版社，2015年版，第12页。
② 陈忠实：《娃的心娃的胆——三秦人物摹写之一》，《陈忠实文集》第8卷，北京：人民文学出版社，2015年版，第3页。

的败将。"[1] 我们从中强烈地感受到了陈忠实对笔下人物和父母之邦关中大地的深厚情感。

(二)《一个人的生命体验——三秦人物摹写之二》

《一个人的生命体验——三秦人物摹写之二》写于 2005 年 5 月 21 日。这篇小说是陈忠实根据自己的回忆和感悟，讲述了陕西作家柳青的一段生命历程。柳青以"不作为"抵抗个人尊严被践踏的屈辱，在一次经过周密策划但最终未能成功的自杀尝试中，他实现了对生死的超越，思想与人格得到了升华，最终获得了精神上的重生与自由。陈忠实将不同类型的英雄人物以显性或隐性的叙述方式塑造出来，这样的叙述方式加强了对地域文化的探索，同时增强了文化自信心。在这个过程中，主体精神得到了真正意义上的自由和解放。

小说通过细致的描写和历史氛围的烘托，以平实的叙述语调和细腻的文字，描述了柳青在"牛棚"度过的艰难岁月。在被批斗、蹂躏和侮辱的无尽折磨之后，柳青陷入了迷茫和挣扎，最终决定消灭自己。这些描写深刻展现了人性在极端环境下的挣扎和煎熬，以及个体在历史洪流中的微弱却不可忽视的存在。在写到柳青拒不松口和表态、内心承受极大痛苦时的表现："左手食指和中指的指甲盖周围，全是一片红肉，没有皮儿了，渗血仍然没有完全凝结，看来令人心头发瘆。"[2] 这种坚韧传递出柳青即使付出血与生命的代价，也不会放弃尊严与信仰，这种无声的抵抗比声嘶力竭的控诉更有力度。陈忠实身为陕西地区的知识分子，一直在深入思考

---

[1] 陈忠实:《娃的心娃的胆——三秦人物摹写之一》,《陈忠实文集》第 8 卷，北京：人民文学出版社，2015 年版，第 13—14 页。

[2] 陈忠实:《一个人的生命体验——三秦人物摹写之二》,《陈忠实文集》第 8 卷，北京：人民文学出版社，2015 年版，第 24—25 页。

国家与人类命运、历史变革与个体生命之间的关系。他晚年创作的短篇小说，相较于之前的作品，更加注重现实的价值和深刻的精神内涵。在这些作品中，他进一步挖掘出了属于关中大地的民间文化所积聚的信仰力量，以及传统儒家文化对文人与知识分子坚韧不拔的道德精神、人格力量和价值观念的滋养。

陈忠实用饱含感情的笔墨，细腻描绘了柳青在"大跃进"和"文革"时期所经历的迫害和磨难，并赞颂了他坚强正直的人格和诚实的品性。他将自己对柳青的观察和回忆巧妙地融入小说的叙事中，用极其精细的文字生动地刻画了柳青的穿着、相貌，以及那双"纯净犀利透彻"的眼神和非凡的"威势"，使读者对柳青的形象产生深刻的印象。陈忠实在小说中写道："无论斗争场面的大小，无论批斗台的高低，柳青唯一不变的是他走上批斗台时的脚步和姿势，他穿着蛤蟆滩中老年男人穿的对门襟布纽扣黑颜色的棉袄，差别在于布的质料。""圆脸通鼻，鼻头下的上唇有一排黑森森的短胡须，成为他显著的风景和奇特的标志。那个时代的中国人一般都不蓄胡须，但最具风景异质的是那一双眼睛，走向批斗台的时候，从拥挤着人群的呐喊声中的通道走过去，柳青只瞅着脚前的路，两边的人都能在瞬息里敏感那双眼睛泻出的纯净犀利透彻的光亮，混浊的铺天盖地的口号声是无法奈何那一束光亮的。他很单薄，身高不过一米六，体重大约只有七十斤，这样的穿戴这样的体型和体重，很难有雄壮和威武，然而柳青缓慢的步履能产生一种威势……"[①] 在一个极端的时代，人们的生存意志面临着严峻的考验。那些心怀高洁志向的人，宁愿举身赴清流，也不愿意与世俯仰，同流合污。柳青正是这样一位在动乱时代的苦

[①] 陈忠实：《一个人的生命体验——三秦人物摹写之二》，《陈忠实文集》第8卷，北京：人民文学出版社，2015年版，第19页。

闷郁结之人。他的妻子惨遭迫害而死,自己也身陷"牛棚",遭受种种羞辱和折磨。当痛苦超越了心灵所能承受的极限时,死亡似乎成了唯一的解脱。于是,柳青便心生绝世之意。陈忠实对柳青自杀心理和过程的描写,尤其令人感到震撼。"上厕所有人跟着,被单独叫去训话更有监视者;弄一撮毒性剧烈的老鼠药或杀灭害虫的农药是不可能的……""唯一能够消灭自己的手段,便是电击——房子里有电,这是必备的也不引人注意的照明设备。更关键的是,一触即宣告生命结束,短暂的一瞬就把较长时间酝酿确定的消灭自己的方案实施完成了。"[①]陈忠实生动地描绘了柳青在绝境中的绝望和决然,同时也表达了对柳青人格和道德精神的深深景仰。

陈忠实回忆了在20世纪70年代初,柳青在一次出版界的会上作报告的情景。得知柳青要来作报告,陈忠实非常兴奋。"柳青从会场的通道走向讲台,步履悠缓,端直走着,不歪向左边也不偏向右边,走上讲台时,我和与会者才正面看清一张青色的圆脸,最令人惊讶的是那双圆圆的黑白分明力可穿壁的眼睛的神光。开头所写的十万人里也未必能找到这样犀利的一双眼睛的印象,就是我第一眼看见柳青时有感而出的。"[②]陈忠实两三年后在见到柳青,听了他语惊四座的讲话后写道:"直到现在我才肯定,这惊人的论述绝对不会来自中外古今的哲学经典,也不会来自古代人

[①] 陈忠实:《一个人的生命体验——三秦人物摹写之二》,《陈忠实文集》第8卷,北京:人民文学出版社,2015年版,第16—17页。

[②] 陈忠实:《一个人的生命体验——三秦人物摹写之二》,《陈忠实文集》第8卷,北京:人民文学出版社,2015年版,第28页。

和现代人的修身修养的规范，当是从抠指头和上批斗台的纯个性体验中获得，跨越过生活体验，进入更深一层的生命体验。"①

柳青不是那种眼界狭窄、思想迂腐的书呆子，更不是那种只顾自身荣辱得失的庸俗之徒。他始终聚焦于探索与国家和人类命运息息相关的真理意义，文化独立性的重要价值，知识分子的尊严与使命，以及历史发展与个人意志的关联。柳青的思想已经达到了那个时代的最高水平，甚至达到了具有世界性和人类性的高度。柳青是陈忠实和路遥的文学之父，陈忠实通过短篇小说《一个人的生命体验——三秦人物摹写之二》，像路遥一样，深情地表达了对柳青的无比崇敬之情和感激之情。

（三）《李十三推磨》

陈忠实 2005 年创作了《一个人的生命体验——三秦人物摹写之二》短篇小说后，于两年后又写了短篇小说《李十三推磨》，这篇小说获得了《小说月报》第十三届百花奖。

小说《李十三推磨》突破时间和历史的限制，真实地再现了当时的时代和文化景观，塑造了李十三这一乐道安命、以仁德为本的古代知识分子形象。在嘉庆年间，李十三未能通过科举考试，于是选择成为陕西地方戏剧秦腔的一位剧作家。由于这个选择，他陷入了贫困潦倒之中，但他不求锦衣玉食，一碗米粥、一碗黏面足矣。因此他在推磨碾麦之后，又拿起笔杆，自我陶醉于戏剧创作之中，及至嘉庆皇帝下令通缉李十三，他喷血气绝而亡。然而，在他生命的最后时刻，最令他难以割舍的，仍然是他心目中比生命更为珍贵的那些剧本。他悲壮而沉郁的知识分子形象，以

---

① 陈忠实:《一个人的生命体验——三秦人物摹写之二》，《陈忠实文集》第 8 卷，北京：人民文学出版社，2015 年版，第 29 页。

陕西地域秦腔文化为其深厚的艺术底蕴，永远镌刻在苍茫的黄土大地上。陈忠实以最能代表陕西独特文化气韵与精神特质的秦腔，将历史人物刻画得栩栩如生。他通过对特殊历史中人物心理的揭示，关注现实中人的精神与心灵，直击生命的痛楚。

小说《一个人的生命体验——三秦人物摹写之二》中的柳青和《李十三推磨》中的李十三，尽管作为不同时代的知识分子，他们都遭受了来自外界摧毁性力量的沉重打压，但他们依然坚守着不甘沉沦和堕落的文人精神，体现了他们用生命捍卫自由与尊严的气节与风骨。陈忠实不断深入挖掘人物的内在精神意蕴，赋予他们新的生命内涵，探寻陕西地域特有的文人或知识分子的心灵空间，来完成对个体生命意义与价值的阐释。这种创作不仅是对历史文化的整合和回顾，也是中国文人与知识分子追求良知和理想人格的精神典范。这两篇小说创作时间相隔两年，但在主题上可比性极强。李十三与柳青，虽生活在不同的时代，但命运却几乎完全相同；他们都是靠写作安身立命的人，也都遭受了外界的摧残和迫害。不同的是，柳青虽欲死，而未得死，李十三夺路而逃，本欲求生，而竟得死。

李十三试图通过科举考试进入体制，但却始终未能如愿。"他的求官之路，类如这磨道。"[1] 他十九岁成为秀才，三十九岁考中举人，五十二岁前往北京参加会试。会试时，嘉庆刚刚主政四年，由纪昀任主考官。遗憾的是，这次会试李十三未被正编录取，只进入了六十四名备选候补名单中。根据嘉庆的考试制度，这些候补人员虽然享有县级官员的待遇，但只是虚名没有俸禄，待到县官职位有空缺时，才可以赴任，开始领取实质性的县级官员俸禄。

---

[1] 陈忠实：《李十三推磨》，《陈忠实文集》第9卷，北京：人民文学出版社，2015年版，第24页。

"李十三深知这其中的空间很大很深，猫腻狗骚都使得上却看不见。恰是在对这个'拟录'等待的深度畏惧发生的时候，失望同时并生了，做官的欲望就在那一刻断灭。是他的性情使他发生了这个人生的重大转折，凭学识凭本事争不到手的光宗耀祖的官衔，拿银子换来就等于给祖坟上泼了狗尿。"① 因此，李十三便选择做一个撰写秦腔剧本的作家。结果是，他陷入了极度贫困之中，到了囤无宿粮的程度。"田舍娃随之把跟脚过来的李十三夫妇按住，扑通跪到地上：'哥呀！我来迟了。我万万没想到你把光景过到盆干瓮净的地步……我昨日格听到你的村子一个看戏的人说了你的光景不好，今日格赶紧先送二斗麦过来……'说着已泪流不止。"② 然而，他的一腔正气的戏曲剧本，他的劝人改恶迁善的叙事，却冒犯了官家的道德禁忌和文学律条，惹恼了嘉庆皇帝，激起了他的极度愤怒，要对他严行缉办。被逼离家出逃的李十三，即使身处绝境，他最担心的仍然是他的剧本的命运，在他看来，这些文字是他心血的结晶，比他的生命更加宝贵。

在李十三看来，他活着就是为了写戏，只要"把戏写成了"就堪慰平生。这篇小说展现的是艺术与权力的碰撞，是要创作与被禁止创作的冲突，或者说，是自由与压制的对抗。权力或许能够暂时展示其威力，但从长远来看，它注定会失败；相反，艺术家或许看似无法与权力对抗，但他们所创作的作品中却蕴含着强大、不可被束缚的力量。这种力量不仅赋予作品长久的生命力，还使得创作者永垂不朽。这就是作品所揭示的更深层的意义空间。无论压迫的力量曾经多么强大，最后都无法避免被湮灭的命运；

---

① 陈忠实：《李十三推磨》，《陈忠实文集》第 9 卷，北京：人民文学出版社，2015 年版，第 24 页。

② 陈忠实：《李十三推磨》，《陈忠实文集》第 9 卷，北京：人民文学出版社，2015 年版，第 22 页。

然而，只要李十三的秦腔剧本得以保存，他的精神生命就将永存不朽，他就永远活着。

《娃的心娃的胆——三秦人物摹写之一》《一个人的生命体验——三秦人物摹写之二》和《李十三推磨》这三篇小说，不论是描写陕西娃与日本侵略者血拼并集体投身黄河的悲壮场景，还是写古今文人与历史现实中的悲剧命运和心理流变，都旨在阐释关中大地独特文化所凝聚的民间信仰，以及陕西人民坚韧不拔、仁德古朴的传统与民族灵魂。陈忠实通过深入挖掘地域文化资源，不断丰富他作品中的文化内涵，并以新的视角扩展了其文学视野。他根据文化心理结构的理论，探索了传统文明中人物道德与价值观念的解构与重构，同时回顾了关中地区的精神资源，形成了以传统儒家文化为内核、以陕西地域文化为依托的双重复合型文化。这两种文化在相对稳定的交流中，诠释了中华民族独有的风骨与品格，书写了生命的悲壮与豪迈。

在陈忠实2001年之后的短篇小说创作中，展现出与以往不同的历史意识。作家超越了时空，在历史长河中审视过去，理解现在，并展望未来。如果说早期陈忠实的短篇小说创作着重写历史的人，那么新世纪的短篇小说则写人的历史，聚焦于历史细节，探寻人们心灵隐秘。其历史意识内化于生活的日常，从表面的生活经验深入到精神的内在体验。小说从表层的生活情景深入到生命的本质层面，文本具有更深的思想穿透力。

陈忠实通过《白鹿原》的创作，实现了从"生活体验"到"生命体验"和"艺术体验"的蝶变，为自己的写作拓展了更大的空间，他不但形成了独特的叙事方式，同时也找到了敞开心扉袒露灵魂的最佳角度。因而他《白鹿原》之后的作品，无论是体现着小说家大气、厚重和本色之美的散文，还是对人性和社会进行精细剖析的短篇小说，都能让我们进一步感受到生命体验与艺术体验的契合，并达到了生活体验、生命体验和艺术体验"三重体验"的统一，他后期的绝大多作品都达到了"三重体验"的完美统一。陈忠实一直紧握手中的笔，坚守着他的文学艺术岗位，为我们展示了一个多面的文学世界。

◎ 结语

纵观陈忠实的文学道路,我们可以见证他从"生活体验"到"生命体验"和"艺术体验"的创作历程。陈忠实自己也这样描述他的创作感悟:"我的写作发展的历程,老实无伪地标示着我生活体验、生命体验和艺术体验的历程。"[①]

自20世纪70年代末期开始,陈忠实通过广泛地研读古典与现代的中外文学佳作,实现了从文艺极左的束缚中挣脱,而接近真正文学艺术的重大跨越。身为一个坚持现实主义的作家,他勇敢地正视现实,通过创作众多的短篇小说,生动地描绘了新时期中国乡村社会的复杂矛盾。这些矛盾包括了新中国成立以来政治运动留下的历史遗憾、改革开放给乡村生活带来的新挑战,以及根深蒂固的封建思想对人民的限制。这些深刻的冲突和问题,正是陈忠实在多年的农村生活和工作中亲身经历和深刻体会到的,它们源自他对生活的真切感受,是他对生活实际的真实记录。面对这样丰富而复杂的生活素材,陈忠实深感短篇小说形式在充分展现生活的广度和深度上有所局限。因此,从1981年的作品《初夏》起,他开始逐步转向中篇小说的创作,意在通过这种形式更

---

① 陈忠实:《自题旧照》,《陈忠实文集》第6卷,北京:人民文学出版社,2015年出版,第80页。

深入地探讨和呈现生命的体验。这种由直接的生活体验向更加深层的生命体验转换的过程，不仅标志着陈忠实在艺术上的成长，也预示着他创作思路的重大转变。尤其是在完成了九部中篇小说后，《蓝袍先生》激发了他对民族历史命运的深刻思考，这种思考不仅是对过去的回顾，也是对未来的展望，它促使陈忠实产生了追求更高艺术成就的强烈欲望。《蓝袍先生》的创作，不只是一次简单的艺术实践，而是一个深刻反思和前瞻的过程，它开启了陈忠实对于更广泛、更深层次主题的探索之路，引领他向着完成更宏伟创作理想的目标迈进。在这一转变中，陈忠实从对生活的细致观察和记录，转向了对生命和艺术更深层次的探索和表现。这一过程不仅丰富了他的文学创作，也为读者提供了一个从生活的表面现象深入到生命意义探索的视角，使我们得以通过他的作品，体会到生活的丰富多彩和生命的深刻意义。通过《蓝袍先生》，陈忠实展现了他作为一个作家的成熟与深邃，以及他对文学艺术的独特理解和追求，进一步证明了他在中国当代文学史上的重要地位。

在20世纪80年代中期，陈忠实以其开创性的长篇小说《白鹿原》完成了文学创作上的一次重大跃进，这不仅是他个人艺术探索的又一里程碑，也是他对民族命运深度思考的全面展现。《白鹿原》的问世，不仅标志着陈忠实文学艺术实践的新高度，更使他坚定地站在了中国当代文学的巅峰之上。这部作品之所以具有深远的影响力，关键在于它独特的内容和艺术表现方式，它通过"民族秘史"的叙事框架，深入挖掘了文化的自省、传统与现代的冲突，以及人性与历史的错综复杂关系。在艺术手法上，陈忠实不仅继承了"塑造性格说"的传统，更是勇于探索"文化心理结构学说"，并且融合了多种文学流派的精髓，形成了一种开放式的现实主义创作观。陈忠实说："作家是靠个性存在的，没有个性就没有作家……一个作家如果不能够形成自己独特的体验，包括生活体验、生命体验和艺术体验，那他就不可能形成自己创作个性……"[①] 在这样的创作理念指导下，《白鹿原》不仅展现了陈忠实的深刻生命体验和艺术体验，也呈现了他深厚的文学风格和对社会历史洞察力的强烈个性。《白鹿原》通过对一个地域文化的深度挖掘，映射了整个民族的文化心理和历史变迁。这部作品在内容上紧扣民族历史的脉络，通过对历史与现实的深入剖析，揭示了民族命运的复杂性与多维性。艺术上，陈忠实巧妙地运用了丰富的叙事技巧和人物塑造手法，使得《白鹿原》成为一个立体丰富、引人深思的艺术世界，充分展现了他对文学创作的独到见解和深邃理解。

在《白鹿原》这部巨著问世后，陈忠实暂时远离了长篇小说的创作舞台，转而深耕于散文之域，从而开启了他文学创作的另一篇章。这一时期，他以饱满的热情投身于散文的创作之中，留下了众多充满深度和美感的作品。陈忠实的散文，流露出一个小说家对文字的深沉爱护与高度尊重，展现了他对生活、对生命、对艺术深度融合后的理解和感悟，体现了从生活和生命深处汲取灵感的独特体验。随着时代的前进，进入新世纪的陈忠实并未就此止步，他重新将目光投向了短篇小说的领域。尽管这一阶段他发表的短篇小说作品数量并不众多，但这些作品却无不透露出作者对时代脉动和社会现实的敏锐洞察力。陈忠实的这些短篇作品，虽少却精，每一篇都显露出他对创作的严肃态度和对生活深处的细腻观察，反映了他对时代和社会的深刻关注及思考。

陈忠实曾坦诚地分享过自己的创作理念："我想以自己的新的

---

① 李遇春，陈忠实：《在自我反省中寻求艺术突破》，《陈忠实文集》柒，广州：广州出版社，2004年版，第426页。

创作不断展示自己的独特体验，直到拿不起笔的那一天。"[①] 这句话不仅表达了一个作家对于文学创作无尽的热爱和追求，也反映了他作为一个开放的现实主义作家，对于生活体验、生命体验与艺术体验之间相互交融的深刻认识。他的这种不懈追求和勇于探索的精神，使他的每一部作品都饱含着独特的个性和深邃的思考。无论是散文还是短篇小说，陈忠实的文学创作总是围绕着生活的真实感受、生命的深刻体验以及艺术的高度审视展开。他的作品，不仅仅是文字的荟聚，更是生活和生命智慧的凝练。他的作品，每一部都是他创作个性和独特体验的真实展现，都是他不断探索和突破自我，忠实记录生活和生命的见证。陈忠实在文学的道路上坚定不移的脚步，每一步都深深印刻着他对于生活真谛的探索和对艺术深度的追求。

[①] 陈忠实:《人生九问》，《陈忠实文集》第 6 卷，北京：人民文学出版社，2015 年版，第 321 页。

◎ 后记

最初关注陈忠实，是因为阅读了他的长篇小说《白鹿原》，作品中那厚重又极具表现力的语言，尤其是浓重的关中方言意蕴使自幼在关中长大的我倍感亲切。

《白鹿原》获第四届茅盾文学奖之后，我重读了这部作品，作品中那一个个命运独特而又个性突出的人物形象，那苍凉而又深邃的地域文化色彩，还有那悲剧交叠的沉重的历史氛围都令我震撼不已。无论是从它所蕴含的历史文化内容的角度，还是从它所采用的独特的艺术创作手法的角度，《白鹿原》都可谓是20世纪90年代中国长篇小说创作的重要收获之一。

《白鹿原》是经得起考验的，三十多年来，它虽然历经风雨却毫不褪色，以其浑厚、苍凉、雄奇、壮美的形象和品位昂然挺立在中国当代文坛上。在我个人的文学旅程中，《白鹿原》无疑是一座重要的里程碑，它不仅丰富了我的精神世界，更激励我去深入探索更多的文学作品，去体会更多的人生百态。

陈忠实以一部《白鹿原》登上了中国当代文学的巅峰，但陈老对当代文学的贡献何止一部《白鹿原》，他《白鹿原》之前之后的作品同样价值颇丰。

在陈老的笔下，我领略到的是关中平原苍茫大地上的精魂、民族秘史的深邃以及对文学梦的执着追求……

陈老的文笔是朴实的、陈老的思想是厚重的、陈老的精神永远焕发着勃勃生机……

陈老已经离开我们整整八年了，但他留下的文字长存于世，他的人格精神不曾远去。

我将自己对陈老作品的感悟汇集成书，谈不上评论，更谈不上研究，只是粗浅的拙见，愿与同仁共飨。也愿以此表达作为乡党对陈老的敬意和景仰之情。

参考文献

[1] 洪子诚. 中国当代文学史. 北京:北京大出版社,2023.

[2] 邢小利. 陈忠实画传. 西安:陕西师范大学出版总社,2022.

[3] 陈忠实. 寻找属于自己的句子:陈忠实自述. 北京:北京大学出版社,2019.

[4] 谌世龙. 中国历史与文化(第2版). 重庆:重庆大学出版社,2019.

[5] 王仲生,王向力. 陈忠实评传. 西安:陕西师范大学出版总社,2018.

[6] 人民文学出版社编辑部. 陈忠实纪念集. 北京:人民文学出版社,2018.

[7] 叶舒宪. 文学与人类学. 西安:陕西师范大学出版社,2018.

[8] 邢小利. 陈忠实传. 北京:人民文学出版社,2018.

[9] 邢小利,邢之美.陈忠实年谱.西安:陕西人民出版社,2017.

[10] 李建军.陈忠实的蝶变.南昌:二十一世纪出版社,2017.

[11] 勒内·韦勒克,奥斯汀·沃伦.文学理论.刘象愚,邢培明,陈圣生,等,译.北京:三联出版社,2017.

[12] 衣俊卿.文化哲学十五讲(修订版).北京:北京大学出版社,2015.

[13] 恩斯特·卡西尔.人论.甘阳,译.上海:上海译文出版社,2013.

[14] 卡尔·雅斯贝斯.时代的精神状况.王德峰,译.上海:上海译文出版社,2013.

[15] 伏尔泰.风俗论(上).梁守锵,译.北京:商务印书馆,2011.

[16] 吴秀明.中国现当代文学史写真(全本).杭州:浙江大学出版社,2010.

[17] 陈序经.文化学概观.长沙:岳麓书社,2010.

[18] 陈思和,主编.中国当代文学史教程.上海:复旦大学出版社,2008.

[19] 童庆炳.文学理论教程(第四版).北京:高等教育出版社,2008.

[20] 童庆炳.文学理论教程教学参考书(第四版).北京:高等教育出版社,2008.

[21] 张学军.中国当代小说流派史.济南:山东大学出版社,2007.

[22] 林语堂.中国人.郝志东,沈益洪,译.北京:学林出版社,2007.

[23] 朱光潜. 谈文学. 合肥:安徽教育出版社,2006.

[24] 宋丹. 新时期小说创作论. 沈阳:春风文艺出版社,1995.

[25] 胡健玲. 中国新时期小说研究资料（中）. 济南:山东文艺出版社,2006.

[26] 李春青. 在审美与意识形态之间:中国当代文学理论研究反思. 北京:北京大学出版社,2006.

[27] 阿尔费雷德·韦伯. 文化社会学视域中的文化史. 姚燕,译. 上海:上海人民出版社,2006.

[28] 古远清. 中国当代文学理论批评史. 济南:山东文艺出版社,2005.

[29] 冯友兰. 人生哲学. 南宁:广西师范大学出版社,2005.

[30] 陈波,张怀民,主编. 传统文化与中国现代化之路. 郑州:河南人民出版社,2004.

[31] 陈耀南. 中国文化对谈录. 南宁:广西师范大学出版社,2004.

[32] 爱德华·B. 泰勒. 人类学:人及其文化研究. 连树声,译. 南宁:广西师范大学出版社,2004.

[33] 谭德晶. 鲁迅小说与国民性问题探索. 北京:中国社会科学出版社,2004.

[34] 吴炫. 新时期文学热点作品讲演录. 桂林:广西师范大学出版社,2004.

[35] 西蒙娜·德·波伏娃. 第二性. 陶铁柱,译. 北京:中国书籍出版社,2004.

[36] 卡尔·曼海姆. 文化社会学论集. 艾彦,郑也夫,冯克利,译. 沈阳:辽宁教育出版社,2003.

[37] 畅广元. 陈忠实论:从文化角度考察. 北京:人民文学出版社,2003.

[38] 南帆,主编. 二十世纪中国文学批评99个词. 杭州:浙江文艺出版社,2003.

[39] 肖群忠. 道德与人性. 郑州:河南人民出版社,2003.

[40] 曹书文. 家族文化与中国现代文学. 北京:中国社会科学出版社,2002.

[41] 马凌诺斯基. 文化论. 费孝通,译. 北京:华夏出版社,2002.

[42] 卡尔·曼海姆. 文化社会学要论. 刘继同,左芙蓉,译. 北京:中国城市出版社,2002.

[43] 陈思和. 中国当代文学关键词十讲. 上海:复旦大学出版社,2002.

[44] 公炎冰. 踏过泥泞五十秋:陈忠实论. 西安:陕西人民出版社,2002.

[45] 李欧梵. 中国现代文学与现代性十讲. 上海:复旦大学出版社,2002.

[46] 汤因比,等,著. 张文杰,编. 历史的话语:现代西方历史哲学译文集. 桂林:广西师范大学出版社,2002.

[47] 宋丹. 新时期小说写作实验. 北京:中国社会科学出版社,2001.

[48] 陈忠实. 走出白鹿原. 西安:陕西旅游出版社,2001.

[49] 贾平凹. 散文研究. 保定:河北大学出版社,2001.

[50] 陆贵山. 人论与文学. 北京:中国人民大学出版社,2000.

[51] 陈厚诚,王宁,主编. 西方当代文学批评在中国. 天津:百花文艺出版社,2000.

[52] 朱立元,主编. 现代西方美学史. 上海:上海文艺出版社,2000.

[53] 王庆生. 中国当代文学(下卷). 武汉:华中师范大学出版社,1999.

[54] 张韧. 新时期文学现象. 北京:文化艺术出版社,1998.

[55] 谢玉娥,主编. 女性文学研究教学参考资料. 郑州:河南大学出版社,1990.

[56] 菲利普·巴格比. 文化:历史的投影. 夏克,译. 上海:上海人民出版社,1987.

[57] 鲁思·本尼迪克特. 文化模式. 张燕,傅铿,译. 杭州:浙江人民出版社,1987.

[58] 中国社会科学院文学研究所当代文学研究室. 新时期文学六年（1976.10—1982.9）. 北京:中国社会科学出版社,1985.